내 히스의 어린 싹을 꺾었다.
가을은 지금 저물고……

유중원 단편소설집

인간 해방

차 례

이별

이별

사람들 사이에 섬이 있다
그 섬에 가고 싶다
— 정현종

모래폭풍은 진즉 멎었다. 하늘은 눈부시게 맑고 푸르렀다. 모래언덕의 풍경은 참으로 낯설고 생생한 은빛을 띠고 있었다. 그는 몸이 쇠약해질 대로 쇠약해진 가운데 안간힘을 다하여 사람의 흔적을 찾아 근처 높은 모래언덕에 올라가서 사방을 멀리 살펴보았다. 그러나 그곳엔 살아있는 것은 아무것도 보이지 않았다. 풀 한 포기, 바짝 마른 나무 한 그루까지. 멀지 않은 곳에서 낙타의 하얀 마른 뼈들만 보였다. 두개골, 목뼈, 척추뼈, 갈비뼈, 넓적다리뼈, 종아리뼈 등이 보였다.

지금 눈에 보이는 것은 끝없이 펼쳐진 모래사막뿐이었다. **김규현**은 지금 출구가 보이지 않는 사막의 미로 한가운데 갇혀버린 것이다. 그 미로는 광활한 사막에서 끝없이 뒤엉키며 풀어지고, 은밀하고 끝이 없는 원들을 만들면서 무한정 증식되었다.

이제, 사막은 그에게 현기증을 불러 일으켰고 공포와 증오의 대상이 되었다. 무거운 침묵. 서글픈 고독. 모래언덕에서 내려다 본 악마의 사막은 막막했고 가슴을 무겁게 짓눌렀다. 오직 사막의 태양만이 그를 금방 태워버릴 듯이 머리 위에서 무섭게 이글거렸다. 발걸음을 옮길 때마다 뜨겁게 달궈진 모래더미 속으로 발이 푹푹 빠져 들면서, 사막의 열기가 온몸을 태울 듯이 휘감아 덮쳤다. 더 이상 한 걸음이라도 옮길 수가 없었다.

뜨거운 열기로 온통 얼굴이 달아오르고 피부는 불에 타버린 것처럼 아팠던 것이다. 그는 그런 혹독한 고통 때문에 메마른 입술이 모두 갈라졌고 입을 간신히 벌린 채 숨을 헐떡거리고 있었다. 혓바닥은 완전히 바싹 말라 붙어버려서 말 한마디 하기조차 어려웠다. 그의 티셔츠는 땀에 절어 소금기로 허옇게 얼룩져 있었다.

굶주림과 갈증, 혼란이 기다리고 있는 트럭 아래 그늘로 다시 기어들어간 그는 모래 바닥에 그대로 쓰러져버렸다. 완전히 지쳐버린 상태에서 그는 자꾸만 혼미해지는 정신과 치열하게 싸웠다. 희망은 멀리 사라졌고 불안과 어두운 그림자, 그리고 죽음의 전율이 그를 감싸고 있었다. 얼마 전부터 죽음의 공포가 끈질기게 그를 따라다녔다.

다시 밤이다. 사막에 어둠이 내리면서 모래바람이 가볍게 회오리를 일으키며 대지를 휩쓸고 지나가는 소릴 들을 수 있다. 초저녁 밤하늘에는 어느새 쏟아져 흘러내릴 만큼 무수한 별들이 반짝인다. 밤이 깊으면 금실과 은실의 은하수로 수놓은 하늘에는 노란색인 레몬빛 별들도 있고, 핑크빛이나 초록빛 혹은 파란빛이나 물망초빛을 띠는 별들이 저마다 빛나고 있었다.

  그녀, **손희승**의 얼굴 윤곽이 또렷하게 그려지지 않았다. 지금 그녀에 대한 기억은 비현실적일 만큼 먼 곳에 가 있었고 흐릿할 뿐이다. 그는 그녀를 그렇게 까마득히 잊고 지낸 자신을 이해할 수가 없었다. 어쩌면 그녀는 그에게 존재해 본 적이 없는 존재, 아니면 오직 꿈결 속에서만 존재하였는지도 모른다. 단지 그가 꿈을 꾼 것에 불과할지도 모른다. 마지막으로 본 그녀의 모습을 떠올리려고 하였으나 그 모습이 떠오르지 않았다. 모든 게 가물가물하였다. 다만 그 술집에서 보았던 그녀의 모습만 안개처럼 희미하게 떠올랐다. 하지만 그녀에 대한 행복한 느낌이 여태껏 여운으로 남아 있었다.

  '내가 그 여자를 한때 사랑했었던가, 하지만 사랑할 이유가 있긴 있었나? 그 이유가 도무지 생각나지 않는군. 나는 오랫동안 그녀를 진심으로 사랑했다는 사실을 부인하고 싶었다. 하지만 지금 다시 생각해보면 그건 자신을 심각하게 기만하는 짓이었다. 그런데, 사랑이 먼저 찾아오는 것이 아닐까, 그 이유는 나중에서야 따라오는 거겠지. 자신을 속일 필요는 없을 거야. 그녀와 있으면 다른 건 필요 없었으니까. 그때는 내가 그녀를 배반했고, 그녀가 나를 배반했지. 그런데, 그건 그거지. 서로 빚진 것은 없는 셈이야.'

그녀의 두 눈은 그때 눈물이 가득 고여서 어두운 불빛 속에서도 반짝거렸다. 그녀의 살 냄새가 지금도 그를 자극했고 전율케 하였다. 그 향기가 여전히 기억났다. 감미롭고 찌르는 듯한 그 향기가 코끝에 느껴졌다. 그녀의 가느다란 손가락이 그의 헝클어져 뒤엉킨 채 모래가 서걱거리는 머리카락을 섬세하게 쓰다듬는 것 같았다. 그녀의 긴 두 팔이 그를 꼭 껴안고, 두 다리가 그의 다리에 가벼운 압박을 가하면서 얽혀 들었고, 가볍고 밋밋한 가슴이 그의 가슴을 짓누르고, 멜로디 같은 그녀의 목소리가 바람처럼 그의 귓전을 스쳤다. 그녀의 심장에서 뿜어져 나오는 뜨겁고 검붉은 피가 그의 몸 속으로 흘러 들어왔다. 가늘고 유연한 그녀의 몸이 어린 아이처럼 보였다. 그녀가 부드러운 모래를 끼얹으며 터트리는 유쾌한 웃음소리가 들렸다. 모래가 어깨와 가슴 위로 미끄러지고, 길고 부드럽고 탐스런 새까만 머리칼이 바람에 날려서 어깨 너머로 흘러 내렸다.

그러나 그녀에 관한 일이란 지금쯤 마음속에서 그저 단념하기만 하면 그걸로 무난한 결말이 될 터이다.

'그래, 단념해야만 할 거야. 손희승은 아주 멀리 떨어져 있으니까. 어쩔 수 없는 일이야. 그때 술집에서 진실을 깨달았으니까. 사랑의 진실을……. 사랑의 고통을……. 그건 피상적인 것은 아니었어. 마술적인 환상도 아니었어. 빛나는 영감도, 사춘기의 열병과도 같은 열정도 아니었지. 어머니, 동생에 대한 애틋한 그리움, 돌아갈 수 없는 고향, 남쪽 바다에 대한 짙은 향수, 추억과는 다른 종류의 감정이었지. 심연처럼 너무나 깊은 거였지. 그러나 난 그걸로 만족하지. 그녀의 초조한 눈빛이 너무나 절실하게 말하고 있었던 거야. 그러나 이젠 돌이킬 수 없게 끝나버렸거든. 우린 다시 만나도 서로 약간 서먹하고 낯설 거야.'

　　그녀는 말하자면 회사 내에서 전속 사진사의 역할을 하였다. 공사현장에서 여러 가지 각도로 세밀한 사진을 찍어 담당 부서에 넘기는 일을 하였던 것이다. 그러한 사진촬영은 엄숙하고, 전문적이고, 따분한 것이어서 그녀에게 그렇게 재미있는 작업은 아니었다. 그녀는 어느 정도 자금이 축적되면 자신만의 작업실을 마련하여 프리랜서 사진기자 또는 사진작가가 되는 것이 일생일대의 꿈이었다. 그래서 저명한 사진 전문 잡지에 특집이 실리고, 세계 각국의 유명한 미술관이나 갤러리에서 사진작품 전시회가 열리며, 제대로 값을 받고 사진을 팔기 원했다. 궁극적인 꿈은 국제적인 사진 전문 출판사에서 멋진 제목을 붙인 사진집을 내는 것이었다.
　　그녀는 항상 생생한 현장사진을 찍기 위하여 빛과 노출, 사진의 구성, 초점, 심도의 조절, 여백, 셔터 속도 등과 지루한 씨름을 하였다. 다양한 각도와 미묘하게 변하는 빛의 질과 방향, 색조 속에서 결정적인 순간, 찰나에 불과한 순간을 붙잡아 두기 위하여, 피사체에 최대한 가까이 접근하여 계속적으로 노려보다가 그 순간이 오면 연거푸 셔터를 눌러야 하였다. 그녀는 찰나에 불과한 그 눈 깜짝할 순간에 대상의 영혼과 내면 또는 정수를 포착할 수 없을지도 모른 다는 강박감에 사로잡힌 나머지 정신없이 셔터를 누르고 또 눌렀다.

그녀의 렌즈는 피사체의 영혼을 빨아들여야 하였다. 그러나 그녀 의 작업은 피사체를 렌즈로 포착하는 것만으로는 끝나지 않는다. 그 후에는 완전하게 어두운 암실에서 필름 현상과 인화라는 힘들고 복잡한 작업이 기다리고 있었다. 자기가 원하는 사진의 명암을 구 현하기 위해서 빛과 시간을 직접 조절할 필요가 있었다. 그녀는 수 많은 시간을 암실에서 보냈다. 그 지독한 약품 냄새를 맡으면서 말 이다.

그러나 그녀는 아날로그였다. 그 흔해빠진 디지털 카메라는 한 대도 가지고 있지 않았다. 촬영부터 시작해서 인화까지 그녀의 손 으로 이루어지는 전통적인 과정이 소중했던 것이다. 그것은 시간이 많이 걸리고 귀찮은 점이 많았지만 그녀는 서두르지 않고 기다릴 줄 알았다.

그녀의 흑백사진은 꿈속에서처럼 희미하게 투사된 것 같기도 하 고, 피사체가 은밀하게 감추고 있는 비밀을 꿰뚫으려고 하는 것처 럼 보였다. 그녀는 시적인 감정이입을 위하여 흑백의 농담에 집착 하였다. 슈베르트의 음악처럼 화려하지는 않지만 깊고 단단하고 순수한 흑백사진은 피사체의 내면에서 풍기는 아름다움을 담고 있었다. 그 사진에는 그녀의 사진작가적 상상력과 망상이 함께 담겨 있었다. 그래서 그녀의 사진은 과거의 시간을 현재의 시간으로 불러들여 강렬한 느낌을 전달하였다. 그 느낌이란 기쁨, 슬픔, 연민, 증오일 수도 있었고, 또는 말로 표현할 수 없는 복잡한 감정일 수도 있었다. 그것은 한순간을 포착할 뿐만 아니라 피사체의 배경이 된 시공간을 압축하고 있었다.

그녀는 사진 속에서 분명한 메시지를 전달하도록 노력하였다. 모든 사진은 이야기를 들려줘야 한다. 사진은 이 세상 누구와도 소통할 수 있는 가장 강렬한 언어이기 때문이다. 그것은 인간과 본능적으로 교감한다. 그녀는 카메라 렌즈를 통해 세상과 소통하고 삶의 현장과 공감하고자 하였던 것이다. 가끔 렌즈에 남몰래 눈물이 가득 흐르는 일이 있었지만 말이다. 그러나 전문적인 사진작가로서 무언가 해내지 않으면 안 된다는 막연한 강박관념 같은 것은 없었다. 언제부터인가, 자신의 사진 한 장이 사람들에게 무한한 감동을 준다던가, 세상을 바꿀 수 없다는 걸 깨달은 후부터 그녀는 항상 마음이 홀가분하였다. 그녀는 사진작가들이 가장 흔히 사용하는 35mm 카메라로 편안하게 사진을 찍었다.

손희승은 원래 세밀화가 지망생이었다.
그녀는 아주 어렸을 적부터 종이, 스케치북, 빈 도화지, 노트, 섬세하게 깎은 가는 연필, 색연필, 물감, 재료들을, 그 냄새를 좋아했다. 그리고 자신의 어린 손이 선을 그리고 색을 칠할 때면 자신의 존재감을, 자유와 생동감을 느낄 수 있었다. 그녀는 공책 같은 작은 공간에 먼저 주제를 선택하여 구도를 설계하고 수십 개, 수백 개의 선을 긋고 온갖 색을 섞어 칠하여 인물과 동물, 새들, 꽃과 형형색색의 잎사귀, 나무, 구름, 숲 등 풍경을 세밀하게 그려 넣고 어떤 이야기를, 또는 영혼에서 우러나오는 시 한 편을 담아내고 싶었던 것이다. 중세의 세밀화, 무슬림의 세밀화 세계처럼 말이다.

그러나 고도로 정신을 집중해서 세밀한 손놀림으로 그리는 초극세화의 세계가 얼마만큼의 집중력과 인내력을 시험하는지를, 그것은 손쉽고 화려한 일이 아니라 아무리 해도 끝이 없는 고된 작업임을 깨닫기 시작하면서 자신의 한계를 극복하지 못하였다. 무엇보다도 예술가로서 세밀화 속에 자신만의 독특한 방식이나 색깔, 소리가 들어있는 것인지, 자신에게 다른 곳을 바라보는 눈이 있는지, 스스로 중요한 것과 그렇지 않은 것을 구분하고 선택하는 용기가 있는지 의심하기 시작했고, 그녀의 솜씨는 그녀가 재주를 부릴수록 섬세함과는 거리가 멀게 점점 거칠어져 갔다.

그녀는 때때로 서럽게 울었다. 때로는 너무 힘들어서, 때로는 답을 찾지 못해서. 마침내 그걸 포기하였다. 그리고 그 대신 르네상스 시대 회화처럼 원근과 입체감을 풍부히 표현할 수 있는 사진으로 전환했던 것이다.

그녀는 반야심경의 색色의 세계보다 눈으로는 보이지 않는 본질과 실체의 세계인 공空의 세계, 수많은 구체적 형상은 모두 사라져서 추상으로 녹아 들어있는 무無의 세계로 눈을 뜨기 시작했다. 그 세계는 어둠이 내리는 이른 저녁의 색, 희미한 뒷골목 가로등 밑에 우울한 시처럼 내려앉은 어둠의 색, 추운 겨울의 색, 가난하고 상처 입고 의기소침한 사람들의 색, 시골 농부들의 색, 더러움, 먼지, 흙과 대지의 색, 깨지고 부서지고 낡아버린 모든 것들의 색, 타버리고 남은 잔해의 색, 구름과 안개와 연기의 색, 흑백사진의 반쯤 어두운 색, 꿈과 허무, 공허의 색인 회색이고 잿빛이었다.

　인간의 슬픈 이야기가, 영혼에서 우러나오는 시 한 편이 어떻게 화려한 채색일 수 있는가. 그녀는 회색의 세계에 이끌리면서 채색의 세계에 이별을 고하였다. 그리고 흑백사진에 집착하였다.

　김규현은 회사에서 업무 관계로 그녀와 몇 차례 만난 적이 있었고, 그녀가 셔터를 누를 때면 보여주는 침착함과 자신감, 돋보이는 감수성에 감탄하였다. 물론 예쁜 얼굴이라고 할 수는 없었지만, 군더더기 살 하나 없이 뼈대만 남은 것 같은 마른 몸에서 쏟아지는 직설적인 눈빛과 그녀의 내면에 담긴 아름다운 삶 자체의 비밀에 끌린 것도 사실이었다. 언제부터인가, 자신도 모르는 사이 그녀를 보면 그 어떤 알 수 없는 강렬한 감정에 사로잡혔고, 감미로운 여운 때문에 오랫동안 황홀하였다. 그것이 사랑이라고 단정할 수 있는 그런 감정이었는지는 자신할 수 없었지만, 만약 사랑이라고 해도 그것은 완전히 일방적인 것에 불과하였다.

그녀는 늘 소매가 넓은 옷을 입어 편안해 보인다. 그녀의 옷은 환상을 원단으로 재단해서 몸에 걸친 것이다. 그리고 그녀에게서 갓난아이 시절 어머니의 젖가슴과 얼굴에서 맡았던 잃어버린 냄새들, 낯익고, 기분 좋은 냄새를 다시 맡을 수 있어 좋았다.

그렇지만 그가 할 수 있는 일이라곤 사무실을 오가면서 또는 엘리베이터 안에서 마주치면 가볍게 목례를 교환한 후 아무도 모르게 그녀를 힐끔 훔쳐보는 것이 고작이었다. 너무 빼빼 마른 것은 좋지 않아. 뼈에 살이 붙은 게 보기 좋은 거지. 하지만 고래 힘줄처럼 고집이 세서 질질 짜는 스타일은 아닌 거야. (그들은 소속 부서가 달랐다. 그래서 그녀를 보고 계통이나 결제 라인에서 만날 일은 없었다. 하지만 같은 회사에 다니고 있으니까 가끔 마주칠 일조차 없었겠는가.)

그러나 그녀의 희미한 모습이 망령처럼 집요하게 달라붙었다. 그 모습을 그의 가슴 속에서 몰아내려고 발버둥을 쳤지만, 그건 헛수고였다. 그것은 끊임없이 환상을 충동질하였다. 그것은 어머니였고, 아내였고, 누이동생이었다. 손을 뻗쳐도 닿을 수 없는 금단의 열매였다. (그녀와 마주칠 때마다 언제나 모호하고 아득한 어머니의 냄새를 맡을 수 있다. 그녀는 처음이자 마지막이다. 그녀는 존경받는 자이고 멸시받는 자이다. 그녀는 타락한 자이며 거룩한 자이다. 그녀는 아내이고 처녀이다. 그녀는 어머니이며 딸이다…… 그녀는 지식이며 무지이다.)

사랑이란 눈을 통하여 흉벽으로 침입하는 독특한 괴질이다. 그는 그때마다 무서운 신경증을 앓았지만 말이다. 그러나 그런 식으로 흘끗 몰래 쳐다보는 것만으로는 만족스럽지 않았다. 그녀는 그때 나를 쳐다보았는지도 궁금하였고, 언제 또다시 마주치게 될 것인지도 궁금하였다.

하지만 이러한 감정은 명백히 과장된, 지나치게 일방적이고 수사적인 것일 수도 있었다. 그가 태어나서 난생 처음 느껴보는 그런 종류의 감정의 폭풍이었기 때문일 것이다. 그리고 객관적인 관점에서 보면 그것이 과연 진짜 사랑의 감정인지도 확신할 수 없었다. 사랑의 감정이란 항상 다양하고 미묘한 것이며 실체가 없는 것이기 때문이다. 그러나 그가 스스로 놀란 것은 사실이었다. 그는 자신의 가슴 속에서 무슨 일이 벌어지고 있었는지 도대체 이해할 수 없었다.

그런데, 그날 저녁, 그는 방배동에서 1차로 어지간히 마셨지만 여전히 미진하여 마지막 입가심을 하기 위하여 혼자서 서초동 예술의 전당 부근의 지하 카페에 갔을 때 전혀 예기치 못한 뜻밖의 상황이 발생하였다. 그러나 벌써 오래 전에 있었던 일이어서 날짜가 정확하게 기억나지 않았다. 바로 엊그제 있었던 일 같기도 했고, 어쩌면 한 달 전 같기도 했다. 어쨌거나 그로부터 시간이 흘렀고 너무나 많은 일들이 일어났던 것이다.

그 술집에서 그녀는 혼자서 술을 마시고 있었던 것이다. 그녀 역시 그와 마주치는 순간 흠칫 놀라고 몹시 멋쩍어 하였다. 그녀는 그때 심장이 마구마구 뛰어서 미칠 지경이 되었다. 전율이 그녀의 온몸을 관통했다. 그녀는 냉담해지기로 결심하였다. 그녀는 그를 다시 쳐다보지 않았다. 그를 향하여 몸짓 하나 보내지 않았다. 그러나 그것뿐이었다. 단 한순간에 그녀의 결심은 스르르 녹아버렸다.

그녀가 자신에게 타일렀다. '흥분해선 안 되는 거야. 정말 침착해야만 하지. 오늘은 술을 많이 마시면 안 되겠지. 이 바보야! 그와 단둘이만 있게 되었거든. 그의 관심을 끌고 사로잡아야만 하는 거야. 그의 가슴 속으로 파고 들어가는 거지.'

달콤한 향수냄새가 술 냄새에 섞인 채 희미하게 풍겼다.

그때 여름은 지나갔으나 아직 완전한 가을은 아니었다. 9월 중순이었기 때문이다. 그래도 더위는 한풀 꺾였다. 숨이 턱턱 막혔던 더위는 사그라지고, 밤에는 제법 선선하였다. 여름의 태양이 기세를 잃으면서 낮이 점점 짧아지고 있었다.

밤은 성숙하지 않았다. 텅 빈 술집은 도시의 소음이 차단되어 있었다.

그녀는, 그때 괜히 변명부터 늘어놓기 시작하였다.

"동네 언니가 하는 집인데 언니 만나러 왔다가, 심심해서 한 잔 하고 있어요. 언니 혼자서 하는 술집이거든요. 언니는 늦게 온대요.

상무님은 저 같은 거 기억도 못하시죠. 전 상무님을 너무 잘 알고 있는데 말이죠. 아름다운 사모님께서 지금 임신 중이라면서요. 신경이 너무 많이 쓰이시죠. 그 아이가 태어나면 어떻게 생겼을까요? 참으로 궁금하거든요. ……빼닮아서 이목구비와 그 표정이 아기의 얼굴에 살아 있을지?"

"……."

"그걸 어떻게 알았느냐구요, 다 알 수 있어요. 전 상무님 일이라면 항상 귀를 쫑긋 세우고 있거든요."

그녀는 많이 취하여 혼자 더듬거리고 있었다. 모처럼 만난 김에 하고 싶은 말이 무척 많다는 표정을 짓고 있었지만, 그녀의 머릿속에 가득 찬 말들은 갈피를 못 잡고 허공에 떠있었다. 그녀의 얼굴에는 어떤 형태의 조급함과 진지함이 함께 담겨져 있었다.

"저도 사막을 좋아한다구요. 얼마 전에 고비 사막에 다녀왔어요. 그러나, 사진은 단 한 장도 찍을 수가 없었어요. 대지에서 울리는 느낌이 너무 강렬했거든요! 또 별이 쏟아져 내리는 고비의 밤하늘은 어떻구요! 초인간적인 대지의 기운이 엄청난 힘으로 내 영혼을 빨아들여서 전 손가락 하나 꼼짝할 수 없었어요. 셔터 누를 힘조차 없었다구요."

"……."

"참, 상무님은 여행 하시면서 절대 사진을 찍지 않는다죠. 귀찮아서, 아니면 사색에 방해가 되니까? 절, 이 세상 끝까지, 어디든지 데리고 가주세요. 제가 열심히 찍어 드릴게요. 그런 환상적인 순간을 놓치면 안 되겠죠. 지금 '날 데려가세요' 하고 소릴 지르고 싶군요 물론 어림없는 소리지만 말이죠. 가끔, 제가 보호해 줄 필요가 있지 않을까 생각할 때가 있어요. 어쩔 줄 모르는 그 쓸쓸한 모습을 생각하면 가슴이 꽉 막히거든요. 그땐 꼭 안아주고 싶어요."

다른 손님은 아무도 없어서 조그만 술집이 휑한 느낌을 주었다. 사람이 붐비지 않는 그런 술집은 정말 쓸쓸하다. 술집의 어스름한 불빛 속에서 그녀의 불그스레한 얼굴이 묘한 매력을 풍겼고, 우뚝 선 콧날 위로 꿈처럼 모호한 슬픔이 무심히 스쳐갔다.

"전 이혼녀에요. 아주 일찍 결혼하고 일찍 이혼했어요. 회사에서는 누가 알까봐, 괜히 전전긍긍하고 있지만요."

그녀는 끝내 비밀로 간직하려 했지만 그날 밤은 어쩔 수가 없었던 것이다.

"그걸 하필 내게 얘기할 필요가 있을까?" 그가 마지못해 우물거리듯 희미한 목소리로 대꾸하였다.

"글쎄요, 그래도, 상무님은 알아야 될 것 같거든요. 그동안 기회가 없었잖아요. 전 운명을 믿는 편이죠. 지금 운명의 냄새가 느껴져요. 전 상무님을 처음 보는 순간부터…… 아주 오래전부터 제가 기다려왔던 사람이 바로 상무님이라는 것을 깨달았지요. 그리고, 야릇한 운명을 한탄하였지요. 왜, 우린 아주 일찍 만나지 못했을까 하구요. 아름다운 사모님보다 먼저……."

"도대체 무슨 말인지 알 수가 없군?"

"우린 둘 다 멍청이 아닌가요?"

"바보는 바로 나겠지."

그 말을 하는 짧은 순간 입술이 닿을 듯 말 듯 가까이 머리를 맞대고 있던 두 사람의 시선이 둘만의 좁은 공간에서 마주쳤다. 그녀의 달착지근한 숨결이 그의 코끝을 간질이며 얼굴에 달라붙었고, 검고 윤기 나는 긴 머리카락이 귓가에서 서걱거렸다. 그녀의 긴 목이 육감적이었다. 비단결 같은 검은 머리가 빛났다. 구리 반지를 낀 가는 손가락이 머리카락을 쓸어 올렸다. 미모사보다 더 예민한 그녀의 눈에 가녀린 이슬 같은 눈물이 어렸다. 그녀는 흐르는 눈물 때문에 목이 메려 하였다. 그녀는 고개를 세차게 흔들며 술 한 잔을 꿀꺽 삼키고, 그를 향해 억지로 미소, 애매한 미소를 지었다. 그 약간 어색한 순간을 모면하려는 듯 그녀가 술을, 소주와 맥주, 양주 등을 스스로 꺼내왔다.

"그래요, 나도 소맥 잘 마신다구요. 그까짓 것 아무것도 아냐……나도 얼마든지 마실 수 있지요. 취하고 싶네요. 지금보다도 열 배는 더 취하고 싶네요. 당신은 날…… 이혼녀가 너무 따분한 나머지 머릿속이 온통 섹시한 남자 생각으로 가득 찬 한심한 여자로 보고 있으니까, 사람을 너무 무시하니까, 술을 안 마실 수가 없지."

술은 느지막한 밤에 마셔야만 제격이다. 희미하고 가느다란 불빛 아래서 얼큰하게 마셔야 술맛이 제대로 나는 법이다. 어둠침침한 작은 술집이 더없이 아늑하였다. 두 사람의 술잔이 허공에서 제멋대로 도형을 그리며 은밀하게 또는 무분별하게 서로 부딪쳤다. 그녀는 더욱 취하였고, 한층 불그스레한 얼굴에 혀가 더욱 꼬부라졌고, 더욱 달콤한 목소리로 말을 많이 하였다.

술의 마술적인 효과에 의해 그녀의 굳었던 혀가 완전히 풀렸다. 그녀가 제멋대로 지껄이기 시작했다.

"김 상무, 당신 말이야, 인간이 만들어 낸 가장 위대한 발명품이 무언지 알아요? 그게 술 아니겠어요!"

"그렇지, 인간이 술을 만드니까 그 술이 사람을 호모사피엔스 알쿨리크스 (술 마시는 인간)를 만들었지. 술을 지나치게 많이 마시면 술에 더욱 의존하게 되고, 그래서 술꾼은 술의 노예가 되지. 그러면 술은 그 노예에게 가차 없이 주인 노릇을 하지."

"그만 둬요. 더 이상 말하지 마세요. 저하곤 아무런 상관이 없는 일이에요……."

"지금, 술을 많이 마시니까 두려움이 싹 사라지네요……."

"……."

"전, 당신과 마주치는 것을 두려워했죠. 말을 걸어올까봐 말이에요. 내게 말을 걸어오면 머릿속이 마구 뒤엉키면서 말을 더듬을까봐 겁이 났지요."

"……."

"당신 앞에 서면 멍청해질까봐 무서웠던 거예요……."

"……."

"당신, 내 기분이 어떤지 아세요. 날 지금 속으로 비웃고 있죠."

"그럴 리가 있나."

"지금 아니어도 나중에라도 틀림없이 비웃을 거예요."

"쓸데없는 소리, 너무 취했어."

"그런데, 당신은 모든 것에서 완벽주의자 아녜요? 한번 프로젝트의 설계 작업을 맡게 되면 미친 듯이 몰두하니까요. 당신은 강박증에 시달리고 있는 거예요. 아니면 불안증이겠지요. 그것도 아주 심하게 중증이지요."

"착각은 하지 마, 완벽은 없어, 불가능해. 사람도 세상만사도 불완전하고, 미성숙하고, 미완의 것이지. 완벽에 집착하는 것은 미친 짓이지. 만약인데 말이야, 사람들이 이구동성으로 완벽하다고 인정해도 그런 건 인간의 미망이 초래한 일종의 위장이거나 함정일 거야. 완벽 또는 완전이란 것은 성숙했다는 뜻 이외에 아무것도 아닌 거지. 그걸 오해하면 안 되겠지. 그렇다면, 결국 완벽주의는 과대망상인 거지. 다시 말하지만 완벽이란 참으로 비인간적인 거야. 그건 광신자에게나 해당하는 것이겠지. 그러므로 유일한 완벽은 죽음을 의미하는 거야. 지금 나에게 필요한 건 완벽이 아니라 완성인 거야. 우리는 완벽이 아니라 완성을 향해 나아가는 거지. 그러나 완성을 위해서는 설계도 앞에서 눈에 불을 켜고 자신의 생명력을 불사르기 위해 반쯤 미쳐야만 하는 거지. 하지만 성에 차지 않아 또다시 실망하게 되고. 그때는 너무 지쳐서 작업을 멈춘 채로 티자 자 하나 들 수 없는 무기력한 마비 상태에 빠져들고 말지. 그러니까 에밀 졸라 의 클로드 랑티에처럼 목을 매고 죽어야만 하는 거야.

가령 내가 완벽하다면 유행에 아주 민감했겠지. 그래야만 되니 까…… 요즘 고층 빌딩이 한창 유행하고 있지. 그러나 나는 회의 적이지. 고층 건물은 아니야. 초고층 건물은 햇빛이 가득해야 할 거 리에 긴 그림자를 오만하게 드리우며 하늘을 가리지. 그러니까 건 물의 외관은 비인간적으로 차갑고 냉소적으로 느껴지는 거야. 절대 로…… 절대로 아닌 거지. 그건 바벨탑의 교훈을 잊어버린 탓이지. 그리고 건축학적으로도 초고층 건물은 콘크리트 변형에 따른 기둥 축소 현상을 해결할 수 없거든. 지진에도 취약하고. 그래서 고층 건 물은 결국 바벨탑의 운명을 겪을 수밖에 없는 거지. 인간들이 점점 오만해지고 있거든. 인간과 건축의 본질을 망각한 짓이라고 할 수 있을 거야…… 하지만 나는 유행에 뒤떨어져서 소외되고 있는 거 야. 소외되고 있다고…….

나는 위대한 건축가가 되길 바랬지만…… 그러나 이름이 아닌 건축 작품이 남겨지길 원하였지. 그게 이루어질지 모르겠군."

"그런 복잡한 소린 듣고 싶지 않아요. 건축 애기는 회사에서도 지겹게 듣거든요. 당신은 술집 분위기에 어울리지 않는 소릴 잘 하 죠! 왜 그리 눈치가 없어요? 좀 간단히 말할 수 없어요. 오직…… 당신이란 사람이 문제인 거예요. 당신은 도대체 믿을 수 없으니까요. 여자가 조금만 가까이 다가서도 멀리, 아주 멀리 도망가는 사람이죠. 여자가 스스로 옷을 벗을까봐 죽을 맛인거죠? 안 그래요? 당신은 겁쟁이고…… 비겁한 사람…… 사람이라고 할 수 있겠죠"

그녀가 너무 취해서 마구 지껄였다. 그러나 틀린 말을 하고 있지는 않았다.

"대충은…… 맞는 말을 하고 있군. 난 정신이 온전할 때는 애길 잘 하지 못 하지. 혀가 풀리지 않거든. 하여간에 그래……. 술에 충분히 취하여만 혀가 그럭저럭 돌아가지. 그러니깐, 애기를 하는 건 내가 아니라 술이지. 소주가, 소폭이 하는 거지."

그는 그녀 머리카락의 흔들리는 검은 빛깔에서 탐스러움을 느꼈다. 그때 조금 전까지만 해도 느끼지 못했던 격렬한 욕망이 그를 덮쳤다. 그것 때문에 그의 머리가 욱신거리기 시작하였다. 그의 숨소리가 조금 거칠어진 것 같다. 남자의 야릇한 육체적 욕망이 일기 시작한 것이다.

'오늘 저녁 마침내 이 여자의 몇 겹 신비한 베일을 벗겨버려야만 하지. 반드시……. 이 여자는 그 동안 다가갈 수 없는 경계선 밖에 있었지. 결국 여자의 몸뚱아리이겠지만. 이 여잔 여자이지. 여자로서 기능하는 여자. 지금 먼저 예행연습처럼 짧게 입맞춤을 한다면 어떨까? 옷을 벗기려들면 어떻게 나올까? 어떤 표정을 지을지 궁금하군. 무슨 의미 없는 말을 지껄일지도……. 오직 거칠게 비릿한 신음 소리만 내뱉을지도 모르지. 그런데 내가 여자의 옷을 벗길 줄 알

앉던가? 능란한 솜씨로 원피스의 뒤쪽 단추를 풀 수 있을까? (내가 상상 속에서 그녀의 옷을 벗겼던 적이 있었던가. 내가 꿈을 꾼 적이 혹은 환상을 가졌던 적이 있었던가. 그녀를 성적 노예로 삼아 학대한 꿈이거나 몹시 반항하는 그녀에게 올라타 짓누르는 짓궂은 환상 말이다.)

하지만 결국 그 자존심이 강한 여잔 내가 그렇게 간청하는데도 불구하고 못하겠다고…… 지금은 당장은 안 된다고…… 이렇게 빨리 하면 자신을 천박한 여자로 볼 것이기 때문에 안 된다고…… '벌거숭이가 되면 우습게 보일 거예요!' '그리고 말이에요. 갓난아기가 엄마 젖을 빨듯이 당신이 내 젖꼭지를 넣고 우물거리면 간지러울 거예요.' '틀림없지요. 당신의 절망적인 움직임을…… 물에 빠진 사람이 지푸라기라도 잡으려는 심정으로 몸부림치는 동작을…… 영혼이 달아나버린 맥 빠진 육체의 기계적인 동작을 보는 것은 끔찍할 거예요' 라고 말하겠지. 그러니, 시간이 지나가야 한다고, 조금만 참고 기다리라고 하겠지.'

그는 그때 그녀를 소유하고 싶은 참을 수 없는, 불가항력적인, 모호하고 끝없는 욕망에 사로잡혔다. 육체가 서로 엉키고 밀착해서 한 몸이 되고 싶었다. '내가 그녀를 강간할 수 있을까? 나는 지금 그녀를 강간하고 싶다. 그녀를 짓밟기 위해 거친 폭력을 행사하고 싶다. 그녀의 자존심과 열망, 불안, 공포를 잠재우기 위해 단번에 그녀를 집어 삼키고 싶다.'

그는 온몸에 소름이 돋았다.

그녀가 화장실에 가기 위해 일어섰다.

그는 그 순간 그녀의 두 눈을 똑바로 쳐다보았다. 그리고 자신의 욕망이 얼마나 터무니없고, 어리석고, 추악하다는 걸 깨달았다. 그는 거침없이 꿈틀거리는 욕망을 억제하기 위해 연거푸 술잔을 들이켰다. 달콤한 술기운이 일시적 통증 같은 그 욕망을 가라앉혔다. 그는 그녀를 껴안고 애무하고 싶은 성적 쾌락에 대한 갈증을 가까스로 억제하였다. 곧 그 아름답고 신비한 인간적 본능은 어둠의 망각 속으로 씻은 듯이 사라져 버렸다. 욕망이 사그라지면서 모든 것이 시시하고 공허해 보였다.

그는 울고 싶었다. 동시에 헤아릴 수 없는 두려움을 느꼈다. 그는 무언가 은밀한 일이 들통 나서 무안한 기분이 되었고, 그녀를 다시는 똑바로 바라볼 수가 없었다. 그는 갑자기 그녀의 눈길을 감당할 수 없어서 말의 실마리를 잃어버렸다. 그는 억지로, 그녀에게 부자연스러운 미소를 지어 보였다. 그 가슴이 꽉 막히는 듯한 분위기에서 탈출하기 위해 그는 다급하게 소맥과 강한 술을 닥치는 대로 계속 마시기 시작했고, 독한 알코올이 목구멍을 넘어갈 때마다 마치 불덩이를 삼키는 듯한 느낌이 들었다. 그때 강렬한 술기운이 부끄러움처럼 그의 얼굴을 감쌌다.

그 술집에는 그녀만 존재한다는 느낌을 받았다. 그는 존재하지 않았다. 그는 상당히 취한 상태에서 언니가 돌아오자마자 고독한 환상의 섬인 그 술집으로부터 도망치듯 빠져 나왔다. 그 추상적인 섬은 그 무렵 그의 기억과 망각이 교차하는 가운데 그의 가슴 속을 이리저리 떠다녔다.

두 사람은 이제 결코 서로 만나지 못하리라.

그 후 손희승을 오랫동안 만날 수 없었다. 무슨 일인지, 그녀가 곧 회사를 그만두었기 때문이다. 한참 나중에서야 그녀가 새로 창간한 패션 전문 잡지의 사진기자로 갔다는 이야기를 들었을 뿐이다.

1998년 늦은 봄. 토요일 석양 무렵.

황혼의 빛깔은 마치 무지개를 층층이 쌓아 놓은 것처럼 불타는 분홍, 장밋빛 분홍, 짙은 회색 분홍으로 변하고 있었다. 세상의 풍경이 황금빛 석양에 물들고 있다. 세속적인 모든 것이 사라지고 있었다. 그는 믿을 수 없는 하늘을 쳐다본다. 시뻘건 해가 석양 저편 어디론가 떠나고 있었다. 그는 그때 서초동 남부터미널 부근에서 방배동 쪽으로 아주 느릿느릿 길을 걷고 있었다. (그때는 리비아로 가는 출국 준비가 거의 끝나서 홀가분했다고 할 수 있다. 그는 6월 초순경 출발할 예정이었다.)

그는 그녀와 길에서 갑자기 마주쳤다. 그녀가 먼저 깜짝 놀란다. "상무님, 안녕하세요. 오랜만입니다. 죄송해요. 얼마 전에 회사를 옮겼지요. 말씀드릴 기회가……. 건축 쪽 현장 사진은 어지간히 찍었거든요. 새로운 것을 시도해보고 싶었지요. 자세한 이야기도 없이…

… 그냥 그랬어요." 두 사람은 짧은 거리에서 빤히 쳐다보면서……
잠시 환한 미소에 잠긴다. 서로 반가워서 손을 잡을 듯하였다. 그러
나 그녀가 주춤거렸다. 그는 그 자리에 꼼짝없이 서 있다. 그는 말
한마디 없이 훌쩍 떠나버린 그녀에게 심술이 나서 빈정대고 싶었지
만 꽉 막혀버린 목구멍에서 말이 잘 흘러나오지 않았다.

손희승은 가던 길을 걷는다. 그리고 돌아보았다. 가볍게 손을 흔
들더니 계속 걸어갔다. 그녀는 골목길로 꺾어지는 모퉁이에 너무
빨리 도달했다. 거기서 잠깐 멈추었고 그가 서 있는 쪽으로 다시 돌
아보았다. 그녀는 환한 미소를 지으려고 하였지만 눈물이 글썽거려
서 웃음이 나오지 않았다. 손희승은 뒷골목 길로 빨려 들어가듯이
사라져 버렸다.

그녀는 압도적인 힘으로 나에게 다가왔었다. 그러나 나는 그럴수
록 떠날 수밖에 없었다. 당신을 영영 떠나지 않겠다고 약속할 수는
없었어. 난 당신을 붙잡을 수 없었던 거지. 그럴 수밖에 없는 걸 이
해해줘. 날 내버려줘. 내가 여자를 사랑하는 것은 불가능한 일이었
을까.

그녀가 그때 했던 말이 오랫동안 여운을 남겼다.

"참된 사랑은 작별 인사를 하지 않고도 사랑하는 사람과 헤어질
줄 알죠"

사소한 작별 뒤에는 영원한 이별이 뒤따른다.

에필로그

손희승은 잡지사에서 사진기자로 몇 년 간 근무한 후 그의 능력을 인정받아서 유수한 일간지의 사진기자로, 말하자면 스카우트되었다. 그때가 김규현이 죽기 전 봄이었을 것이다. 그러나 그녀는 김상무가 사하라에서 죽은 사실을 세 달쯤 지나서야 알게 되었다. 그러니까 그해 (2000년) 늦가을이었는데 난생 처음이라고 할 만큼 술을 많이 마셨고 (거의 매일 밤 폭음을 했고, 만취해서 집으로 들어갔다. 그리고 그 노래를 불렀다. 그녀의 십팔번. ……가시리 가시리 잇고 나를 바리고 가시리잇고……) 그리고 밤마다 울기도 많이 했다. 도저히 참을 수 없었던 것이다.

그녀는 모든 걸 잊기 위해서 몇 년 동안 신문사 일과 사진 작업에 몰두했다. 그 무렵 그 사건이 발생했다. 그녀보다 다섯 살 아래인 문화부 기자 녀석이 그녀에게 사랑한다고, 결혼하고 싶다고, 그녀의 과거지사는 상관없다고 에둘러서 문자 메시지 또는 이메일을 뻔질나게 보냈던 것이다. 그러나 그녀는 그것을 철저히 무시했고 어떠한 반응도 보이지 않았다.

그날 기자들 몇 명이 모여서 옛날 피맛골 골목에서 2차, 3차 단골집 순회를 하였고 마지막 술집에서 그 기자가 공개적으로 그녀 앞에서 무릎을 꿇고 사랑하니깐 결혼하자고 구혼을 했던 것이다. 그때 그녀는 그의 뺨을 인정사정없이 후려쳤다. 그리고는 내뱉었다. '씨발 새끼 같으니라고.' 술판은 그 일로 파장이 되었고 그 소식은 사진부와 문화부를 걸쳐서 사내에 은밀하게 퍼졌다. 그러나 그뿐이었다. 그래서 어쨌다는 건가.

그 몇 달 후 그녀는 상사에게 분쟁의 현장, 전쟁터에서 인간의 실존 상황을 취재하고 카메라에 담아야한다고 고집하며 아프카니스탄에 파견을 요청하였고, 부장은 너무 위험하다고 진심으로 그녀를 위하는 마음에서 아프가니스탄 행을 극구 말렸다.

그녀가 말했다.

"퓰리처상을 네 번이나 수상한 여성 사진작가 캐럴 구지가 '사진기자란 목숨을 걸고 오지로 떠나는 선교사와 같다'고 말했지요. 때로는 천 마디 말보다 사진 한 장이 위대할 수 있습니다. 아프가니스탄 북동부에 있는 세계의 지붕에 고립된 채로 살아가는 유목민인 키르기스족의 삶의 모습, 아름다운 양귀비 밭과 아편에 중독된 사람들, 용감한 탈레반 전사들을 사진에 담고 싶습니다. 그리고 총탄이 날아다니는 현장으로 가고 싶지요. 생생한 현장으로 말입니다. 그리고 그들이 총을 쏘는 순간 셔터를 눌러야 할 것입니다. 그러나 고통의 기억이, 치밀어 오르는 분노가 나를 사로잡겠지요"

부장이 말했다.

"거긴 여자를 보내기엔 너무 위험해. 탈레반이건 민병대건 모두 위험하거든. 무지막지하다고 해야겠지. 그리고 그 쪽 사진은 AP나 UPI같은 세계적인 통신사들이 모두 이미 찍어버렸지. 내셔널 지오그래픽에서도 몇 번이나 훑어버렸고. 그러니까, 특종감이 남아 있지 않은 거야, 알겠지? 괜히 쓸데없는 짓 하지 말라고. 하나밖에 없는 목숨을 부지하고 결혼도 해야 될 것 아냐."

"프리랜서 기자로 용감하였던 부장님이 그런 말씀을 할 줄은 몰랐네요. 제가 여자라서 그런가요? 결혼이 무슨 상관이에요?

솔직하게 말씀드리고 싶군요. 그날 밤, 제가 그 사람에게 소리 없이 울부짖었지요. 지금 내 안으로 들어오세요. 어서…… 빨리……. 내 몸은 당신의 아늑한 집이 될 거에요. 내 자궁은 당신을 지키는 성벽이라고요.

저는 그 사람이 죽었다는 소식을 들은 후부터 계속 우울과 불안 증세에 시달렸지요. 머리카락이 빠지기 시작하면서 죽고 싶다는 충동이 들더군요. 의사가 항우울증 약을 처방해주었지만 별다른 효과가 없었지요. 지금이라도 그 쪽으로 멀리 가는 게 나아요."

"그러나 안 될 일이야. 그 사람 일은 내가 알 바 아니야. 그러니까 프리랜서 저널리스트들의 운명을 알고 있기나 해? 그들은 자유로움을 선택한 대신 비정규직보다 못한 대우를 감수해야만 하는 거야. 늘 돈과 신분 문제로 고민하게 되지. 메이저 언론사들도 분쟁지역의 기사를 원하지만 사고 가능성 때문에 기자를 분쟁지역에 파견하는 것을 부담스러워 하는 거야. 내가 윗사람한테 네 이야기를 했지만 거절당했지. 곤란하다는 거야. 참혹한 현장 취재는 정신적 부담과 함께 극심한 스트레스를 동반하게 되거든. 나는 이라크 전쟁에 갔다가 공황장애, 우울증과 불면증으로 한동안 고생했지. 전장에

갔다 온 기자들은 트라우마와 외상 후 스트레스 장애를 안고 산다는 것을 기억하라고……."

"하지만 현장에 가지 않으면 무슨 일이 일어났는지를 알 수가 없지요. 그 시간이 아니면 기록할 수 없는 것이 그곳에 있는 거 아니겠습니까. 그리고 승자와 강대국의 시각이 아닌 우리 시각이 필요하지요. 사진 한 장으로 세상을 바꾸기는 어렵겠지만 말이지요. 저는 위험을 무릅쓰고서라도 최전선으로 가고 싶군요. 앞으로 벌어지는 모든 일은 내 책임입니다. 무슨 일이 생겨도 누구를 원망하지는 않을 것입니다. 그게 저널리스트의 숙명 아니겠습니까."

그때, 그녀는 머리를 짧게 깎은 후 프리랜서를 선언하며 사표를 내던졌다. 아무도 그녀의 고집을 꺾을 수 없었던 것이다.

그리고 나서, 그녀는 아프가니스탄 북동부에 있는 바다흐샨 지역으로 들어갔다. 그곳은 아프가니스탄에서도 최북단으로 타지키스탄과 파키스탄, 중국 등과 국경이 닿아 있었고, 힌두쿠시 산맥과 카라코람 산맥 사이 파미르강과 와칸강, 아커쑤강, 아무다리야강이 흐르는 와칸 회랑의 높고 척박한 계곡에는 여자들이 붉은 옷을 입고, 수니파 이슬람교도들인 키르기스족 사람들이 외부 세계와는 철저히 고립된 채로 장모종 염소나 지방꼬리양, 야크, 쌍봉 낙타를 기르며 그 젖과 고기를 먹고, 그것을 밀가루와 교환하며 살고 있었다. 그러나 이 계곡은 마약거래의 은밀한 루트이다. 바다흐샨은 세계 최대의 양귀비 재배지로 한때는 전 세계 아편의 80퍼센트를 생산하였다. 농민들은 양귀비를 재배하여 생아편 덩어리를 만든 다음 탈레반이 지원하는 마약 밀수업자들과 거래하고 있었다. 탈레반은 아편 밀거래로 자금을 마련하고 서방 세계의 군대와 싸우고 있다.

그러나 그곳 농민들은 아편 중독이 만연해 있었다. 의료시설이 없는 벽지 마을에서는 아편을 약으로 사용하는 경우가 허다했으니, 가족 모두가 심지어 마을의 쥐나 뱀까지 중독되어 있었다. 그러나 아편의 씨앗은 식용유 원료로, 줄기는 땔감으로 사용하고, 타다남은 재로 비누를 만든다. 그들은 양귀비에서 필요한 생필품을 얻는다.

그녀는 소도시인 바라하크에서 그곳 기준으로 중산층 가정에 둥지를 틀고 주인 내외의 15살 아들은 안내인으로, 17살 딸은 조수로 삼아 취재 활동을 하였다. 그 지역 사정을 속속들이 잘 아는 조수와 안내인은 대단히 중요하다. 그들 덕분에 기자들은 제대로 취재 활동을 할 수 있기 때문이다. 기자들은 폭탄 테러, 납치와 살해의 위협에 끊임없이 시달렸다. 그들은 기자들이 방문해도 되는 곳과 절대로 접근해서는 안 되는 위험한 지역, 주민들의 성향, 탈레반이 잠복해 있는 곳에 대해 조언을 해주었던 것이다.

2007년 늦은 봄 (아름다운 분홍색 양귀비 꽃들이 알알이 열매를 맺는 양귀비 수확 철이었다.) 어느 날, 그녀는 사진기를 들고 국제안보지원군(ISAF)과 탈레반이 교전을 벌이고 있는, 화려한 색으로 불타는 듯한 사막지대인 현장으로 출동하였다.

그녀는 목숨을 걸고 생생한 사진을 찍어야만 했다. 그건 사진기자의 숙명이었다.

그녀의 조수, 비비 조하라가 말렸다. "거기는 가지마세요. 그렇게 가까이 가면 안돼요. 조심하세요."

탈레반이 설치한 사제 폭탄이 터지는 것을 신호로 옥수수 밭 뒤쪽 경사진 둔덕에 있는 두꺼운 토담 위에서 총알이 쏟아지고 격렬한 응사 사격이 시작됐다.

그녀는 입이 바싹바싹 말랐고 다리가 덜덜 떨렸다. 손바닥에 땀이 고이고 손이 떨려서 셔터를 누를 수조차 없다. 바지에 오줌을 지렸다. 눈을 질끈 감고 누르고, 누르고, 또 눌렀다. 찰칵, 찰칵, 찰칵. 그 소리들이 무심하게 저 멀리 허공으로 사라져갔다.

그녀는 탈레반이 쏜 것인지, ISAF 쪽에서 쏜 것인지, 알 수 없는 총알을 가슴에 맞고 그날 현장에서 죽었다.

나는 걷는다

나는 걷는다

사람들은 모두가 순례 떠나기를 갈망하고,
방랑하는 나그네들은 처음 보는 해안, 낯선 땅에 발을 내디딘다.
— 제프리 초서

나는 걷는다.

길을 걷는다.

사막을 걷는다.

내가 사랑하는 뜨거운 햇빛과 황금빛 모래가 지천으로 널려 있고, 그 찬란한 자유가 넘쳐나는 아름다운 사막들. 모든 사막은 기후 풍토, 바람과 모래 언덕의 형태, 모래와 자갈, 암석의 분포, 동식물의 종류, 풍경, 인간의 삶과의 관계 등에서 각기 나름대로 독특한 특징이 있었다. 그러나 사막은 제각각 다르면서도 신기하리만치 매번 똑같은 느낌을 준다.

내가 지금까지 적어도 한 번 이상 여행을 하였던 아시아와 아프리카의 사막은 다음과 같다.

한번 들어가면 다시는 나올 수 없다는 전설의 대지인 중앙아시아의 타클라마칸 사막, 몽골의 고비 사막, 투르크메니스탄의 카라쿰 사막, 우즈베키스탄의 키질쿰 사막, 이란의 카비르 사막, 루트 사막, 인도의 타르 사막, 시리아 사막, 모세가 신을 찾아서 풀뿌리와 메뚜기로 연명하며 40년간이나 방랑하였던 시나이 반도, 위대한 공허의 땅인 아라비아 반도 남부의 룹알할리 사막, 네푸드 사막, 다흐나 사막, 보츠와나의 칼라할리 사막, 나미비아의 나미브 사막, 그리고 사하라 사막이 있다.

나는 사막의 찬란한 햇빛과 모래, 광활한 지평선에 중독되어 있다. 사막은 성지나 다름없었고, 나는 성지 순례자였다. 나에게는 늘 또 다른 사막이 기다리고 있다. 나는 사막에 존재하지도 않는 신전을 찾아 나선 영원한 순례자였다. 내가 사막 순례를 시작한 것은 대략 15년 전부터였다. 아마 내가 죽을 때까지 그 순례는 계속될 터이다. 그렇지만 나는 결국 사막에서 정처 없이 떠도는 이방인이었고 언제나 이방인으로 남게 될 것이다. 사막의 본질은 여전히 그대로 남아있기 때문이다.

나는 온갖 고생, 고생하면서 열대우림과 사막만을 찾아 혼자 여행하는 취미를 갖고 있다.

고난과 극기의 여행.

나의 예민한 성장기에 바다에서 일어났던 그 비극적 사건 때문에, 잔인한 전쟁이 할퀴고 지나가면서 내 가족에게 남긴 아물지 않은 깊은 상처의 후유증 때문에 생긴 원죄의식은 평생 동안 나를 따라다녔다. 나는 그때 바다의 잔인무도한 힘과 그 악의를 알게 되었고 바다에 대해 억누를 수 없는 깊은 원한을 품게 되었다. 죽음의 두려움보다도 더 나쁜 게 바다에 대한 끝없는 공포심이었다. 나는 원래 선장이 되어 이 세상 끝에 있는 바다까지 가보고 싶어 하지 않았던가. 그 꿈을 잃어버렸다.

그랬으니 바다를 대신한 사막 여행은 내가 일시적 절망에서 벗어나려는 단순한 행위도 아니었고 인생의 영원한 구원을 찾으려는 행위도 아니었다. 나는 인간의 삶에는 목적도 의미도 궁극적이고 보편적인 진리도 없다고 회의적으로 생각했으니, 인간을 포함해서 세상의 존재가 그저 별것 아니라고 생각했으니, 내가 구원을 갈망했을 리는 없다.

그렇다면, 그 여행은 내가 자신의 내면 속 깊은 곳에 감추어진 자아를 찾으려는 사색적 탐구, 자기 자신으로부터 무한정 도망치려하는, 방황하는 영혼과 타협하도록 하는 설득, 일종의 치유, 정화, 사유, 정신적 치료 행위였을까.

아무도 모른다. 나 자신도 모른다.

그러므로, 불가에서 말하는 산 중의 산, 깨달음의 산, 원각산을, 오욕칠정을 끊고, 삶을 끊고, 화두의 바랑 하나만 짊어진 채 바로 그 원각산을 찾아가는 여행도 아니었다.

사막이 무어란 말인가. 언제 사막이 날 애타게 기다린 적이 있었던가. 사막은 이제 너무 지겹지 않은가. 사막에서 신을 만날 수 있을 것인가. 사막이 신이 아닐까. 그렇지만 신은 불가해야하고 역설과 모호함이 아니던가. (그런데 신을 만나기를 바라는 이유는 고통 때문인가. 또는 보다 근원적으로 존재론적 차원의 이유가 있는 것인가. 하여간에 신을 만나면 무슨 말을? 우선 고통을 없애 달라고 읍소할 것인가. 또는 내가 원하는 걸 달라고 부탁할 것인가. 용서를 구할 것인가. 아니면 고맙다고) 사막은 악마다. 악마는 나를 호시탐탐 기다리고 있는 것이 아닐까.

하지만 아무것도 살지 못할 것 같은 사막은 황량하면서 장엄하고 삭막하면서도 우아하다. 그것은 자기중심적이고 무자비하다. 사막은 끊임없이 인간에게 인내의 한계를 시험하도록 강요한다. 그러나 날이 갈수록, 바람이 수놓은 아름다운 모래결이 호수의 물결처럼 펴져 있는 사막을 더욱더 사랑하게 되었다. 끝없이 드넓고, 메마르고, 거칠면서도 부드럽고 관대한 대지. 꾸밈없는 단순함이 있는 곳. 그곳에는 문명의 때가 전혀 끼지 않은 순수한 야생이 있었고, 완벽한, 그래서 엄숙하기까지 한 생명 이전의 태고의 정적이 있다.

사막에는 무한한 공간의 영원한 침묵만이 숨 쉬고 있다. 문명사회에서는 도저히 맛볼 수 없는 대자연의 원초적인 힘을 느낄 수 있다. 나는 언제까지나 사막을 사랑할 것이다. 사막은 사소한 일에도 상처 받기 쉬운 나의 예민한 감정을 진정시켜 주었다. 사막의 군더더기 없는 고독이 나를 감싸 안아 주었다. 나는 사막에서 마음의 평안을 얻는다.

사막은 고요와 모래, 바람과 별들의 고향이다. 단순하고 정직하다. 그리고 절대적인 평화와 안정이 있다. 사막에는 바람의 흔적만이 모래 위에 남아있을 뿐이다. 사막에서는 시간도 흐름을 멈추는 것처럼 보인다. 사막의 바람은 침식과 풍화를 일으키지만 그 작용이 너무 느려서 사막의 본질은 수천 년 전과 지금의 모습이 다르지 않다. 사계절도 없으니 일 년 내내 풍경의 변화도 없다. 그래서 사막에서 시간은 흐르지 않고 고일 뿐이다.

그런데 사막은 태양의 땅이다. 사막에서 부수적인 것들은 불타는 태양이 태워버리기 때문에 그것들은 모두 사라지고, 오직 본질, 진실만이 존재한다. 하얀 뼈만 남는다. 그래서 사막은 궁극적이고 절대적이다.

오래 전부터, 나는 그 무엇과도 견줄 수 없는 사막의 매력에 완전히 매혹되어 있었다. 사막은 나의 영혼을 사로잡는 주술적 마력을 지니고 있었다. 사막은 인간들에게 결핍되어 있는 본질적인 그 무엇을 감추고 있었다. 그때 사막은 자신의 실체를 눈에 보이지 않는 세계의 내면으로 숨긴 채, 그곳으로 나를 끌어 당겨 감각적 마비 상태에 빠지게 한 것이다. 사막이 나에게 최면을 건 것이다. 사막은 일종의 최면을 걸어서 수천 년 동안 여행자들을 유혹하였다. 그리고 사막의 함정 속으로 빠져들게 하였다.

나는 나의 또 다른 자아에게 속삭인다.

사막에 가서 진짜…… 사막을 느껴볼 거야. 사막은 신이니까. 아니면 신의 위대한 적수이니까. 사막은 일종의 신비, 비세속적인 신성함, 허무를 극복하는 성스러움, 공포스러운 힘, 악마적 괴물, 끝없는 혼돈, 미신이고 야만, 커다란 공백, 너무나 많은 의미를 갖고 있기에 그래서 결국 무의미하거나 허무한 것이 아닐까. 그러나, 이 세상에서 내가 느끼는 가장 큰 기쁨은 사막의 황혼이 선사하는 그 감미로움이지. 그 황혼을 평생 잊을 수가 없으니까 또다시 찾아가는 거겠지.

(하지만, 사람들은 날 사막에 미친 사람이라고…… 괴짜처럼 취급하고…… 혀를 끌끌 차지. '왜 그렇게 사냐'는 말도 가끔 듣고, '언제 철들겠느냐'는 말도 들었지. 어떤 고약한 사람은 날 현실도피주의자 혹은 마조히스트로 취급하고 경멸하기까지 했지. 그러니 내 여행 계획을 경청하고 고개를 끄덕이며 격려해준 사람은 아무도 없었거든. 마누라도 그렇고……. 그러나 나는 적극적으로 해명해야할 필요성을…… 자신을 정당화하거나 변명할 필요성을…… 느끼지 못하였지. 사막에 신이 있다는 걸…… 그걸 찾아다닌다고…… 도저히 납득시킬 수가 없었으니까. 어차피 누구도 이해시킬 수 없었지. 나는 그 비양거림에 부끄러워하지도 않았고 당연히 들어야할 수근거림이라고 여겼지. 그건 인간들의 흔해빠진 수다에 불과한 거야. 그들이 제대로 본 거겠지. 누가 이해해주겠어.)

그리고, 피부에 닿는 태양의 열기를, 감긴 눈꺼풀을 덮치는 햇빛을 느끼는 거지. 그러게 말이야, 사막에서는 그런 거야. 나를 찾으려면…… 그 무엇을 찾으려면…… 그 무엇을 깨달으려면…… 사막을 건너야만 하지. 그러나, 분명한 거야. 난 이아손처럼 황금양털을 찾아서…… 아서왕과 원탁의 기사들처럼 성배를 찾아 사막으로 떠나는 게 아니지. 난 알마시 백작처럼 사막 탐험가도 아니지. 단지 자기 자신이라는 고질병을 치유하기 위해 그냥 떠나는 거지. 사막에서 그 놈의 지긋지긋한 증세를 싹 날려 보내버리고, 자유를 찾는 거야. 그리하여, 마음껏, 제멋대로 상상하는 거야. 그러니까…… 결론이나 해결책 따위는 필요 없는 거지.

그렇지, 그 빌어먹을 직사광선에 잠시 몸을 맡겨보는 거지. 그리고…… 그 심연 같은 사막의 침묵을 느껴보는 거야. 그 신성한 침묵은 수백만 개의 목소리로 이루어진 사막의 음성이지. 그 거대한 침묵의 소리, 아득한 과거로부터 들려오는 소리를 들어야만 되지. 그러면 나는 사막과 대화를…… 침묵의 대화를 하는 거겠지…….

그러나, 까닥 잘못하면…… 열사병이나 일사병에 걸려 죽게 되겠지. 아니면, 뜨거운 태양이 칼날처럼 피부를 꿰뚫으면서 아예 숯덩이처럼 태워버릴지도 몰라. 그리고 나서, 너무나 허약한 놈이라고…… 한껏 비웃겠지. 그럴 거야. 언젠가는 사막이 입을 벌리고 으르렁거리며 날 집어삼켜버릴 거야. 나의 사막여행을 쓸데없는 짓이라고, 인생을 허비한 것에 불과한 것이었다고, 냉철하게 선언을 할

지도 모르지. 사형선고를 내리겠지. 그러고 나서 스스로 집행을 하겠지. 나는 몽롱한 꿈속에서 그걸 어렴풋이 때로는 명료한 의식 속에서 명증하게 인지할 수 있었거든.

사실인즉, 태양이 빛나는 뜨거운 사막이야말로 인류 역사에 있어서 무궁무진한 종교적 영감의 원천이라고 할 수 있다. 나는 이 문제에 대하여 보잘것없는 지식밖에 없는 자신이 주제넘게 끼어들었다고는 생각지 않았다. 나는 사막 여행의 진지한 경험을 음미하고, 종교의 역사에 대한 분석적 통찰을 통하여 나름대로 그러한 결론에 도달한 것이다. 하지만 나는 (건축물처럼 잘 짜여진 이론 체계를 세울 자신은 없었으므로) 학문적인 관점이 아니라 감각적으로 이 문제에 접근하였다. 사막의 모래와 영적인 빛을 발하는 붉은 태양이, 그리고 그 두렵고 무거운 적막이 신을 탄생시킨 것이라고 제멋대로 결론을 내려버린 것이다.

어쨌거나, 지나치게 현학적이고 관념적이며 상투적인, 고매한 문화인류학자나 종교학자들이 나의 견해에 선뜻 동의할 리는 없다고 생각했다. 그들은 종교의 탄생에 관한 복잡하고 배배 꼬인 이론을 동원하여 경멸적인 어조로 나를 인정사정없이 깔아뭉갤 것이다.

그런데, 그 사람들이 사막에 가보기는 한 걸까?

사막에서 압도적 존재인 강렬한 태양 아래서 목마름과 허기에 지쳐 옅은 황토색과 짙은 회갈색이 뒤섞여 비현실적인 색채를 띠는 몽환과 같은 모래 언덕을 몽유병자처럼 흐느적거리며 걸어본 일이 있었을까? 그래서 사막의 그 신비스런 장엄함과 침묵을 온몸으로 느껴본 일이 있었을까? 죽음과 같은 고독이 숨 쉬는 텅 빈 땅에 생명에 대한 경외감과 함께 영성이 충만해 있다는 사실을 알고 있을까? 사막에서 인위적이건 천연의 장애물이건 간에 아무것도 존재하지 않는 무한의 공간과 대면하는 가운데, 빛이 가장 눈부신 시간, 강렬한 햇빛 속에서 불현듯 출현한 불멸의 존재와 조우하게 되면 그 사람은 이미 신을 절대로 버릴 수 없다는 사실을, 그들은 알고 있을까?

지금도 새로운 신을 만나기 위해 사막 속으로 찾아나서는 사람이 있다. 신을 찾아다니는 사람은 자신이 원하는 곳에서 신을 찾는 법이니까, 그는 자신만의 신을 찾아서, 어떤 커다란 징조나 계시 같은 것을 찾아서 사막을 헤맨다. 그러나 그는 사막에서 신의 환영을 얼핏 보았고 신의 희미한 목소리를 들었지만 그것이 악마의 목소리였는지 아니면 신의 목소리였는지 헷갈려서 지쳐버렸는지도 모른다. 어떤 사람은 신을 찾아다니는 대신 자신만의 신앙을 창조해서 그 종교의 유일한 하나님 겸 유일한 신자가 되기를 바라면서 사막의 성소를 찾아 헤맨다.

그들은 알고 있을까?

나는 다시 생각한다.

사막은 신의 정원이지. 그들은 사막을 알라의 정원이라고 불렀던 거지. 알라신이 우리들 인간으로 하여금 이 삼라만상의 진정한 존재 가치를 알 수 있도록 하기 위해 모든 불필요한 것들은 없애버린 땅이라고 생각한 거지.

그 정원에 충만해 있는 모래와 (항상 스스로 증식하여 불꽃으로 타오르는) 햇빛이 무지한 인간들에게 신앙을 선물한 거야. 난폭하고 혼란한 시대에 인간들은 맹목적으로 믿고 의지할 신이 필요했거든. 사람들은 사막에서 신의 목소리를 들을 수 있었지. 사막에서 인간은 끊임없이 신과 대면할 수밖에 없어. 사막에는 불멸의 존재에 대한 명상을 방해하는 것은 아무것도 없으니까. 사막에서 인간은 어떤 경우에도 신을 버릴 수 없지.

그러니까, 사막은 인류의 정신적이고 영적인 고향이지. 거기에 인류의 뿌리와 생명의 원천이 자리 잡고 있어. 인간이 언제까지 번성할 수 있을까? 잘 모르겠다. 나 같은 사람이 어떻게 그걸 알 수 있겠어! 다만…… 인류가 언젠가는 멸망할지 모르지만 ―지금 보면 멸망을 향해 질주하고 있는 것처럼 보이긴 하지―, 그러나, 그 이후에도 사막은 여전히 아름답고 위대한 존재로 남을 것이야. 사막은 불멸의 존재이니까. 그리고 끝없이 순환과 반복이 일어나는 거지.

나는 길을 걸을 때면 자신과 대면하였다.

사막을 천천히 걸어가면 절망과 고독, 자괴감과 수치심 같은 것은 자연스럽게 치유되고, 자기 내면의 목소리를 들을 수 있었다. 광대한 사막의 텅 빈 무無가 인간을 겸허하게 만들었다. 위대한 사막에서는 자신이 얼마나 하찮은 미물인지, 또한 한없이 어리석은지 깨닫고 부끄러움을 느꼈다. 그리고 인간이란 누구나 매우 천박한 존재라는 사실을 깨닫게 되었다.

그래, 자신이 보잘것없는 존재인지를 깨달으면 얼마나 창피하고 당혹스러웠겠어. 내가 아무것도 아니라는 자의식, 다시 말하면 비존재라는 의식에 사로잡힌 거지. 그래서, 사막은 실질적인 것이라기보다는 나를 초월하는 것으로 하나의 신비한 상징이 되고, 그러나 그 신비를 풀 길이 없으니 결국 허무주의자가 될 수밖에 없는 거야. 그래도 허무주의자는 삶과 죽음에 차가운 시선을 던지면서도 끊임없이 꿈을 꾸는데 사실은 그게 꿈이라기보다는 판타지인 거지. 그러니…… 그때는 난 그저 외로운 나그네일 뿐이라고 자신을 스스로 위로해야만 하는 거지. 그러고 나면, 마음이 한결 푸근해지는 거야.

그것뿐만이 아니야. 사막의 뜨거운 햇빛에 고질적인 증세들은 씻은 듯이 사라져 버리거든. 그 증세는 참으로 끈질기지……. 운명처럼 끈질기지……. 그런데 태양이 그 칙칙하고 음울한 증세들을 말끔히 태워 버리는 거야. 남은 재는 모래 바람에 실어 지평선 너머로 날려 보내버리고…….

그러니까, 내 인생은 줄곧 의문형이라고 할 수 있었지만……. 그렇다고, 사막에서 정신적 갈등과 방황에 대한 위로와 치유까지 추구한 것은 아니었지. 삶의 근원적 모순에 대한 해결책은 아니었지.

인간의 행복도 아니었지. 모세처럼 사막에서 위대한 신을 만나려고 헤매는 것도 아니었지. 물론, 절대로 아니었지. 나는 신의 구원을 믿지 않으니까. 다만, 나를…… 자신의 근원을 찾아 끝없이 헤맨 거지. 그러기 위해서 끝없는 고통이 필요했지. 극심한 굶주림과 목마름 같은…… 그걸 참아내야 했거든.

사막을 걷는 일은 그 증세로부터 자신을 지킬 수 있는 가장 효과적인 마음의 백신이었다. 사막에서는 가슴과 머리가 옥죄어들기 시작하면서 가쁘게 숨을 몰아쉬거나 호흡곤란을 느낄 필요가 없었고, 자제력을 잃고 미칠 것 같은 공포감이 들거나, 이유 없이 맥박이 빨라지면서 가슴이 두근거리고 심할 경우 심장이 멎을 것 같은 증상이 일어나지도 않았다.

물론 처음 며칠 동안은 간신히 몸을 가누고 걸으면서 길에 대한 두려움과 싸워야 했다. 처음 며칠 동안이 힘들었다. 신체의 기관들이 아직 적응이 덜 되었고, 단련이 안 되었기 때문이다.

그때쯤이면 발은 퉁퉁 부었고, 등에는 통증이 왔다. 피부가 이곳저곳 벗겨지고 빨갛게 짓물러 있었다. 무릎과 발목, 어깨, 팔꿈치, 대퇴골 등 신체 모든 곳의 관절에 오는 극심한 근육통을 참아내야 하였다. 갑자기 위경련, 구토, 설사가 일어나기도 하였다.

다리는 천근만근 무겁고 배낭은 어깨를 무섭게 짓눌렀다. 몸은 하루 종일 걸으면서 완전히 녹초가 되어버렸고, 모든 희망, 욕망 같은 것들은 희미해져 버렸다.

그러면서 지독하게 외로워서 견딜 수가 없었다. 왜 내가 이 지겨운 여행을 계속해야 하는지 그럴듯한 이유가 도무지 생각나지 않았다. 이 고통스러운 여행을 보상하고도 남을 만큼 그 무엇이 존재하기는 하는 건가? 모든 것이 점점 의심스러워지는 순간이었다. 밤에 겨우 잠이 들면서 과연 내일 아침에 무사히 깨어날 수 있을지, 걱정이 되었다.

그러나 그 절망의 순간에는 잠시 휴식을 취하는 것이 필요하다. 과거 여행의 행복했던 순간을 떠올리며 자신을 위로하여야 한다. 그럴 때는 일부러 신나게 휘파람을 불어댔다. 나는 멋들어지게 휘파람을 불 줄 알았고, 만날 부르는 몇 곡의 십팔번이 있었다. 그러면 왠지 편안한 느낌이 들면서 숨쉬기가 안정되고, 심장도 더 이상 쿵쾅거리지 않았다. 걷지 않고 충분한 휴식을 취한 그날 하루는 매우 유익하다. 마음의 여유가 생기고 정성껏 돌본 상처도 아물기 시작하기 때문이다.

걷는 즐거움이란 게 거저 생기는 것이 아니다. 이런 고난을 극복해야 하는 것이다. 그 후에는 몸이 걷기에 훨씬 단련되면서 정신적으로 아주 편안한 상태가 되고 한결 여유를 되찾게 되는 것이다. 몸이 빠르게 적응하고 있었던 것이다. 어떻게 이런 일이! 나는 다리뿐만 아니라 팔과 어깨, 온몸으로 걷고 있다는 것을 생생하게 의식한다. 발밑의 땅의 따스함을 느낀다. 나는 땅과 함께 어깨동무를 하고 길을 걷고 있는 것이다. 그때는 길에 부드러운 카펫이 깔린 것 같다. 나는 길을 걷는데 대한 편집증적 증세가 다시 나타났고, 가뿐한 걸음걸이로 날듯이 걸었다.

산티아고 데 콤포스텔라의 순례자들은 순례를 시작한 첫 날에 간소한 의례와 함께 맹세를 했다.

……너무 빠르게 너무 느리게 걷지 말 것이며, 언제나 길의 법칙과 요구를 존중하며 걸어가기를. 그대를 안내하는 이에게 복종하기를, 심지어 내가 살인이나 신성모독, 파렴치한 행동을 명령하는 경우에도 그대는 안내자에게 절대적인 복종을 맹세해야만 할 것이니라.

그런데 길의 법칙과 요구를 존중하라는 말은 백 번 맞는 말이지만 이 맹세에 명백히 빠진 부분이 있다. 신발은 발에 잘 맞는 오래된 것을 신어야 한다는 것 말이다. 신발은 자신의 발에 맞게 주름 잡히고, 부드럽게 뒤틀려 있어야 하는 것이다.

길은 언제나 길이었고 목적지에 도달할 수 있도록 이어져 있었다. 어쨌거나 걸어서 앞으로 나아가야 했다. 그때 길은, '길은 끝이 없는 거야. 당신의 의지가 명령하는 곳으로 가야만 되지. 내가 지금 어디로 가고 있는 것일까? 누굴 찾아서, 무얼 찾아서 떠나는 것일까? 왜? 무엇 때문에 출발하였는가? 물을 필요가 없는 거지. 그 길이 당신에게 가야 할 길을 안내할 거야. 지평선을 향하여 계속 걸어야만 돼, 걷는 것은 즐거운 거야. 지금 북이 울리고 있어. 길을 노래하라, 태양을 칭송하라.'라고 속삭였다.

나는 적갈색 태양을 강렬히 의식하며 사막의 길과 공감하였고 자신에 대하여 강한 존재감을 느꼈다.

나는 게으름을 피우면서 몹시 느릿느릿 걸었기 때문에 사막의 모래 언덕을 돌아보고 감탄하는데 시간은 충분하였다. 사막의 모래 언덕은 조금도 물리지 않았다. 그럴 때면 진정으로 사막에 도달하였다는 기분, 내가 죽어 묻혀야 할 곳에 마침내 도착하였다는 느낌마저 들었다. 나는 지나간 자신의 삶을 깊이 반추하면서 사막을 음미하고 걸었다. 사막은 현실과 비현실의 완충지역을 이루고 있었고, 현재와 과거를 명백히 가르는 경계선 같은 것은 없었다. 사막은 그 과거라는 존재가 나와는 아무런 관련이 없는 것 같은 환상을 심어주었다. 그때, 나는 언제나 낯설은 사막의 풍경을 감상하기 보다는 자연과 교감하면서 자신의 심연을 묵상하는 내면 여행을 한 것이다.

어느 날 드디어 최종 목적지에 도착하면 그때는 결국 도달하고 말았다는 안도의 감정을 느끼게 되지만, 언제나 너무 지쳐서 탈진할 정도였고 그 순간 머릿속은 진공 상태에 빠져 들었다. 내가 도달한 그 어디에서도 나는 무언가 빠져있음을 느꼈다. 나는 부재와 상실감을 느낀다. 그러므로 곧 쓸쓸하고 섭섭한 감정에 사로잡히게 되고, 처음 그곳으로 다시 돌아가고 싶다는 강렬한 욕구만이 머릿속을 맴돌 뿐이었다.

내가 사막이나 열대우림을 뒤로 하고 떠나올 때면, 벌써 정신적이건 육체적이건 모든 피로는 말끔히 사라지고 없었다. 곧 그 힘들고 지긋지긋한 여행의 기억들은 자취를 감추고 아름답고 찬란한 추억들만이 고스란히 가슴 속에 남았다.

나는 오지 여행을 떠날 때마다 짜증나는 복잡한 절차와 막대한 비용, 그 지독한 현지의 기후 풍토, 개밥보다 못한 원주민 음식, 허기와 탈진, 심한 배탈과 설사, 수면 부족, 크고 작은 상처, 저체온증, 가슴을 무겁게 짓누르는 고독, 완고한 관료주의, 달러를 밝히는 국경 관리, 카라슈니코프 자동소총을 들고 위협하는 반군, 고통스러울 만큼 길고 지루한 여정 등 그 모든 것을 언제든지 감내할 준비가 되어 있었다.

혼자서 외롭게 먼 길을 걷는 여행은 길에서 만나는 낯선 사람들이 지껄이는 말을 거의 알아듣지 못하지만 그래도 자기 자신과 어울리고, 스스로를 해방시키는 일이었다. 삶의 진실이 길 위에 있다. 인생은 그 자체가 머나먼 길이다.

나는 늘 열대우림의 환상적인 녹색의 지옥, 또는 가혹할 정도로 황량한 사막의 놀라운 매력에 흠뻑 빠져 있었다. 나는 언제든지 그곳으로 또다시 돌아갈 것이다.

그런데, 그때 태양은 이미 지평선에 걸려 있었는데, 갑자기 바람이 불어 닥쳤다. 힘겹게 길을 찾아 되돌아갔지만 엎친 데 덮친 격으로 앞을 분간하기 어려울 만큼 맹렬한 모래 폭풍이 불기 시작한 것이다. 바람은 처음에는 미풍처럼 잔잔하게 불기 시작하더니 갑작스럽게 거친 숨결을 내뱉으며 세차게 몰아붙였다. 마침내 거대한 파도 같은 모래 기둥을 일으키며 모래 폭풍으로 돌변한 것이다. 곧, 모래 먼지에 가려서 하늘이 보이지 않을 만큼 주위가 어두워졌고 길은 모래 먼지에 파묻혀 헝클어져 버렸다.

사막의 유목민들이 함신이라고 부르는 계절풍이 거대한 모래 먼지 덩어리를 낚아채 사막 이곳저곳으로 날려 보내서 마을과 길을 파묻어버리고 하늘을 창백하게 만든다. 바람은 아무런 사전 경고도 없이 갑자기 불어 닥친다. 변덕스런 함신은 이유도, 자비도 없이 사막을 강타한다. 그 냉혹한 바람은 사막에 절망과 망상을 실어 보낸다.

사막에서 모래 폭풍에 버틸 수 있는 것은 아무것도 없다. 그 어떤 무엇도 서항할 수 없다. 그것은 모든 것을 갈기갈기 찢어 놓는다. 사막의 모래 폭풍에 갇히게 되면 장소나 방향에 대한 모든 감각을 잃어버리게 되고 그때 사람들은 길을 잃는다. 처음 이 무서운 사막의 광기에 사로잡히게 된 사람은 끝내 미쳐버릴 수 있다.

나는 함신의 위력만은 이미 알고 있었다. 전에도 이곳저곳 사막을 여행하면서 그 지독한 모래 바람을 몇 번인가 경험한 일이 있었던 것이다. 그러므로 처음이 아니었던 것이다. 하지만 이번에는 그 정도가 특히 심했고 그에 따라 불길한 예감은 더욱 증폭되었다. 나

는 두려움을 느꼈다. '이 바람이 날 죽일 작정이군.'

이제 사막의 길은 재앙으로 가득 차 있었다. 길은 바람에 휩쓸려 제멋대로 꼬여 있었다. 크고 작은 모래 언덕 사이에서 구불구불하게 휘어지기도 했고 넓어졌다 좁아졌다를 반복했으며, 잠시 자취 없이 사라졌다가 다시 나타나기도 하였다.

끝없이 어지럽게 흩어져 있는 모래 언덕 사이를 이리 돌고 저리 돌면서, 이내 방향 감각을 잃어버리게 되었다. 모래사막에서는 아무리 사방을 둘러보아도 아무 것도 인간의 시야를 가로막지 않는다. 지평선까지 끝없이 펼쳐있는 모래사막은 거리 감각까지 마비시켜 버렸다. 사막에서는 자욱한 모래 먼지와 이글거리는 태양 때문에 원근감이 과장된다. 그것은 이 세상 끝까지 이어져 있는 것처럼 보였다.

얼굴과 온몸에 땀이 비 오듯 흘러 내렸고, 가는 모래가 땀과 뒤범벅이 되어 여기저기 긁어낼 수 있을 만큼 두텁게 들러붙었다. 눈 언저리와 코, 입 속까지 모래 덩어리가 서걱거린다. 모래는 사막의 열기에 달궈져서 살갗을 태울 것처럼 뜨거웠다. 살갗이 몹시 따갑고 바늘로 찌르는 것처럼 꾹꾹 쑤시기까지 한다. 눈이 따끔거린다.

지금 몇 시간째인지 제자리를 계속 맴돌고 있을 뿐이다. 사막에서는 침식과 퇴적 작용이 끊임없이 반복되고 있었다. 사나운 모래 폭풍이 계속 키질을 하여 모래 먼지와 티끌을 끌어 모으고 분산시켜 수시로 지형을 바꾸어 놓을 뿐만 아니라, 거대한 모래 언덕을 만들어 끝없이 펼쳐 놓고 있었다. 높고 웅장하면서 섬세하며, 무리지어 서있는 이 언덕들은 모래가 반복적으로 끊임없이 흘러내리고, 다시 계속 쌓이고 있었다.

그러나 사막의 바람은 건축가였다. 모래 언덕이 연출하는 곡선의 부드러움은 사막의 가혹한 대지와 기묘한 대조를 이룬다.

사막에서 미친 듯이 맹렬하게 부는 바람은 관악기, 타악기, 현악기로 함께 연주하는 관현악단이었다. 바람은 관현악단처럼 화려하게, 격렬하게 사막을 연주하였다.

나는 길을 잃고 헤매기 시작하였다. 눈앞에 보이는 것은 무한대로 뻗어있는 크고 작은 모래 언덕뿐이었다. 계절풍이 몰고 온 맹렬한 모래 폭풍이 미세한 모래 입자를 이곳저곳으로 날려 보내 제멋대로 만들어 놓은 길은 모래 언덕 사이로 숨었다가 다시 나타나곤 하였다. 결국 길은 산처럼 높다란 모래 언덕 속으로 기어 들어가더니 감쪽같이 사라져서 자취를 감추어 버렸다. 웅장하고 위엄이 서려 있는 거대한 언덕이 밤의 유령처럼 버티고 서서 그들을 가로막았다. 그것은 영겁과 같은 기나긴 세월 동안 말없이 고독했을 것이다.

그러나 모래 언덕은 아름다웠다. 모래 언덕은 태양의 방향에 따라 하루 중에도 시시각각으로 그 색조가 화려하게 변모하였다. 특히 석양의 그림자를 등 뒤에 지고 반사광의 잔영에 황금빛으로 물든 그 가슴 저미는 풍경이 그대로 아름다웠다. 계절풍이 휩쓸고 지나간 그 자리에 세월의 앙금이 겹겹이 쌓여서 뭐라고 형용할 수 없을 만큼 쓸쓸하고 아름다웠다.

도대체 사막의 황혼은 누구를 위해 그렇게도 아름다운 것인가.

섬세한 영혼을 가진 외로운 사막 여행자는 모래 언덕 주위를 억세게 휘감고 있는 아름다운 슬픔을 온몸으로 느낄 수 있었다.

사막에서는 살아있는 유기체처럼 모래 언덕도 끊임없이 생성, 성장, 이동, 소멸, 재생되고 있었다.

피라미드 형태의 봉우리와 칼로 벤 듯한 날카로운 산등성이, 굽은 등줄기, 물결치는 사면들로 정교하게 조각되어 있는 모래 언덕은 황갈색과 옅은 분홍색을 띤, 우아하고 비단결같이 부드러운 모래 알갱이들이 바람에 실려와 만들어진 것이다. 바람에 날려 온 모래는 점점 가파르게 쌓여서 임계치에 이르는 경사도에 도달하면 다시 미끄러져 내렸다.

그 모래 언덕은 바람결에 따라 스스로 다양한 형태와 빛깔을 띠고 황홀하게 변화하였고 완벽할 정도로 깨끗하였다. 바람이 잠시도 쉬지 않고 그 표면을 닦아내기 때문이다. 그것은 아름다운 여체를 연상시킨다. 눈이 시릴 만큼 빛의 향연이 펼쳐지는 붉은 석양을 등지고 요염하게 누워있는 완벽한 몸매였다. 그 곡선이 너무 섬세하다. 그녀의 가는 허리와 팽팽한 엉덩이는 생생하고 풍만했다. 그래서 음란하고 관능적이었다.

그리고 모래 언덕은 끊임없이 신비한 노래를 불렀다.

노래하는 모래 언덕.

그러나 바람의 방향에 따라 사막의 풍경은 순식간에 바뀌었다. 어떤 모래 언덕은 불현듯 솟아올라서 길을 막았다. 태양열 화덕처럼 열기로 데워진 사막 한가운데서 갑자기 언덕이 신기루처럼 등장한다. 하지만 이곳 사막에서는 신기루가 실제 상황이었다.

태양은 바로 머리 위에서 무섭게 이글거리고 더위는 끔찍했다. 지독하게 덥다. 공기는 허공에 정체되어 벌겋게 달궈진 채 불기둥으로 변해버렸다. 이제 바람 한 점 불어오지 않는다. 물은 더 이상 남아있지 않다. 목구멍이 바짝 말라 버려 목 속 전체가 바늘에 찔리는 것처럼 따끔거린다. 물을 한 목음이라도 마실 수 있다면……. 물. 물. 물.

내가 사막을 여행하며 터득한 것인데, 타는 듯한 사막에서 탈수 증세를 방지하기 위한 가장 좋은 방법은 가능한 한 몸을 움직이지 않는 것이다. 그래야만 땀도 흘리지 않고, 고통도 덜 느끼게 된다. 그늘 밑에서 몸을 움직이지 않고 가만히 있는 것이 최선인 것이다. 아직 먹을 게 약간 남아있긴 하였으나 음식을 먹으면 갈증은 더욱 심해지므로 아주 조금이라도 음식을 삼키는 것을 경계할 수밖에 없다. 사막에서 길 잃은 사람들이 죽게 되는 것은 대부분 굶주림보다는 탈수증세 때문이다.

갈증이란 인간의 몸에 흐르는 피가 수분이 부족하면 뇌에서 보내는 신호에 불과하다. 사람의 신체는 수분이 부족해지면 수분을 혈관에서 끌어오게 되고, 탈수 때문에 신체가 충분한 영양소를 받아들이지 못하면 신체의 기관은 점차적으로 기능을 상실하게 된다. 이 과정에서 피는 극도로 탁해지면서 기능장애가 와서 애타게 신호를 보내게 된다. 갈증은 인간이 할 수 있는 경험 중에서는 최악의 종류라고 할 수 있다. 모든 생물종 중에서 가장 적응력이 뛰어난 인간이란 동물도 갈증 앞에서는 속수무책이다. 몸은 열기를 쉽게 방출할 수는 있어도, 불행히도 수분을 몸속에 저장하는 방법까진 알지 못한다.

마지막 남은 물 한 방울은 성수와 같았고, 물은 흘러가는 시간이 되었으며 시간 속에서 생명이 되었다.

그러다가, 결국 길을 잃고 막다른 골목에 이르게 되었다. 나는 한 가닥 희망도 없이 사막의 모래 언덕에 갇혀 고립된 채로 옴짝달싹 못하게 된 것이다. 이제 구조될 가능성이 전혀 없다는 것을 기정사실로 받아들여야 한다.

내 머릿속에서 모든 것이 엉클어져 버렸다. 이것이 현실인지, 진짜인지, 아니면 가짜인지, 꿈을 꾸고 있는 것인지, 환상인지, 환영인지 도대체 분간을 할 수 없다. 날마다 꿈꿨던 것, 추억과 기억, 향수, 상념, 생에 대한 애착도 느끼지 못하고 체념 상태에 빠져버렸다. 한없이 무기력한 상태에서 오직 잠을 자고 싶다. 갑자기 여기가 평화로운 안식처라는 생각이 든다.

　나의 혀는 설태가 끼어 하얗게 부풀어 있었고, 입술은 옅은 푸른 빛으로 변하였다. 침은 마른지 오래되었고, 식도는 딱딱해지면서 날카로운 무언가가 긁어대는 것처럼 따가웠다. 탈수 증세가 심각하게 나타나기 시작한 것이다. 탈수 증세는 먼저 극도의 피로와 식욕부진, 맥박수 증가, 과민반응 등으로 나타났고, 이 단계를 지나자 심한 어지럼증과 두통, 호흡 곤란, 분명치 않은 발음, 몽롱한 의식 같은 심각한 증상이 나타나면서, 제대로 걷지도 못하고 몸은 삐쩍 말라갔다.

　혓바닥은 농포가 생기면서 퉁퉁 붓고, 입안은 헐어 감각을 잃게 되었으니, 이제부터는 뭔가를 삼키는 것이 불가능하게 되었다. 눈이 빛으로 가득 차 부시게 되면 몇 시간 이내에 죽음이 들이 닥칠 것이다. 목마저 잠겨있어서 나는 말 한마디 내뱉기도 힘겨웠다.

　나는 탈수로 인하여 죽는 것은 모진 고통일 것이라고 생각하였다. 차라리 극도의 추위 속에서 저체온증으로 죽는 것이 훨씬 고통이 덜 할 것이다. 그때는 몸이 얼어붙으면서 신체의 감각이 무감각해져서 최소한 고통만큼은 느끼지 않을 수 있는 것이다. 이때는 죽음이 편안한 휴식이 된다. 물론 지금 상황에서는 도저히 기대할 수 없는 일이지만 말이다.

　마지막 상황에 이르렀다. 그 고통은 어떻게 말로 표현할 수가 없다. 이럴 바에는 피가 뚝뚝 떨어지는 인간의 심장을 신에게 바쳐 인

신공양을 하는 종족을 지금 이 순간 만나는 것이 차라리 나을 것이다. 그 지독한 고통이 빨리 끝날 것이니까.

죽음을 피할 길은 없다. 음산한 죽음의 그림자가 밤의 유령처럼 내 곁으로 바짝 다가와 있다. 사막의 정적 속에서 그것은 엄숙하게 울려 퍼졌다. 내 명징한 의식은 마지막 순간이 닥쳐오고 있음을 알고 있다.

그러나 고통은 사라졌다. 어둡고 흐린 막연한 욕망, 광적인 이상한 감정, 어떤 신성한 존재, 죽음의 공포, 잃어버린 추억도 사라졌다. 모든 것이 아득히 멀어 보였다.

나는 인간의 준엄한 삶이라는 사막을 평생 동안 걸었다. 이 순간 나는, 삶이란 내가 누구인지를 알아가는 여정이 아니라 내가 누구인지를 망각하는 여정이라는 사실을 깨달았다.

죽음이야말로 숙면하는 밤이다. 영원한 망각이다.

바다

바다

얼마나 깊은 해한이기에,
너 얼마나 그 큰 괴롬이기에,
아니 듯 겨우 물거품 지우는다?
찬 바윗돌에 가슴을 비비는다?
바다야 너 바다야.

— 김달진

　고향 마을은 벌교읍에서 여자만 바다 쪽으로 20리쯤 내려가 천마산 아래 바다가 초승달처럼 휘어져 육지와 맞닿은 만에 자리 잡은 작은 어촌이었다. 그 산이 넌지시 마을을 굽어보고 있었고, 마을은 바다를 향하여 가슴을 열고 있었다. 초승달처럼 휘어진 긴 해안이 바다를 꼭 끌어안고 있었다. 마을의 50여 호 남짓한 가구들은 모두 바다에 삶을 의지하고 살았다. 봄이면 마을은 모든 게 아름다웠다. 온 세상이 눈부시게 푸르렀다.

　봄이 오면 동네 어귀에는 셀 수 없을 만큼 많은 아카시아 꽃이 피고, 집집마다 얕은 담벼락에는 철 이른 붉은 줄장미가 아름답게 피었다. 붉은 꽃잎은 골목길에 붉은 피를 쏟아 붓는다. 꽃잎은 매일 아침마다 농염하게 자신을 화장하였다. 꽃잎의 육감적인 냄새가 사람의 숨을 막히게 하였다. 이따금씩 짙은 향기를 내뿜는 하얀 꽃들을 꽂은 아카시아의 나뭇가지에 앉은 제비들이 사이좋게 두런거리는 소리가 들려왔다. 어머니는 그 꽃향기를, 그 꽃이 피는 봄날을 얼마나 좋아했던가! 그때 허름한 초가집은 얼마나 아늑하고 평온했던가! 그리고 마당가 늙은 감나무의 잔가지에 모여 앉아 심하게 말다툼을 하는 참새들이 날카롭게 짹짹거리는 소리도 들리지 않았던가! 촉새들은 아랑곳하지 않고 끊임없이 여기저기 나뭇가지를 옮겨 다니며 나불거리지 않았던가! 소금 맛이 나는 서늘한 봄바람이 나뭇가지 사이로 이리저리 헤엄쳐 다니지 않았던가!

그때 경전선 완행열차는 바다에 대한 향수를 안고 검은 석탄 연기를 내뿜으며 길게 기적 소릴 울리고 산기슭을 돌아 남쪽으로 달려갔다. 형용할 수 없는 긴 여운을 끌면서…… (30년이 넘은 낡은 증기 기관차의 숨 쉬는 소리. 아! 지금은 잊혀버린 그 목가적인 소리.) 칙칙폭폭…… 칙칙폭폭…….

밤새 별똥별이 솔숲으로 떨어지고, 은고리 같은 새벽달이 서쪽으로 지고, 그리고 동이 틀 무렵이면, 동네는 잠에서 깨어나고 있었다. 암탉이 가슴을 펴고 날개를 퍼덕이고 수탉은 홰를 치며 연호하듯 울기 시작했다. 누가, 닭에게 밤과 낮을 구분할 수 있는 머리를 주었는지 알 수 없지만 말이다. 그때쯤이면 참새들도 이른 새벽 벌써 나뭇가지에서 지저귀기 시작한다. 마을 사람들이 부스스 일어나 하품을 하고, 기침을 하고, 졸음에 겨워 눈을 비비며 기지개를 켰다.

새신랑은 새삼스레 색시의 잠든 얼굴을 바라보며 무명 이불을 걷어 젖힌다. 여자가 못이기는 척하며 자신의 속 고쟁이를 발목까지 밀어 내리고 다리를 벌리자 남자는 여자의 몸 위로 올라갔다. 남자가 절정에 이르는 순간 그의 입에서, 여자의 입에서도 억누를 수 없는 가벼운 신음 소리가 새 나왔다.

새벽이 밝았다. 새날이 돌아왔다. 창백한 밤은 물러갔다. 마을에는 온통 상쾌하고 활기찬 기운이 감돌았다.

바다 쪽에서부터 하늘이 환하게 홍조를 띠었다. 찝찔한 바다의 소금 냄새가 바람에 실려 와서 마을을 뒤덮는다. 그제서야 헛간에 매어둔 얼룩배기 황소는 길게 하품을 하다말고 게으른 울음을 울고, 마을의 잡종 개들이 짖어대기 시작한다. 개들은 만날 때마다 서로 으르렁대다가도 이때만큼은 연호하며 한동안 쉬지 않고 짖어댔다. 이윽고 개들은 차츰 조용해졌으며 울부짖던 소리가 어느새 끊겼다. 그것들이 골목길을 누비며 배회한다. 똥개들은 골목에서 담벼락에 한쪽 다리를 들고 오줌을 눈다.

그러므로 참새와 제비의 아름다운 재잘거림, 아카시아의 짙은 향기, 검은 연기를 내뿜으며 달리는 경전선 기차, 고향 마을과 바다, 어머니와 아버지, 남동생은 가슴 속에서 영원히 떼어 놓을 수 없을 만큼 한 덩어리가 되어 있어서 기억 속에서 언제나 함께 뛰쳐나왔다.

언제나 밤안개가 짙은 곳이다. 아침이면 해안가를 뒤덮고 있던 옅어진 안개가 여전히 뭉그적거리다 햇빛에 쫓겨 사라졌다. 이따금 바다 쪽에서 강한 바람이 불어왔고 파도는 으르렁거리며 밀려와 해변의 모래톱에서 부서지며 사라졌다.

그곳에서는 밤이면 바다의 유령들이 머리를 산발하고 아우성을 치면서 별안간 창문을 뚫고 모습을 나타냈다가 안개 속으로 사라지곤 하였다. 먼 바다에서부터 달려온 사나운 파도가 무섭게 으르렁거렸다. 땅과 하늘이 함께 소리를 질렀다. 그럴 때면 마을이 시커먼 바다 속으로 깊숙이 가라앉았다.

긴 곡선을 그리며 바다로 빠져 나가는 포구의 S자형 수로 주변에는 사람의 키를 훌쩍 뛰어넘는 키 큰 갈대밭을 따라 뻘밭과 폐염전이 바다까지 펼쳐져 있었다. 도무지 끝 간 데 없는 갯벌은 거친 숨결을 사방으로 내뿜었다. 검은색의 경이로움이 포구를 단단히 움켜잡고 있었다. 바다 바람은 갯벌 냄새를 이리저리 퍼 날랐다. 그럴 때면 갈대숲은 자신의 가슴 속에 안고 있던 낡은 악기의 소리를 냈다.

그 폭이 좁은 작은 강은 평소에는 거의 말라 있었다. 늦여름쯤 큰비가 내렸을 경우에만 큰 물소리는 아니었지만 강물은 모래가 뒤덮고 있거나 푸른빛의 무성한 갈대들이 우거진 강기슭을 핥으면서 소리를 내고 흘렀다. 그때는 넘실거리는 흙탕물이 세차게 철썩이면서 둑 위 갈대들의 억센 밑동에까지 튀어 올랐다. 강이 범람하면서 운반해온 비옥한 퇴적물이 바다로 쏟아졌다. 마을 사람들은 그때만큼은 강가에서 사납게 소용돌이치는 물소리를 들을 수 있었다.

겨울이 되면 그림자는 길어지고 해는 짧아진다. 그때쯤 서리가 내리기 시작하고 시베리아에서부터 힘겹게 날아온 흑두루미의 날갯짓이 요란하였다. 그것들은 마치 한 무더기의 검은 화살처럼 하늘을 가르면서 날아왔다. 철새들은 필사적인 날갯짓으로 남쪽으로 내려와 일부는 '벗 따라 강남 간다'고 을숙도의 갈대밭이나 주남저수지의 얕은 물가로 가서 내려앉았고 나머지는 순천만 갈대밭으로 날아들었다.

그러나 시베리아에서 날아온 철새들에게는 남쪽 겨울의 추위쯤은 여름철의 고향처럼 포근하게 느껴질 터이다.

겨울 철새들은 얼마나 멀리 떨어져 있는지 헤아리기조차 힘든 저기 북쪽의 붉은 월귤나무 열매가 가득한 툰드라 지대의 광활한 들판을 출발하여 그들의 지난 기억을 본능적 감각으로 되살려 겨울 하늘을 가로질러서 다시 찾아온 것이다. 그것들은 미래를 위한 푸른 꿈을 가슴에 안고 그 길고 가혹한 여정을 매년 되풀이하고 있었다.

겨울이 끝날 무렵이면, 남쪽 바다는 생명의 몸짓으로 꿈틀거렸다. 저 멀리 검은 뻘밭이 끝나는 해안선에서부터 다시 바다가 열리고,

71

수평선은 바다와 하늘이 맞닿아 경계가 희미해지는 아득한 곳까지 물러 앉아있다. 그때쯤이면 바다 쪽에서 불어오는 차가운 바람은 한결 누그러졌다. 철새들은 벌써 귀향을 준비하고 있었다.

평생을 갯벌에 기대어 살아온 갯사람들은 자신들의 삶 전부를 빠짐없이 깊은 뻘 속에 켜켜이 쌓아놓았다. 검은 뻘밭에서 여자들은 계절의 변화와 생태적 시간인 물때에 맞춰 바지락, 모시조개, 참꼬막, 큰구슬우렁이, 낙지, 칠게, 농게, 짱둥어, 갯지렁이, 왕좁쌀무늬 고동 등을 잡았고, 남자들은 파도가 끊임없이 검은 갯벌을 핥고 물러나면서 잿빛으로 변한 바다에 나가 조류가 센 사리에는 그물을 놓아, 바닷물이 가장 적게 들고 나는 조금에는 낚시를 이용하여 낙지, 문어, 장어, 숭어, 민어, 전어, 망둥어, 서대 등 고기를 잡아서 생계를 유지하였다.

갯벌은 만조가 되어 파도가 밀려들면 바다가 되고, 간조 때 물이 빠지면 육지가 된다. 그러므로 갯벌은 수천만 년 동안 침식과 퇴적을 반복하였다. 갯벌은 육지이기도 하고 바다이기도 하였다. 그곳에서는 바다 생물과 철새, 인간들이 사이좋게 공존한다.

바다는 그의 넓은 품속에 마을사람들의 모든 희망과 미래를 송두리째 품고 있었다. 그 바다에서는 풍부한 영양염이 해조류, 식물 플랑크톤의 성장을 위한 최적의 조건을 제공하였고, 이 식물들이 천해淺海의 해저에 독특한 서식지를 마련하여 풍부하고 다양한 생명

체들이 살아가고 있었다.

그러나 갯사람들은 바다와 더불어 살면서도 사막의 밤처럼 깊고 깊은 밤인 바다 앞에서 두려워한다. 영원한 파괴자 같은 바다의 정령이 행사하는, 모든 것을 집어삼킬 듯한 그것의 불가항력적인 힘에 압도되기 때문이다. 먼 바다에서 불어오는 끔찍한 바닷바람과 파도의 억세고 부드러운 목소리에 안도하면서 한편 두려워한다.

"바다는 아침 햇살에 반사되어 금빛으로 반짝였지. 갈매기들은 파도를 스칠 듯 낮게 맴돌며 꽥꽥 소리 지르고 야단이었어. 어부들이 던져주는 잘게 썬 고기조각을 먼저 낚아채기 위하여 자기들끼리 경쟁한 거야."

부두의 방파제 주위를 원을 그리듯 평화롭게 선회하던 갈매기들은 먹이를 앞에 두고는 서로 날카롭게 짖어대며 싸웠고, 먹이를 낚아채기 위해 경쟁적으로 날개를 뒤로 한껏 젖히고 비스듬하게 수면 쪽으로 급강하해 내려왔다. 그 새들의 검은 색 부리와 심술궂은 빨간 눈빛이 보였다. 그들이 날개를 사납게 퍼덕거리며 내지르는 소리는 거의 위협적이었다. 그들이 토해내는 시끄러운 악다구니는 모래톱에 부딪치는 파도 소리를 집어 삼켰다. 그것들은 먹이 앞에서 쓸데없이 과도하게 흥분하고 있었다.

"마을에는 항상 어촌 특유의 악취 같은 바다 냄새와 도수 높은 알코올 기운이 풍겼지. 술 취한 어부들은 사소한 일로 자주 티격태격 싸웠던 것 같아. 모두 한결같이 가난하였지만 말이지……. 모두가 가난했으니까 우리 집이 특별히 가난하다고 느낄 필요는 없었지. 마을은 어떻든 고요하고 평화로웠어. 너무 무기력했지만 말이야. 그래도 우리 가족은 그 불행한 사건이 일어나기 전까지는 참으로 행복했었지."

투박한 뱃사람들의 역겨운 땀 냄새. 입 냄새. 억센 여자들의 까무라칠 듯한 웃음소리. 그들은 무지하고 노골적이다. 본능적이고 저질스럽다. 그러나 건강하고 순박하다.

햇볕이 뜨거워졌고 하늘과 바다는 눈부셨다. 이제 한낮이 되면서 햇빛은 수직으로 쏟아져 내린다. 햇빛은 반사되지 않았고 그의 발치에 그림자를 드리우지 않았다. 해안선을 따라 길게 뻗은 모래밭은 밝은 회색 아니면 노란색이었고 아무런 발자국, 바다갈매기의 발자국까지도 찍히지 않은 채 반들반들하였다. 난바다에서부터 불어오는 숨결처럼 가벼운 하늘빛 미풍이 간지럽다. 갈매기 한 마리가 외롭게 바다 위로 하나의 곡선을 그리다 유유히 해변의 소나무 숲 속으로 잠시 사라졌다. 파도는 물마루를 훤히 드러낸 채로 모래톱에 밀려와 곧장 부서지면서 하얀 포말로 사라졌고, 어떤 간절한 웅얼거림을 여음으로 남겼다. 하늘과 바다는 푸른빛이었고 수평선이 견고한 선처럼 두 영역을 가르고 있다. 사방이 고요했다. 햇빛이 여전히 바다 위로 세차게 쏟아져 내린다. 잿빛 바람이 점점 날카로워지고 관목들의 나뭇가지에서 가느다란 휘파람 소리가 났다. 온통 바다, 태양, 바람, 모래뿐이다. 바다와 소나무 숲 사이 밋밋하게 경사진 작은 언덕의 오솔길 주위에는 무성한 잡초와 가시덤불, 칡넝쿨이 땅을 뒤덮듯이 감싸고 있다.

"그 시절, 어린 친구들은 바닷가 모래밭에서 배고픈 것도 잊은 채 하루 종일 뒹굴면서 정말 신나게 놀았어. 모래밭이 태양 아래 알몸으로 누워 있었거든. 구릿빛 몸통 여기저기에 가는 모래가 들러붙어서 몹시 따가웠지만 상관없었어. 계절에 관계없이 항상 바닷가에서 놀았어. 그리고 여름이면 바다 속에서 살았어. 난 그때 수영을 참 잘했지. 날렵한 물개처럼 우아하게 말이야. 수영의 온갖 요령을 터득했고 바다를 두려워하지 않았어.

바다는 사람을 유혹하는 숙명적이고 거부할 수 없는 그 무엇과 같았지. 바다는 언제나 노래를, 부르지. 내가 그때 천천히 팔을 저어서 바다로 미끄러져 들어가면 해초들이 너울너울 춤을 추며 내 다리를 더듬고 팔을 쓰다듬어 주거든. 그리고 덮쳐오는 파도를 뚫고 바다 밑까지 내려가지. 바다 속은 사람의 마음처럼 어두운 숲이지만. 그러나 고요한 바다는 언제나 부드럽고 따뜻하게 나를 포옹해주었어.

난 그때 벌써 어서 빨리 어른이 되거든, 이 세상 끝까지 돛단배를 타고 항해하는 꿈을 꾸었지. 선장이 되는 것이 어릴 적 꿈이었지. 선장이 되었다면 얼마나 좋았을까? 먼 바다는 하나도 빼놓지 않고 모두 가보기로 했어. 광풍이 몰아치고 집채만 한 파도가 넘실대는 베링 해협, 남극의 차가운 파도가 거칠게 부서지는 마젤란 해협,

인도양과 대서양이 만나는 희망봉, 그린란드, 발트 해, 카리브 해, 홍해, 지중해, 흑해, 페르시아 만, 아프리카의 마다가스카르까지 말이지. 평생 동안 지구를, 오대양을 수십 번씩이나 돌고 도는 거지. 그래서 아름다운 바다와 무섭고 거친 바다를 만나보고……. 나는 태풍도, 허리케인도, 사이클론도, 돌풍도 겁내지 않기로 결심했지.

그래서 큰 항구에도 들어가 보고, 작은 항구에도 가보고……. 흑인도, 백인도, 황색인종도, 거인도 소인도 다 만나보는 거지…….”

나는 그때 고향의 바닷가에서 그 화려한 꿈들이 뭉게구름과 함께 푸른 하늘을 미끄러지고 있는 것을 올려다보았다. 마침내 그 꿈은 한 마리 완전한 새가 되어 끝없이 비상했다. 날씨는 그날도 여전히 온화했고 하늘은 가벼운 하얀 천에 싸여 있었다. 바람은 미풍으로 불기 시작했고 파도는 해안가 큰 바위에 부딪치며 무지갯빛 물보라를 사방에 흩뿌렸다. 하얀 뭉게구름은 어느새 엷은 새털구름이 되어 미풍에 흐느적거리고 있었다. 푸른 해안선이 더욱 선명한 날이었다.

“난, 성년이 된 후 그 시절의 바다가 가끔 생각났지. 왜, 그토록 우수에 잠긴 바다의 노래가 가슴 속 깊숙한 곳에서 끊임없이 울려 퍼졌는지? 왜, 그 노래가 수수께끼 같은 힘으로 내 영혼에 파고들어 고통스럽게 어루만지며 내 심장 주위를 휘감고 돌았는지? 그러나, 가족 모두 갑자기 고향을 떠나온 이후, 한 번도 가본 적이 없어. 그게 말이야, 그렇게 쉽진 않았어.”

오래 전에 고향을 떠난 자가 어쩌다 고향에 들리면 고향 앞에 막막한 심정이 되고, 고향 역시 낯선 이방인 앞에서 더욱 막막해지는 법이다. 그땐 고향은 무인도와 같다.

"정말이지, 남쪽 바다가 너무 그리웠어. 하지만 무엇인지, 정체를 확인할 수 없는 장벽이 가로막고 있었지…… 그러다가 고향은 점점 꿈결처럼 뿌옇게 흐려지고, 이제는 사라져 버리고, 아스라한 기억만이 긴 그림자를 드리우고 있지.

그런 거야. 정말 그런 거야. 너와 나, 우린, 고향을 잃어버렸고, 마음의 정처도 잃어버린 거야…… 아마 우리가 고향을 버린 거겠지. 아니면 떠나온 거야. 그리고 오랫동안 이곳저곳을 떠돌고 있는 거야."

사막에 밤이 오면 기온이 뚝뚝 떨어지면서 한낮의 뜨거운 열기는 온데간데없고, 온몸이 으슬으슬할 만큼 추위가 찾아온다. 그 추위와 함께 막무가내로 죽음의 공포, 슬픔, 절망감, 당혹스러움 같은 것들이 밀려 왔다. 참을 수 없을 만큼 자신이 가엾기도 하여, 아이처럼 소리 내 울고 싶은 심정이 되었다. 밤은 어쩔 도리가 없다. 밤에 일어난 일들은 낮이 돌아오면 사라져 버리기 때문에 더 이상 설명할 수가 없는 것이다. 그런 밤이면 새벽은 영영 돌아오지 않을 것 같았다. 창백한 미명과 함께 깨어나는 사막의 새벽은 무기력하였다.

이런 때는, 오래된 유년시절까지 소급하여 과거의 갖가지 광경들이 눈앞에서 어른거렸다. 그 기억들이 제멋대로 이리저리 나뒹굴었으므로 순서대로 정리할 수 없었지만 말이다. 하지만 오래된 사진첩에 끼어있는 퇴색한 흑백 사진 같은 과거의 기억들, 추억들은 아름답기도 하고, 슬프기도 하고, 때로는 후회스럽기도 하여 종잡을 수가 없었다. 그런 것이다. 죽음을 마주하고 있는 절망의 순간에는 행복했건, 불행했건 간에 잠재의식 속에 잠겨있던 옛것들이 일종의 생존본능처럼 떠오르기 마련이다. 하여간에 추억이 떠오르는 순간에는 시간은 빠르게 흘러갔다.

(내 마음속에 각인된 어릴 적 인상은 모두가 얼마나 깊은 흔적을 남겼던지……) 지금도 그 시절을 너무 뚜렷하게 기억할 수 있어서, 몸에 난 깊은 칼자국 같은 유년시절의 가슴 아픈 기억들은 나를 어쩔 수 없이 어릴 적 남쪽 바다로 데려다 주었다.

밤이 이슥하여 푸른 불꽃을 날름거리며 타닥타닥 탔던 몇 조각 장작은 잉걸불이 되었다가 재만 남았다.

내 어린 시절은 고향에 대한 아련한 추억과 가슴 아픈 기억으로 뒤엉켜 있었다. 내 잠재의식 속에 붙잡혀 있는 지난 시절의 환영 같은 기억들을 쫓아버리기 위해 얼마나 발버둥을 쳤던가. 그걸 밑바닥을 모르는 깊은 심연 속에 꼭꼭 파묻어 버리려 했지만 그건 불가능한 일이었다. 결코 잊혀질 수가 없었다. 그 환영은 언제든지 바로 엊그제 일처럼 생생하게 튀어 나왔다.

내 기억 속에는 남쪽 바다에 대한 기나긴 증오의 역사와 그 사건의 비극적 종말이 빨간 넝쿨장미꽃 향기와 아카시아 나뭇가지에 모여 앉은 제비들의 다정한 지저귐과 한데 뒤섞여 있다.

여기는 사하라 사막의 남쪽이다.

며칠째 모래언덕에 꼼짝없이 갇혀 오도 가도 못하면서 밤이면 찬란한 별빛 속에 쓰디 쓴 아랍 커피를 몇 잔이고 마신다. 우리는 끊임없이 과거를 되돌아본다. 나는 지금까지 그 깊은 상처를 누구에게도 털어놓을 수 없었다. 그러나 그가 자신의 지나온 이야기를 먼저 했고 이번에는 내 차례였던 것이다. 나는 투아레그족 동행자인 **이브라함**에게 처음으로 이야기하는 것이다.

어부인 아버지는 늘 해가 기울어진 뒤 바다가 신비한 황혼 빛으로 빛나는 석양 무렵이면 거나하게 술에 취하여, 불콰해진 얼굴로 낡은 고기잡이배들이 정박해 있는 방파제 주변을 어슬렁거렸다.

석양이 완전히 물러나고 별들이 하나 둘 하늘에 돋아나기 시작하면서 저녁의 푸른빛이 비린내가 가득한 해안을 뒤덮었다. 바람이 거세어질 때마다 별빛이 깜박거렸다. 바닷가의 저녁은 서늘하고 감미로웠다. 뒷산에서 밤 올빼미의 부드럽고 구슬픈 울음소리가 들려왔다. 그 간결하고 애간장을 녹이는 단음절의 소리가 끊어질듯 이어진다. 그러나 밤이 깊어가면서 마을 뒷산의 검은색 윤곽이 또렷하였고, 난파선처럼 허물어져 녹슨 철근들이 비죽비죽 삐져나온 방파제의 끝 쪽에서 웅크린 채 바다에 잠겨 있는 장구섬의 검은 실루

엣을 볼 수 있었다.

그때 부두는 깊은 어둠 속에서 버림받은 듯이 홀로 남겨져 있었다. 바닷가에는 바람이 불어왔다. 바람이 심하게 부는 날엔 잔잔했던 바다가 거칠게 출렁이며 파도가 방파제를 거세게 때렸으므로 방파제와는 계류용 밧줄에 의하여 연결되어 있던 낡은 목선들이 격렬하게 서로 부딪치며 몸부림을 쳤다. 바닷가는 아름답고 쓸쓸하였다.

아버지는 아무 술이나 술을 너무 많이 마셨다. 전쟁이 끝나갈 무렵 삼촌들의 전사 통지를 받은 후부터였다. 그때부터 아버지는 머리가 깨질 듯한 심한 두통을 앓았고 왼쪽 귀의 청력을 완전히 잃었다. 그 후에는 오른쪽 귀도 짐점 잃어가고 있었다. 아버지가 죽었을 당시에도 또다시 정신없이 술에 취하여 동생과 함께 바다로 나갔던 것이다.

내가 읍내 중학교 3학년이었던 해의 늦가을 오후 어둠이 깔릴 무렵, 아버지는 갑작스럽게 먹구름이 몰려오면서 돌풍이 몰아치던 (이따금 까마득하게 하늘빛으로 물들고 밤의 어둠이나 아침의 안개 속으로 사라지는 슬픈 전설의 섬인) 장구섬 쪽 바다에서 거센 파도에 휩쓸렸고, 무동력선인 낡은 어선만 남겨둔 채 실종되었다.

여자만汝自灣은 동쪽의 여수 반도와 서쪽의 **고흥** 반도 사이에서 육지 깊숙이 들어앉은 내만형 갯벌이어서 그곳 바다는 평소에는 수심이 낮고 호수처럼 잔잔하였다. 여자만은 석양의 노을이 아름다웠다. 그것은 서쪽 반도 위로 태양이 설핏 기울기 시작하면서부터 하

늘과 갯벌을 온통 붉은색 고운 빛깔로 물들인다. 해가 더욱 기울어
가면서 빛의 각도에 따라 갯벌과 그 위 하늘에 시시각각 형형색색
의 황금색 기운이 넘쳐났다.

그런데 그날 갑자기 변덕스럽고 이상한 바람이 바다에서 불기 시
작하였다. 거대한 잿빛 장막이 해안선과 수평선을 뒤덮었다. 번개가
번쩍이고 천둥소리가 나지막하게 울렸다. 바다는 안개 같은 물보라
를 하늘 높이 뿜어 올리며 먹이를 삼키려는 성난 들짐승처럼 날뛰
었다. 바다의 악령이 광기 속에서 날뛰고 있었다. 육지 쪽에서부터
돌풍이 휘몰아치더니 칼날처럼 일어선 거센 파도가 무서운 기세로
배를 덮쳤다. 그 살벌한 바람은 기이하고 환상적인 울부짖음으로
변하여 집요하게 달려들었다.

그 작은 목선은 바다 한가운데에서 뒤집어진 채로 혼자서 흔들거
리고 있었지만 아무 흔적도 없었다.

파도는 여전히 포효하며 해안가 조약돌에 하얗게 부딪치고, 신음
을 토하며 다시 물러나고, 저 멀리 큰 바다에서는 울부짖고 있었다.
바다는 여전히 흉측스러운 괴물이었다. 하지만 이제 바다는 그 괴
력의 힘을 상실하였다. 바다는 숨을 죽이고 있었다. 바람마저 훨씬
약하게, 부드럽게 불고 있었다. 모든 게 조용했다. 바다는 다시 평
화로워 보인다. 모든 분노 역시 바다 밑바닥으로 침전되었다. 파도
가 끊임없이 밀려오면서 수많은 소리를 웅얼거린다.

간단없이 밀려드는 파도는 해안에 부딪쳐 흰 포말이 되어 스려졌

다. 거친 바다를 아주 멀리서부터 달려와서 말이다. 그것은 해안에 부딪칠 때 무언가를 고고하게 부르짖고 외쳐댔지만 그 소리 역시 곧 스러졌다. 다시 일종의 침묵과 평화가 찾아왔다. 늦가을의 밝은 오렌지빛 태양이 서쪽으로 기울면서 거울처럼 반짝이는 수면에 제 얼굴을 비추고 있었다.

그날 아버지가 바다에서 통발그물을 거두는 것을 돕기 위하여 따라 나섰던 쌍둥이 동생도 함께 사라졌다.

"그 소식을 처음 듣는 순간 잠시 기절하여 혼수상태에 빠지고 말았어. 너무 큰 충격을 받은 거야……. 난, 한동안 죽은 동생이 너무 불쌍해서 학교에도 가지 않고 밥도 굶은 채 울면서 지냈지. 눈물이 너무 쏟아져 세상이 온통 흐릿해 보였어. 말을 심하게 더듬기도 했어……. 매일 밤이면 악몽을 꾸면서 야뇨증까지 생겼어. 그것은 상당히 오랫동안 나를 괴롭혔지……."

막 예민한 사춘기에 접어들어 심한 성장통을 앓고 있던 나에게, 죄책감, 공포증, 심한 불안감, 헤어 나올 수 없는 비참함 등의 증세가 나타나기 시작한 것은, 그 사건이 발생한 이후의 일이다. 나는 그때 가슴이 몹시 두근거려 견딜 수가 없었다. 자주 식은땀을 흘렸다. 이를 견뎌내기 위하여 손톱에 피가 비치도록 질근질근 깨물었다. 오랫동안 제대로 잠을 자지 못해 꾸벅꾸벅 졸면서도 깊은 잠을 자지 못하였고, 설핏 잠이 들면 악몽을 꾸었다. 악몽에서 깨어나면 온몸이 땀으로 뒤범벅이 되어 있었다.

꿈속에서, 그 구름은 검붉은 색이었고 음산한 분위기를 자아내고 있었다. 비바람이 불고 억수같은 비가 쏟아졌다. 파도가 넘실거렸다. 그 순간 술에 취한 채 아무것도 알아채지 못하고 뱃전에 기대어 잠들어 있는 아버지, 바닷물을 온통 뒤집어 쓴 채 절망적으로 허둥대는 동생의 모습, 그 고독하고 버림받은 그들의 환영이 나타났다.

그때, 동생이 울부짖었다. "형, 빨리 와, 우릴 살려줘. 비바람이 몰아치고 있어. 배가 흔들려. 아버진, 너무 취해서 꼼짝할 수가 없어. 주위에 아무도 없단 말이야. 지금 파도가 덮치고 있어."

그러나 그 외침소리는 물거품이 되어 허공 속으로 흩어졌다. 그때 동생은 누군가 자신을 부르는 소리를 들었다. 너무 애절하게 동생의 이름을 불렀다. 부르고 또 불렀다. 그 목소리는 더욱 깊고 신비스럽게 느껴졌다. 바다의 소리였다. 그것은 불멸의 소리였다. 동생은 필사적인 몸부림을 멈췄다. 그리고 바다 밑으로, 바다 속으로 사라졌다.

그때, 회색 하늘과 회색 바다는 혼동되어 아득한 지평선에서 맞붙어 있었다. 거칠게 넘실대던 파도는 정적 속에서 해변으로 밀려와 부드럽게 쓰다듬을 뿐이다. 바다는 마침내 침묵 속에 잠겼다.

그 무렵, 캄캄한 밤이면 바다는 시꺼멓게 멍들어 하늘과 더 이상 구분할 수 없었고, 그럴 때쯤 악령이 찾아와 축축한 손길을 뻗어서 내 심장을 인정사정없이 짓눌렀다. 밤은 어느새 소리 없이 찾아온다. 밤이 온통 세상을 뒤덮었다. 어둠 속에서 낯선 파도가 매섭게 거품을 일으켰다. 밤이 되면 방에 불을 밤새도록 켜두어야 했다. 밝은 불빛이 없으면 불안 증세는 더욱 심해졌기 때문이다. 아주 오랫동안, 나는 가끔 깊은 밤중에 그 비명 소리를 듣고 소스라치며 잠에서 깨어나곤 하였다.

그 사건은 나로 하여금 동생에 대한 뿌리 깊은 부채 의식에 더하여 죄의식까지 느끼게 하였다. 그러니 이 비극적인 사건의 여파는 나에게 평생 지울 수 없는 상처를 남겼다. 일종의 강박증과도 같은 원죄 의식이 평생 동안 나를 괴롭혔던 것이다.

그날, 짙게 끼었던 해무가 걷히면서 간신히 날이 밝았다. 밤의 실루엣들이 안개와 함께 흩어졌다. 손을 뻗으면 닿을 것 같이 낮게 드리운 비구름이 하늘을 빈틈없이 덮고 있는 바다 쪽에서 미적지근한 바람이 불어왔다.

그해는 봄이 아주 일찍 찾아왔다.

해안선을 따라 낮은 언덕들과 들판을 가로질러 단선 철도가 남쪽으로 뻗어 있다. 그러나 여름철이면 철길에 무성하였던 질긴 잡초들은 아직 겨울잠에서 깨어나지 않았다. 땅 속에서 이미 기지개를 켜고 있는지 모른다.

2월 초순경이어서 대합실에는 아직 톱밥 난로가 지펴있다. 누군가 한 줌의 톱밥을 희미한 불빛 속에 던져 넣는다. 몇 개의 봇짐을 싸안은 채 단속적으로 콜록콜록 기침을 하는 시골 아주머니, 꾀죄

죄한 중절모를 깊이 눌러 쓴 할아버지, 긴장한 얼굴로 새침하게 앉아 있는 단발머리 소녀, 기차가 도착하기만을 기다리는 몇몇 하역 인부들.

간절한 그리움과 기다림이 간이역 역사 안에 스멀거린다.

아침 일찍 대합실에서 마을 사람들과 마지막 인사를 나눈다. 깊은 상처를 안고 고향을 떠나는 어머니도 마을 사람들도 안타까운 마음에 모두 할 말을 잊은 채 하염없이 눈물을 훔쳤다. 나는 무표정한 얼굴로 낡은 역사의 높은 창 너머로 먼 산을 바라보며 애써 이를 외면하였다.

첫 기차가 도착하려면 아직도 30분여가 남아 있다. 간이역의 벽에 걸린 둥근 시계의 바늘이 출발 시간을 향하여 재깍재깍 움직여 갔다. 기차는 예정시간보다 뒤늦게 도착해서 귀향하는 몇 안 되는 사람들을 잠깐 동안 내려주고, 다시 객지로 떠나는 몇 안 되는 사람들을 태웠다. 기차는 짧게 정차한 후 덜커덩거리며 곧바로 남쪽을 향하여 출발하였다.

나는 객차의 통로에서 밖을 내다보며 한동안 서있었다.

마을은 푸른 하늘을 배경으로 한 잔잔한 잿빛 바다, 난바다에서 가끔 불어오는 날 선 바람, 검은 갯벌, 포구를 굽이쳐 흐르는 작은 강, 갈대숲, 첫서리가 내릴 무렵이면 찾아오는 겨울 철새 등이 어우러져 언제나 아름다웠다. 너무나 내 가슴 속 깊이 각인되어 있어서 평생 동안 영원히 잊지 못할 풍경이었던 것이다.

그러나 눈에 익은 풍경들이 낯설어지기 시작했다. 윤곽이 부드럽게 흐려지며 형체가 해체된다.

　낡은 객차 안은 거의 비어 있다. 객차 안은 기관차의 석탄 연기 냄새와 시큼털털한 하수도 냄새가 뒤섞인 채 찝질하고 달착지근한 냄새를 풍기고 있다. 어머니는 더 이상 울지 않는다. 그러나 어머니의 눈빛은 지친 기색이 완연했다. 나는 찌든 때가 덕지덕지 끼어있는 어머니의 손가락 마디와 손목을 보았다.

　언제 다시 돌아올지 기약할 수 없는 출발이었다. 왼쪽으로 읍내의 퇴락한 낮은 집들이, 오른쪽으로 바다와 뻘밭이 멀어져 갔다. 쉰 목소리로 짧게 기적을 울리면서 벌교역을 떠났던 완행열차는 한참을 달려 빗속에서 적막에 쌓인 고향 마을을 지나쳤다. 이제 기차는 연착된 시간을 만회하려는 듯 무서운 기세로 달린다. 슬레이트 지붕을 얹은 낮은 집들이 뒤로 물러났다.

　나는 기차가 긴 터널로 들어갈 때까지 오랫동안 차창에 코가 찌부러질 만큼 얼굴을 바짝 붙이고 바다 쪽을 바라보았다. 하늘은 꽉 막혀 있었지만 바다는 잠잠하였다. 회색빛 하늘과 바다가 맞닿아 있는 수평선 너머로 작은 증기선이 천천히 사라지고 있었다. 나는 여전히 창밖을 내다보면서 지나치는 기찻길 옆 모든 풍경을 하나도 놓치지 않으려고 눈을 크게 떴다.

　나는 참으려고 해도 도저히 울음을 참을 수가 없었다. 나는 목구멍에서 타는 목마름을 느꼈다.

나는 안개 같은 봄비가 내리던 이른 봄날 고향을 떠났다. 안개비는 땅위에 일직선으로 떨어지지 않고 바람에 휘날리고 있었다. 그때, 유연한 파도가 가볍게 춤추고 있던 남쪽 바다는 손을 가볍게 흔들었다. 나에게 아쉬운 이별을 고하였다.

파리의 이별

파리의 이별

파리는 연인들을 사랑한다.
— 콜 포터

그러고 보니…… 파리가 그립다.

파리의 고약한 겨울 날씨가 생각난다. 찬비가 내리면 비에 젖은 우울한 거리에 낡은 도시의 온갖 서글픔이 난데없이 모습을 드러내기 때문이다. 파리의 뒷골목에 비가 내리고 하수구가 역류하며 악취가 허공으로 퍼져나간다. 남루한 차림의 알코올 중독자인 집시 노인이 비를 맞고 걸으면서 투덜댄다.

"언제나 늙어가고 삶은 어느덧 지나가버리고 없네."

파리의 우울.

보들레르가 말한다.

"나는 그대를 사랑한다. 오, 더러운 도시여! 늙은 창녀에 취한 늙은 호색한처럼, 그 지독한 매력이 나를 끊임없이 젊게 해주는 이 거

대한 갈보에 취하고 싶다."

그래도 낭만적인 도시 분위기를 잊을 수는 없을 것이다. 공부를 지독히 했던 그 시절의 국립 공과대학 (……그때는 가끔 커피와 카페인을 엄청나게 마시면서 그 힘으로 며칠씩이나 잠을 안자고 버티며 공부를 했다……), 압생트 또는 가짜 압생트인 페르노가 생각난다. 가끔은 쑥 냄새가 진하게 나는 스페인 압생트인 오헨도 나는 그때 너무 가난했으니까 값이 싼 페르노를 훨씬 더 많이 마셨다. 그것들을 어찌 잊을 수가 있겠는가.

나는 파리 시절 값이 싼 그걸 참으로 많이 마셔댔지. 소르본 대학에서 국립 중세박물관을 왼편으로 돌아서 센 강의 좌안을 향해 걷다보면 나오는 생 미셸 거리의 먹자골목에 있는 터키 식당에서 주로 가짜 술을 마셨던 거야. 가끔은 중국 식당에서도 마셨다. 그것은 원래 녹색을 띠고 있지만 물을 타서 희석시키면 금세 우윳빛으로 변하지. 맛은 달짝지근하여 감초 같고 기분은 한껏 고조되지만…… 역시 뒤끝이 안 좋은 게 흠인 거야. 압생트는 목구멍 아래로 털어 넣기 전에 음미하여야만 제 맛이 나지. 입 안 가득히 그걸 들이켜서는 마취된 듯한 몽롱한 기분 속에서 술이 혀끝을 감싸고 도는 것을 느껴야만 하지. 그것은 입 안에서 이리저리 굴리며 오래 맛을 음미하다 천천히 목구멍으로 넘겨서 속을 덥혀야 제 맛이 나는 거야. 그렇지, 압생트의 향기는 정말 죽여주지. 그걸 몇 잔 걸치면…… 간덩이가 부어 몸이 주체할 수 없을 만큼 커져서 배 밖으로 튀어 나오지. 그게 환각 작용이 있어서 머리를 썩게 만든다고 하는데, 그 술에 대한 이유 없는 비방은 믿을 게 못되는 거야.

다만, 그 마법의 술은 나에게 옛날에, 어린 시절에 일어났던 모든 것들을 차례차례 떠오르게 하지. 남쪽 바다, 잿빛 뻘밭, 벌교읍, 고향 마을, 아카시아 꽃, 제비, 참새, 갈매기, 철새, 똥개, 아버지와 동생, 어머니, 대합실, 톱밥 난로, 완행열차, 낙동강, 삼각주의 모래밭, 갈밭새, 대신동 등을.

센 강이 생각난다. 그 강은 파리의 동남쪽 변두리에서부터 강폭이 넓어지고 눈썹 같은 원호를 그리며 도시를 가로질러 좌안과 우안으로 나누고 북쪽으로 흐른 다음 파리를 빠져나간다. 그러나 센 강은 파리 한복판에 있다. 그 강은 파리의 심장이다. 센 강은 무슨 빛깔일까. 복잡한 색이다. 그 강은 주변의 모든 사물과 인간의 삶을 비추고 있기 때문이다. 강물은 새벽녘에는 잠깐 동안 소금처럼 흰색을 띠다가 벌써 검은색으로 변하고 마침내 초록색이 된다. 모네의 '그랑드자트 섬의 센 강 강둑'에서 강물은 분홍색과 흰색, 파란색이고, 마티스의 '퐁생 미셸' 속 센 강은 빨강색이 어려 있다.

센 강은 흐른다. 강물은 끊임없이 흘러가므로 한순간에도 같은 강물은 있을 수 없다. 흐르지 않은 강은 더 이상 강이 아니다. 강물은 계절마다 하루에도 시시각각 변한다. 그러니 영원한 것은 없다. 모든 것은 변하고, 또 변한다. 그러므로 영원에 대한 집착은 허망한 것이다. 사랑도 영원할 수 없다. 우리는 사랑하는 순간 이별의 순간을 염려해야한다.

우린 그때 센 강의, 예술의 다리라는 뜻을 가진 퐁데자르 다리까지 걸어가서 시테 섬의 아름다운 풍경과 흐르는 강물을 번갈아 내려다보면서 감격에 겨워 얼마나 사랑을 맹세했던가. 우리는 피차 파리의 이방인이었다. 너무 외롭고 사랑에 굶주려 있었기 때문인지 가벼운 대화와 접촉만으로 쉽게 사랑에 빠져 버렸다. 그러므로 섬세한 사랑의 기술은 필요 없었다. 그때는 우리 사랑이 영원할 줄 알았다.

마로니에 나무와 미술관 순례가 가끔 생각나고⋯⋯. 마로니에는 5월쯤 흰 바탕에 붉은 색을 띤 꽃이 만발하면 정말 환상적이었지. 몽빠르나스 대로의 마로니에가 녹색으로 우거지면 나폴레옹의 장군인 네이 사령관의 청동 동상 ─ 승마 부츠를 신고 오른손에 칼을 들고 엉거주춤 자세를 취하고 서 있는 ─ 근처의 벤치에서 꽃잎의 짙은 향기에 취해서 오랫동안 앉아 있곤 했었지. 봄이 대기 속에서 한창 무르익어 감을 뼛속 깊이 느낄 수 있었거든. 그때 지빠귀들이 푸른 잎 속에 숨어서 얼마나 시끄럽게 지저귀던지⋯⋯. 주로 그녀와 함께 있었지. 아아, 우린 서로가 그 시절 너무너무 행복했었는데⋯⋯. 오랜만에, 아주 오랜만에 H가 갑자기 생각나는군. (나는 그녀의 이름을 밝힐 수가 없다. 어쩐지 밝혀서는 안 될 것 같다. 그게 지금 내 마음이다.)

H는 이제는 거의 잊어버렸기 때문에 망각에 묻힌 기억 속 저 밑바닥에 가라앉아있는 희미한 추상적 존재에 불과하였지만 내가 파리를 생각할 때면 불가피하게 기억하지 않을 수 없다.

균형 있는 몸매. – 내가 여자를 평가하는 데 있어서 중요한 기준이었다. 그것은 건축가다운 안목이라고 할 수 있다. 나는 건축 설계에서 균형과 대칭, 간결함을 추구하기 때문이다. 긴 검은 머리에 뿔테 안경을 써 지적으로 보이는 동유럽의 보헤미아에서 온 여학생. – 그녀는 나보다는 훨씬 나이가 어렸지만 학교 강의실에서 몇 번 만났고, 눈인사 정도를 나누는 사이가 되자 언제부터인가 가벼운 데이트를 하게 된 것이다.

그 벤치에서 우리는 몇 시간씩이나 지치지 않고 건축 설계의 세밀한 과정과 완공된 건물에 대해 진지한 얘기를 주고받았다. 우리는 남녀의 차이, 문화 배경의 차이 (중부 유럽의 바로크 양식의 세계와 동양적인 목조 기와집의 세계의 차이)를 떠나서 건축가는 건물을 사용할 사람들과 보다 긴밀한 관계를 가져야 한다는 점에서, 또한 건축에 쓸데없이 너무 많은 이데올로기가 들어가서는 안 된다는 점에서, 건축이란 원래 혼돈의 모험이긴 하지만 그러나 냉소주의만큼은 극복해야한다는 점에서, 건축은 사치품이 아닌 사회적 필수품이기 때문에 건축가는 형식과 스타일, 기교 대신 건축의 본질을 직시해야 한다는 점에서, 그러므로 건물을 바로크식으로 장식하

는 것은 아무런 의미가 없고 기능적이고 단순하고 삭막한 건축을
해야 한다는 아돌프 루스의 건축 미학에 전적으로 공감한다는 점
등에서 견해가 완전히 일치하였다.

우리들은 주말이면 언제나 미국 영화를 보기 위해 영화관에 가
고, 미술관과 박물관에도 가고, 돈을 절약하기 위해서 메인 요리만
시켜 식사를 하고, 밤늦게까지 싸구려 술을 진탕 마셨다.

센 강 좌안의 생 미셸 대로에 있는 단골집인 (지금은 그 이름이
도저히 생각나지 않는) 그 카페에 들어서면 주크박스에서는 언제나
똑같은 노래가 흘러 나왔다. 우리는 먼저 카페 한 쪽에 있는 낡은
당구대에서 미국식 포켓 게임을 했고 그것에 지치거나 싫증이 나면
그 카페에서는 반 공식처럼 주로 독한 럼주를 마셨다. 그때 그녀는
술잔을 든 채 줄담배를 피웠다. 가끔은 심하게 기침을 콜록거리면
서도 그녀가 말했다. "담배를 애당초 피우지 않기로 한 건 정말 잘
하신 거예요……. 나는 어머니가 악을 버럭버럭 지를 때마다 밖으
로 나가서 담배를 피웠지요. 다른 건 할 게 없었거든요……. 나는
여러 번 담배를 끊으려고 노력했지만 그때마다 불가능했지요……."

이제 가을로 접어들었다. 그녀는 독일 사람처럼 가죽 옷을 좋아
했을까. 가을과 겨울에는 검정색 엷은 스웨이드 가죽 재킷을 늘, 계
절 내내 입고 다녔다. 마로니에 잎이 떨어진 센 강 좌안의 강변로,
강에서 올라오는 밤안개와 축축한 냉기 때문에 그녀는 몸을 움츠렸
다. 그때는 어김없이 담배에 불을 붙였고 담배연기 한 모금을 뿜어

내며 가볍게 기침을 했다.

그녀는 제2차 세계대전 당시 나치의 거대한 사기극이 연출되었던 테레지엔슈타트 출신이다. 유대계인지는, 전체적인 얼굴 윤곽과 검은 머리 (그녀는 숱이 많은 머리카락이 목덜미까지 흘러내려서 목을 완전히 감싸고 있는데 그러나 머리카락은 매우 여리고 마치 검은 그림자처럼 보인다.), 약간의 매부리코를 보면 그런 것 같기도 하지만 확실치 않다. 어쩌면 아슈케나지 유대인의 피가 반쯤만 섞였는지도 모른다.

그녀는 1960년대 출생했으니까 1948년 이후 공산주의 체제, 1968년 이후 옛 소련이 탱크를 앞세워 체코를 점령하고 있던 그 공포의 시기에 암울한 삶을 살았다.

그러나 그것들이 감수성이 극도로 예민한 시절에 그녀에게 간접적으로 또는 직접적으로 어떤 영향을 미치거나 상처를 입혔는지 그 고통의 깊이를 헤아릴 수는 없다.

그녀는 말했다. "그 나이에는 꿈같은 추억이 많을 때이지요 그러나 난 초등학교 시절부터 홀로코스트의 비극에 대해서 귀가 따갑도록 들어야 했지요 어머니는 그 참상을 겪은 뒤 딸에게 그 상처를 쏟아냈던 거예요. 자신의 아픔과 희생을 딸에게서 보상 받으려는 어머니의 속박에서 벗어나기 위해 몸부림쳤던 것이지요 어머니는 모순투성이이고 아주 복잡했어요 자신은 절대 유대 혈통이 아니라고 주장했지요 그런데도 억울하게 수용소로 끌려갔다는 거예요. 하

지만 자신이 살아서 돌아온 것은 어쨌거나 신이 보살펴 줬기 때문이라고 했어요

사실 어머니가 나를 사랑했었는지는 잘 모르겠어요. 어머니는 늘 내게 말했었지요. 네 년이 커서 사람 구실을 하는 꼴을 보고 난 후 내가 죽었으면 싶구나. 그랬어요. 그랬으니 나는 딸들이 어머니로부터 배워야하는 것들을 하나도 배우지 못했어요.

우리 가족은 그 시절 프라하의 유대인 지구에는 얼씬도 하지 않았지요. 그건 불문율이었어요. 우리는 프라하에서 가장 번화한 지역인 신시가지에서…… 바츨라프 광장의 국립박물관 바로 뒤쪽에서 유대인이 아닌 것처럼 하고 살았어요.

그러니까 프라하에서 일어났던 1968년 5월 1일의 시가행진 이후 프라하의 봄이 혹독하게 겨울로 변했던 1989년까지, 그 시절에 우리는 끊임없이 당국의 감시를 두려워했지요. 그래서 늘 불안했어요. 아버지에게서 가장 많이 들었던 말이 무엇인지 아세요? '항상 말조심해라. 이걸 밖에서 얘기해서는 안 된다. 그건 얘기하지 마라.'이었지요. 나는 일찍부터 이 세상에 대해 염세주의자가 되었을 거예요. 그때 벌써 나의 인생을 그걸 어떻게 바꿀 수가 없는 운명으로 받아들이게 되었지요. 그 시절이 제 기억에서 지워졌으면 해요. 내가 이 세상에 꼭 태어나야 했다면 그 시절이 아니라 차라리 훨씬 나중에 태어났어야 했지요."

그녀는 그 당시 여전히 이주자로서 느끼는 이중적인 낯섦과 동시

에 프라하에 대한 향수병 때문에 몹시 시달리고 있었다. (하지만 그녀는 소외와 향수의 고통을 뼈저리게 느끼면서도 프라하로 돌아갈 생각은 조금도 없었다. 그녀는 프라하에 있는 부모님과 친구, 기타 지인들과는 띄엄띄엄 매우 불규칙적으로 극히 사무적인 짧은 내용의 서신만을 교환했다. 그리고 부자인 부모님이 보내주는 경제적 지원을 한사코 거절했다. 다만 국립 장학재단에서 지급하는 소액의 장학금과 닥치는 대로 아르바이트를 하여 생활비를 충당하였다.)

그런데 그녀는 조상으로부터 물려받은 트라우마 때문에 나처럼 그런 증세를 가지고 있다고 고백한 일이 있었다. 나는 그녀에게 깊은 연민을 느꼈다. 그 여인 속에서 나의 고통을, 나의 우울을 발견했던 것이다. 그러나 나는 그녀를 진심으로 위로해줄 수는 없었다. 내 자신의 상처도 지금까지 어쩌지 못하고 있으니까.

그녀는 내밀한 소외감과 지독한 향수병을 달래기 위해 술을, 압생트를, 페르노를 많이도 마셨다.

생 미셸 거리의 터키 식당. 주인은 땟국이 지저분하게 얼룩진 하얀 앞치마를 두르고 터키의 전통 음식인 케밥을 열심히 굽고 있다. 케밥의 구수한 냄새가 실내를 가득 채운 가운데 맥주 냄새, 압생트의 향기가 희미하게 묻어 있다. 언제나 골초인 단골들이 내뿜는 담배 연기가 지독하다. 그들의 땀에 젖은 축축한 몸과 잘 씻지 않은 성기에서 시금털털한 냄새가 풍겨 나왔다. 그들은 후줄근하고 지저분한 작업복 차림으로 죽치고 앉아 집에 들어가는 시간을 어떻게 해서든지 늦춰보려고 술잔을 홀짝거리며 미적거리고 있었다.

그녀는 술에 취하면 마리화나를 피우면서 릴케의 시를 읊었다. "……고독은 비처럼 바다에서 저녁을 향해 올라온다. 그러고 나서 언제나 외로운 하늘로 올라간다. 처음으로 그 하늘에서 도시 위로 떨어져 내린다……."

밤이 깊었다.

가는 비가 내리는 거리는 텅 비어 있다.

그러나 나는 그때 건축 공부에 미친 듯이 열중해서 여자를 길게 자주 만나면 시간만 빼앗긴다고 생각하고 있었다. 그래서 스스로 경계선을 설정하고 그 선 내에서 할 수 있는 행위를 엄격하게 제한하였다. 나는 소리 없이 외쳤다. '더 이상 다가가서는 안 되는 거야. 그렇지…… 그게 한계인 거야!' 하지만 그건 표면적인 이유에 불과하였고 실제는 나는 아직도 일종의 강박관념과도 같은 원죄 의식에 사로잡혀 있어서 그 어떤 여자와도 진정한 관계를 가지지 못하였다.

얼마 후, 일 년쯤 후, 여자 쪽에서 먼저 적극적으로 관심을 보였다. 내가 동의하였다면 우리들은 오스테를리츠 역 뒤쪽 동유럽의 이민자들이 주로 사는 동네의 방 두 칸짜리 아파트에서 동거에 들어갈 수 있었다. 그녀는 그때 오스테를리츠 역에 있는 즉석 열쇠점에서 만든 그녀 아파트의 복제 열쇠를 나에게 주었다. 그리고 그녀가 말했다. '언제든지 열고 들어오세요. 덧문과 커튼이 없는 창문이

하나 있지요. 하지만 창문 밖 강변 풍경은 조금 쓸쓸하지요.' 그러나 나는 그 열쇠를 단 한 번도 사용하지 않았다.

그런데 그 당시 우리들은 커다란 갈등이나 심적 동요 없이 자연스럽게 헤어질 수 있었을까? 하지만 이건 새빨간 거짓말이다. 터무니없는 자기기만이다. 나는 대수롭지 않게 여기려고 애썼지만 말이다.

파리에서 마지막 가을. 1988년 (그 해 서울에서는 올림픽 경기가 열렸다.)의 늦가을. 하늘에는 늘 먹구름이 끼어있고 가끔 부슬비가 내렸다. 하얗게 밤을 지새운 불면의 밤들과 공허한 나날들.

그러나 둘 다 서로에게 호감을 갖고 있었고 강력한 자석처럼 서로를 끌어당기고 있었으니 그대로 헤어진다는 것은 무언가 슬픈 일이었다. 그녀는 헤어지면서 새삼스럽게 단정한 검은 머리, 반듯한 얼굴 그리고 꼿꼿한 자세로 앉아 강의에 열중하던 그의 태도를 되새겼다.

파리의 늦은 밤.

하늘은 잔뜩 찌푸려 있었고 밤공기는 차갑고도 축축했다. 얼마쯤 지나자 이내 가는 비가 내리기 시작했다. 우리는 한 시간 쯤 전에 그 카페에서 페르노 한 병을 나눠 마시고 약간 취해 있었다.

그녀가 말했다. "서로 마음이 통했고, 상당한 시간이 흘렀는데 …… 아무 일 없었다는 듯이 헤어지다니요……. 당신은 순수하고 낭만적이지요. 사실은 도저히 이해할 수 없는 모순덩어리이에요. 지금부터라도 당신을 저주해야 할까요? 나는 당신의 머리와 가슴 속에서 무슨 일이 일어나고 있는지 모르겠어요? 이렇게 한심한 일이 …… 도대체 말도 안 되는 일이 있을 수 있을까요? 아무런 합당한 이유도 없이 이렇게 헤어진다는 것에 대해서 우리는 우리 자신을 용서할 수 있을까요? 차라리 퐁데자르 다리에서 함께 뛰어 내리는 게 낫지 않을까요?"

"……."

"진짜 파리를 떠날 이유가 생겼군요. 파리는 연인들을 사랑하지 않는 거예요."

비는 내리다말다 그쳤지만 나는 여전히 우산을 받쳐 들고 있었다. 그녀가 "우리, 한 번 안아도 될까요?"라고 말했다. 나는 몸을 숙여서 그녀와 처음이자 마지막인 포옹을 나눴다. 그녀의 숨결, 체온과 체취 때문에 숨이 막혔다. 그리고 명치 끝에서 격렬한 통증을 느꼈다. 하지만 그게 전부였다. 우리는 울퉁불퉁한 회색빛 보도블록에 서서 서로 두 눈을 크게 뜨고 응시하다가 가볍게 미소를 짓고 돌아섰다. 다정하고 애달픈 작별 인사 같은 건 없었다. 그저 그렇게 헤어진 것이다.

그때, 퐁데자르 다리에서, 영원한 사랑을 기원하고, 우린 절대로 헤어져서는 안 된다고 서로 맹세하며 그걸 새긴 청동 자물쇠를 시퍼런 물이 괴어 흐르는 센 강의 심연 속으로 던졌지만 그 자물쇠가 사랑의 이별을 막을 수는 없었다. 어쨌거나 이별이란 해피엔딩은

될 수 없다. 모든 이별에는 일종의 해방감과 함께 큰 고통이 뒤따르기 때문이다.

센 강은 흐른다. 우리 사랑을 나는 다시 되새겨야만 하는가. 밤이 와도 종이 울려도 세월은 가고 나는 남는다. 사랑은 가버린다. 흐르는 이 물처럼 사랑은 가버린다. 나날이 지나가고 주일이 지나가고 지나간 시간도 사랑도 돌아오지 않는다.

낙타

낙타

네 마리 낙타를 친구삼아 포르투갈의 왕자님 세계를 고루고루 유람한다.
낙타 네 마리가 있기만 한다면 나도 그렇게 하고 싶었다.
— 아폴리네르

사막 이야기에는 낙타를 빼놓을 수 없다.

낙타는 사막을 위하여 태어나고, 사막에 잘 적응하기 위하여 오랫동안 진화를 거듭해온 동물이다. 이 강인하고 고집 센 동물은 입을 꾹 다문 채 코로만 숨을 쉬고, 둥글고 넓적한 발밑 두터운 발바닥이 쿠션 역할을 하므로 힘들다는 내색 없이 꿈꾸는 듯한 걸음걸이로 느릿느릿 걸어서 모래사막을 가로질러 나아갈 수 있다.

이 참을성이 많은 동물은 리듬에도 민감하였다. 유목민들은 낙타의 단순하면서도 미묘한 흔들림에 맞춰 낙타몰이꾼의 노래를 불렀다. 길게 줄지어 걸어가던 낙타들은 이 노래가 나오기 시작하면 고개를 쳐들고 걸음을 빨리 해야 하는 것을 안다. 그것들은 흥겨운 리듬에 맞춰 머리를 밑으로 숙이고 목은 쭉 뻗은 채 씩씩하게 앞으로 나아간다.

낙타의 두꺼운 털가죽은 사막의 무서운 열기로부터 체온을 보호해주고, 넓적한 콧구멍과 긴 속눈썹은 거친 바람과 날아오는 모래를 막아준다.

더욱이 소보다 두 배나 더 많은 짐을 실을 수 있고, 바퀴가 굴러갈 수 없는 곳에서 소보다 두 배나 빨리 갈 수가 있으며, 시간 당 5킬로미터의 속도로 쉬지 않고 하루 15시간씩 10일간을 계속 걸을 수도 있다. 먹이는 적게 먹으면서 물은 한꺼번에 50갤런 이상까지 마셔 물 없이 열흘 가까이까지 버텨낼 수 있으며, 어둠을 두려워하지도 않는다. 인간의 말을 잘 이해하며 수명까지 길다. 낙타는 고도로 농축된 소변과 마른 대변 등으로 불필요한 수분의 손실을 피할 수 있는 특유의 수분 저장 능력 때문에 메마른 사막을 잘도 버텨낸다. 땀은 최후의 순간에만 흘리므로 체온이 40도 이상이 되어야만 흘린다. 탈수 증세가 시작되면 몸무게의 3분의 1에 상당하는 수분을 잃어도 살 수 있으며 수분이 보충되면 다시 원상회복할 수 있다.

기원 초에 아라비아 반도에서 사하라에 처음 들어온 단봉낙타는 우물 사이의 간격이 매우 먼 사막 여행에 아주 안성맞춤이다. 그래서 사람들은 낙타를 '사막의 배'라고 불렀고, 사막 유목민들은 신이 내린 선물로 생각하여 낙타를 몹시 아끼고 최고의 재산목록으로 간주하였다. 사막에서 진짜 유목민은 낙타를 소유한 사람을 말한다.

가축 시장에서 낙타는 양 50마리, 소 10마리 값과 맞먹을 정도였다.

그러므로 사막에서 낙타는 매매와 교환을 함에 있어서 기준이 된다. 여자와 교환할 때도 교환의 대가는 낙타로 지급하였다. 아 아! 아름다운 여인이여! 아름다운 여인이여! 정말 아름답군요. 그 여자에게 낙타를 몇 마리 지불하면 가능한 가요? 그렇지. 낙타면 되지. 그러나 몇 마리여야 하는지는 좀 더 따져봐야지 않겠어? 아름다운 여자이니까.

그런데, 가축은 유목 생활의 토대이고 부와 식생활의 원천이었으므로 신성한 존재로 간주되었다. 유목민에게 가축은 삶의 전부였다. 그들은 가축의 젖을 마시고, 고기를 먹고, 가죽을 활용하고, 가축을 거래한다. 그러므로 가축이 죽으면 유목민도 죽는다. 유목민들은 양과 염소와 그 새끼들, 암낙타와 새끼들, 말들이 뒤섞여 있어도 낱낱이 자신의 것을 알고 있었다. 그래서 사막에서는 인간은 동물의 일부이고, 동물은 인간의 일부였다. 그들은 서로를 이해하였다. 그들은 함께 사용하는 공용어가 있어서 의사소통을 잘 할 수 있었다.

특별히 낙타는 사막 유목민의 삶의 완전한 일부분이었고, 그들의 일상생활과 밀접하게 결합되어 있었다. 유목민처럼 낙타를 자식처럼 사랑하는 부족은 없을 것이다. (그랬으니 놀랍게도 아랍어에는 낙타와 그 관련 장비를 표현하는 단어가 무려 6,000여 개나 된다.) 그들은 연인을 대하는 것처럼 낙타에게 속삭인다. 그들은 타고난 낙타몰이꾼이어서 길에 찍혀 있는 낙타 발자국을 자세히 살펴보고 그곳을 지나간 낙타가 암놈인지 수놈인지, 나이는 몇 살인지, 등에 짐을 얼마나 실었고, 그 크기가 얼마인지 까지 알아낼 수 있었다. 낙타몰이꾼은 낙타를 어떻게 다루어야 하는지를 어느 누구보다 잘 알고 있었다.

이슬람교의 창시자인 위대한 예언자 마호메트도 12살 때부터 낙타몰이꾼이었고 목동이었다.

나는 1997년 5월 초순경 날씨가 풀리기 시작하자 벼르고 벼르던 타클라마칸 사막으로 여행을 떠났다. 1년여에 걸친 대형 프로젝트의 설계 작입이 끝난 후 모처럼 두 달간의 장기 휴가를 얻은 것이다. 대형 설계사무소에서 매일 반복되는 기계적인 작업을 하면서 심신이 지칠 대로 지쳐있었던 것이다.

나는 여행을 떠나고 싶어서 안달을 하였다. 그 엄청난 피로와 쏟아지는 긴장 때문에 당겨진 활시위처럼 팽팽한 신경 줄을 잠시 풀어놓아야만 했던 것이다. 그러니까 낯선 곳으로 떠나는 것만이 의미가 있었다. 떠나지 않고는 배길 수 없었다.

오래 전부터 그 사막의 아름다운 모래언덕이 나를 유혹하였다. 나를 비참한 죽음의 길로 안내하기 위해 유혹한 것이다.

그때는 젊고 튼튼한 쌍봉낙타 3마리를 비싼 값을 주고 빌려 여행용 짐과 낙타가 먹을 사료 등을 나눠 싣고, 위구르 출신의 이슬람교도이면서 노련한 낙타몰이꾼 겸 여행 안내자인 **카심**과 함께 여행을 시작하였다.

그는 항상 위구르의 전통 모자인 '돕바'를 쓰고 있고 모자 아래로는 회색 머리칼과 구레나룻가 무성하다. 그는 처음부터 엄중히 경고를 하였다. 이곳 사막에서는 독거미, 독을 품고 있는 작은 도마뱀, 여러 종류의 살모사, 독침을 갖고 있는 전갈, 사나운 모기들을 주의해야 한다고……. 잘못 물리면 고통 속에 몸을 뒤틀다가 죽을 수밖에 없다고…….

우리는 그 사막의 동쪽에 있는, 교외에는 포플러 나무 숲과 백양나무, 올리브 나무, 포도와 석류 농장, 멜론 농장 등이 펼쳐져 있고, 시내 중심가에는 위구르인들의 회교 사원이 있는 오아시스 도시인 루오치앙을 출발하여 체모, 민펑, 호탄 등을 거쳐 서쪽의 예청까지 낙타 목에 매단 청동 종의 둔탁한 종소리를 자장가처럼 들으며 40여일 동안 천천히 걸어서 여행을 하였다.

그 작은 종소리는 유독 가벼운 듯하면서도 무겁게 끌린다. 그래서 여운이 길었다.

나는 훈련이 잘된 순한 암컷 낙타들과 함께 떠나는 그 여행이 그렇게 즐거울 수가 없었다. 잘 훈련이 된 암컷 낙타들은 훨씬 얌전하고 온순하였기 때문에 조용히 명령에 따랐다. 그 낙타는 목을 가볍게 두드리기만 해도 바닥 위에 무릎을 꿇고 가만히 앉았다. 그러나 아직 철이 덜 든 어린 낙타나 수컷 낙타 또는 조상의 혈통이 나쁜 낙타들은 여행 중에 조금만 지쳐도 몹시 투덜거리고 고집을 부려서 말썽을 일으키기 일쑤였다.

　온종일 더위와 모래에 시달리면 낙타는 지친 기색이 완연했다. 그때 낙타는 콧구멍이 양쪽 다 닫혀있는 것처럼 보였고 두 줄의 속눈썹이 달린 눈꺼풀을 내리깔았다. 그리고 부드러운 털이 수북한 귀를 힘없이 내려뜨리고 멍한 표정으로 있었다.

　카심은 낙타들을 진심으로 사랑하였고 지극 정성으로 돌보았다. 어느 낙타가 조금이라도 신음 소리를 내면 그는 금방 긴장하면서 초조해 하였다. 그는 멈춰 서서 낙타의 안색을 살피고, 배와 발굽을 살펴보고, 안장을 바로잡고, 물을 마시게 하고, 마른 풀잎을 먹이로 주었다. 밤이 되면 그는 안장을 내리고, 특히 기온이 내려가면 땅바닥에는 마른 풀과 헝겊을 깔고 두꺼운 담요를 덮어주었다.

　나는 하루빨리 낙타와 친숙해지기 위해서 자주 낙타의 목덜미를 안아주고 쓰다듬어 주었으며, 그때마다 낙타는 그 답례로 화려한 속눈썹을 깜박이고 꼬리를 획획 흔들면서 손가락을 핥아주었다. 코를 찌르는 듯한 낙타의 지독한 침 냄새에도 금방 익숙해질 수 있었다.

　카심의 낙타들은 낙타로서 갖출 수 있는 모든 자질을 갖추고 있었으나 도저히 구제불능일 만큼 식탐이 강했다. 낙타들은 일단 먹이를 보면 서슴없이 꿀꺽 삼켜버렸다. 그런 다음 위장 속에 들어있는 먹이를 다시 게워내 우물우물 되새김질을 하곤 했는데, 그때 고약한 냄새를 풍겼다. 밤이 되어 천막 안에 누워 있으면 이해할 수

없는 사막의 속삭임과 함께 낙타들이 되새김질을 하면서 내는 우물
거리는 소릴 들을 수 있었다.

동이 트는 이른 아침이 되어 낙타몰이꾼이 낙타의 이름을 불러
깨우면 그것들은 끙끙거리면서 굼뜬 동작으로 몸을 일으켜서 느릿
느릿 주인에게로 걸어와 혀를 내밀며 아침 인사를 했다.

이제 나는 낙타들과 무척 친해졌는데 특히 **호탄**이라고 불리는 늙
은 암낙타와 친하게 되었다. 그녀는 카심의 가족이었으니 그들은
서로 떼려야 뗄 수 없을 만큼 긴밀하고 특별하게 연결되어 있다. 그
녀는 카심의 자식들에게는 엄마이고 할머니 역할을 했을 것이다.
그녀는 완벽하게 침착했고 지혜롭게 처신했기 때문에 나는 그녀를
애정과 함께 존경하기까지 하였다.

카심은 말했다. "낙타를 사는 건 마누라 고르는 것보다 더 신중
해야 하는 법이요" 카심은 그녀가 어렸을 적에 정말 신중하게 골랐
던 것 같다.

어느 날 저녁 밤은 깊었고 하늘의 별들은 총총한데 카심은 벌써
코를 드렁드렁 골며 깊은 잠에 빠져있었다. 그녀는 온몸에 긴장을
풀고 뿌옇게 흐려져 잘 보이지 않는 한쪽 눈을 멍하니 허공에 매단
채 무언가 생각하는 듯이 바닥에 주저앉아 있다. 그러다가 약간 특
별한 표정으로 나를 물끄러미 쳐다본다. 나는 그의 눈을 찬찬히 들
어다 보았다. 그때 내가 낙타의 눈을 들여다보면 볼수록 동물의 눈

이 아니라 사람의 눈으로 보였다. 나는 낙타를 동물이 아닌 사람으로 보아야한다는 것을 깨달은 것이다. 그랬으니 그들의 사고 능력을 의심해서는 안 될 것이다. 그들이 사람이라는 생각을 하다보면 그들의 영혼에 대해 궁금증을 갖게 되는 것은 어쩌면 당연한 일이었다.

나는 그녀에게 먹이 자루를 옮겨주었지만 그녀는 썩 내켜하지 않으면서 오히려 뭔가 하고 싶은 이야기가 있는 모양이다. 주인한테는 하지 못하는 이야기일 것이다.

"친구가 낙타를 그렇게 사랑하니까, 농물을 의인화할 것이 아니라 반대로 말이지, 동물행동학자들처럼 인간과 동물 사이에서 진정한 일체감을 갖고 동물의 내부로 들어와서 동물의 시각으로 인간 세계를 바라보면 어떨까. 새로운 시각이 필요하지 않을까. 그러니까 낙타의 뇌로 생각하고 낙타의 눈으로 세상을 바라보는 거지.

인간과 낙타는 약간의 공통점이 있는 거야. 어미의 자궁에서 숙성된 다음 태어나고 한동안 어미의 젖을 먹고 나서 성체가 되는 포유동물이고 척추동물인 거지. 그리고 낙타도 인간처럼 영혼이 있는 거야. 다만 낙타의 영혼은 동물이 가지고 있는 감성적 또는 감각적 영혼이지만 인간의 그것은 이성적 영혼인 거지. 이거 때문에 인간이 동물보다 우월하다고 우쭐대는 거겠지. 그러나 낙타는 어미의 일거수일투족을 눈여겨보고 흉내내면서 세상 살아가는 법을 배우지만 인간들한테서 배울 것은 하나도 없지.

이건 주인이 아무리 좋은 사람이라고 하더라도 주인한테는 차마 말할 수 없는 거야. 친구한테는 이야기할 수 있지.

우리 먼 조상은 북아메리카에서 요즈음의 토끼만한 크기로 살았어. 그랬으니 포식자인 늑대와 여우의 밥이 될 수밖에 없었겠지. 그 악마들을 피해서 베링 해협을 건너 아시아로 도망쳐 온 거지. 우린 거친 아시아 대륙에서 견뎌내기 위해 진화를 거듭할 수밖에 없었던 거야.

그러나 우린 잘생긴 얼굴과 미끈한 몸매, 언제나 주인을 반기는 애교 덩어리, 절대 배신을 모르는 충성스러운 애완견이 될 수는 없었어. 그러니까 애완견은 인간에게 아양을 떨고 절대 복종하는 충복인 거야. 노예 중의 노예인 거지.

그렇다고 말과도 비교할 수 없지. 내가 봐도 말이지, 말의 균형미에는 감탄할 수밖에 없는 거야. 늠름하게 서 있는 말을 보면 전율을 느끼게 되지. 말의 육체는 미학적 완결성과 그 질주 본능에 있어서 공학적 효율성이 결합된 신의 걸작품이라고 할 수 있지. 우린 그런 점에서 말과는 도저히 비교할 수 없는 거야.

하지만 우리가 못생기긴 했지만, 처음 보는 인간들은 마치 괴물인 것처럼 이상하게 바라보기도 하지만 말이지. 우리에게도 그것들과는 비교할 수 없는 장점과 미덕이 있는 거지. 다시 말하자면 조물주께서 여섯째 되는 날 땅의 짐승을 그 종류대로, 가축을 그 종류대로, 땅에 기는 모든 것을 그 종류대로 만드시니 하나님이 보시기에 좋았더라. 그리고 그 날 맨 마지막으로 인간을 만들었는데, 왜 맨 나중이었겠어. 신은 자신의 피조물인 인간을 자신도 믿을 수가 없었던 거지. 그래서 만들지 안 만들지 고심하다가 맨 마지막으로 진흙을 이겨 만들었던 거야. 그런데도 어떤 어리석은 인간은, 왜 이렇게 못생겼어. 이렇게 못생긴 동물은 절대 하나님께서 만드신 게 아니야. 하나님께서 절대로 이렇게 못난 것을 만드실 리가 없어,라고 말했지. 그러나 현명한 인간은 이 동물은 아주 못생겼지만 하나님께서 만드신 거니까 틀림없이 그것만의 독특한 용도가 있을 거야, 하며 두둔했었지. 그러니까 우린 무한한 인내심과 지구력을 가지고 있지. 아라비아의 로렌스가 말했었지. *'몸이 튼튼한 낙타라면 대개 낙타보다는 낙타를 탄 사람이 먼저 지치고 만다.'*

그래서 사막에서는 우리가 유일한 교통수단인 거지. 사막의 배. 사막에서 견딜 수 있는 동물은 우리밖에 없어. 그러나 우리에게도 약점은 있어. 그건 순전히 인간들의 관점인데 말이지, 번식이 원활하지 않다는 거지. 암컷은 5세쯤 되어야만 성적으로 성숙하고 임신 기간은 13개월이나 되거든. 수컷이나 암컷이나 막론하고 색욕에 들뜬 인간들과 달리 교미에 별다른 관심을 보이지 않지.

그렇지만 인간들은 우릴 삶의 동반자로, 여행의 동반자로 인정해 주지 않는 거야. 인간은 때로는 우둔하고 잔인하지. 이솝우화에 나오는 낙타를 쓰러트린 마지막 짐 보따리 이야기처럼 말이야. 언젠가 뒤집힌 세상에서는 사람과 동물의 역할이 뒤바뀌어서 사람이 낙타를 업고 다닐지도 모르지.

나의 관점에서 말하자면, 사막에서 우리와 인간의 관계는 가축은 아닌 거야. 신과 인간들이 계약을 한 것처럼 우리도 인간과 쌍무계약으로 맺어진 거지. 사막에서 우리의 임무를, 역할을 생각해 보면 그건 명백한 거야.

그런데 우리가 부상이라도 당하면, 특히 골절이 문제인데 극심한 통증이 오고 혈압이 오르면서 모세혈관이 터져 피가 흘러 죽는 거야. 우린 딱딱한 바닥을 걷게 되면 발굽에 염증이 생겨서 다리뼈가 전부 내려앉을 수도 있고, 그뿐만이 아니야, 한번 오랫동안 여행을 하고 나면 온몸의 관절과 근육, 뼈와 속 내장이 상하는 부상을 입을 수도 있지, 그러다 잘못하면 죽는 거지. 그러나 인간들은 우리들의 부상에는 별로 관심을 두지 않는 거야. 부상당해 못쓰게 되면 잡아먹으면 그만이라는 거지. 우리가 죽으면 살코기와 가죽을 남기게 되거든. 그리고 인간들은 그 기회에 포식하는 거야.

인간들은 위선자인 거지. 자신들이 죽으면 여우나 승냥이가 먹지 못하도록 땅속 깊숙이 매장을 하는 거야. 예수님이 죽었을 때도 마리아라는 이름을 가진 여인들이 그를 돌무덤 속에 숨겨 놓은 거야. 짐승들이 뜯어 먹지 못하게 말이지. 그러고 나서 예수는 부활할 수 있었거든.

그런데 말이지 우린 만날, 허구한 날 목이 마르고 배가 고프거든.

우리도 매일 같이 물을 실컷 마시고 배부르게 먹으면 좋은 거야. 물은 귀중한 것이지. 생명줄인 거야. 인간도 동물도, 나비도 벌도, 꽃과 나무도 공기만큼 물이 필요하지. 물이 없으면 이 세상은 흙과 돌멩이만 남게 될 것이지.

그러나 인간들은 우리가 목마르다는 것도 배고프다는 사실도 자꾸 잊어버리는 거야. 자신들이 우선인 거지. 인간만이 유일하고 고유하다고 믿는 거지. 인간이 만물의 영장인 게 맞는 거야. 인간 동물이 그렇게도 우월한 존재라고 장담할 수 있는 거야. 인간들 역시 이 지구를 거쳐 간 수많은 동물 종 중 하나일 뿐인 거, 알고 있는 거야. 인간이란 종의 동물 역시 별 수 없을 거야. 인간은 지구가 멸망하기 전에도 그 탐욕과 폭력성 때문에 언젠가는 아무런 자취도 없이 사라져 버릴 가능성에 대해 어떻게 생각하는 거야.

하지만 우리에게도 동물적인 감각과 감정이 있는 거야. 인간은 동물에게 '동물들은 이성적일 수 있는가?' 또는 '그들도 말을 할 수 있는가?'라고 묻지 말고 '동물들은 고통 받을 수 있는가?'라고 물어야만 하는 거지. 그런데 인간들이 낙타의 냄새가 지독하다고 느끼는 것보다도 낙타는 인간의 냄새가 더 심한 악취로 느껴지는 거야. 정말 보기 싫은 인간들을 우린 본능적으로 직감할 수 있지. 그런 인간에게는 독한 침을 뱉어 주거나, 정말 미운 놈은 뼈가 으스러지게 뒷발로 냅다 걷어 차버리지. 그리고 가끔 주인과 무슨 일로 감정이 상하면 앞으로 나아가는 것을 고집스럽게 거부하기도 하는 거야.

그러나 우린 인간에게 오직 착취만 당했던 것은 아니라고 인정하겠어. 난 지금부터 은퇴하고 싶어. 강가의 가장 좋은 풀밭을 골라 풀을 뜯고 엉덩이를 지긋하게 깔고 앉아 지난날들을 되새김질하며 평화롭게 살아가는 기쁨을 만끽하고 싶은 거야. 더 이상 위험한 모험 따위는 하고 싶지 않지. 내 나이를 생각해봐. 그런데 우리 주인이 이걸 알아줬으면 좋겠어. 난 팔려가는 늙은 노예 신세가 되긴 싫거든.”

　사막에서는 악령의 소리가 들렸다.

　부드러운 모래 속에 푹 파묻혀 그대로 사라져버리고 싶은 충동을 느끼게 할 만큼 아름다운 사막의 심장부에서 끊임없이 그 소리가 메아리쳤다. 그 소리에 홀리게 되면 길을 잃고 죽게 될 것이다. 나는 ‘들어가면 결코 나오지 못한다.’는 또는 ‘죽음의 바다’인 그 사막의 심장부로 들어가지는 않았다. 그 사막의 중심부에는 사하라와는 달리 어떤 동식물도 살아남지 못하였다.

　하늘에 나는 새 없고 땅에는 뛰는 짐승이 없다. 멀리 아무리 보아도 눈 닿는 데 없고, 갈 곳을 알지 못한다. 사막의 풍경은 가히 초현실적이다. 그곳이 타클라마칸 사막이었다.

　끝도 없이 평평하게 이어진 그 길은 모래와 자갈로 뒤덮여 있었고, 가끔 사막 식물인 갈색 타마리스크 덤불이나 낙타가시풀만이 흩어져 있었으며, 오른쪽으로 멀리 보이는 모래언덕은 텅 빈 하늘을 배경으로 예리한 칼날 같은 황금빛 곡선을 그리고 있었다. 태양은 불볕처럼 내리 꽂았고, 사막은 점점 보랏빛으로 변하며 대지에는 아지랑이가 피워 올랐다. 때로는 사막 쪽에서 불어오는 거센 북풍이 분말 같은 모래가루를 몰고 와서 시야를 가리고 햇빛을 차단하였다. 모래가 미친 듯이 빙글빙글 춤을 추며 사막을 온통 휘저었다. 그럴 때는 강렬한 모래바람에 맞서기 위해 단단히 무장을 해야 했다. 엷은 터번으로 머리와 얼굴을 몇 겹으로 꽁꽁 싸매고 안경으로 눈을 보호하였다.

사막의 태양은 아침 6시에 정확히 떠올라서 정오 1시쯤이 되면 정점에 달해 구름 한 점 없는 하늘에서 지독한 열기를 내뿜다가 5시부터서야 조금 선선해졌고 저녁 7시가 되면 황금빛 저녁노을 속에 지평선 너머로 사라졌다.

우리는 주로 아침나절과 저녁에만 걸을 수 있었다. 느긋한 심정으로 별로 빠르지 않게 걷는다. 나는 황홀한 자유를 만끽한다. 그러나 시간이 흐를수록 흙먼지로 뒤범벅이 되고 땀에 절어 흐느적거리는 지친 몸을 겨우 지탱하면서 걸었다. 다리가 납덩이를 달고 있는 것처럼 무거웠다. 메마른 공기가 내 목을 조였다. 숨이 턱턱 막힌다. 시간은 정지한 것 같다. 광대한 대지가 나를 향해 유혹의 눈짓을 보냈지만 사막을 걸어서 건너는 일은 너무 고통스럽다.

가끔 진흙 벽돌로 지은 두세 채의 작은 집들이 허허벌판 속에서 나타났다. 식당이거나 음료수, 담배, 수박 등을 파는 구멍가게였다. 가게 안은 거친 나무 선반으로 조잡하게 만든 진열장, 한 두 개의 더러운 원탁 테이블이 있었고, 바닥에는 모래가 두텁게 덮여 있었으며, 벽에 페인트칠을 한 흔적은 찾아볼 수 없다. 가게 안 이곳저곳에 너무나 많은 말파리들이 윙윙대며 날아다녔다.

한때 당당했던 대상의 숙소이었던 건물은 지금은 퇴락해서 흙벽돌이 허물어져 앙상한 잔해만 남아 있었다.

차 한 대가 겨우 지나갈 정도의 그 길로 낡은 트럭이 펑크족의 머리처럼 짐을 잔뜩 싣고 매연과 굉음을 뿜어대며 지나갈 때도 있었다. 그럴 때면 도로가에서 잠시 휴식을 취하려고 눈을 가만히 감고 조각상처럼 꼼짝 않고 서 있던 낙타의 목에 매달린 종이 딸랑딸랑 가냘프게 울렸다.

그 길은 그 무시무시한 타클라마칸 사막을 우회하기 위하여 그 사막의 남과 북으로 갈라지는 길 가운데 남쪽 길이었고, 이 길을 지나 서쪽으로 나아가면 산봉우리에 만년설을 이고 있는 파미르 고원을 통과하여 중앙아시아에 다다르게 된다. 그러나 북쪽 길로 가면 톈산산맥을 넘어서 중앙아시아의 오아시스 루트를 거쳐 시베리아 남쪽의 대초원 지대를 동서로 연결하는 초원의 길로 접어들게 된다.

그 길에는 과거의 남루한 흔적들이 현대의 문명과 함께 공존한다. 그 오지에서는 그 작은 길만이 세상과 연결되는 유일한 통로이었다. 그 길에는 아직도 대상에 대한 기억이 선명히 남아 있다. 그는 까마득한 옛날부터 그 길을 지나면서 흔적을 남긴 대상들에게 깊은 연대의식을 느꼈다.

중국의 시안에서 시작하여 동부 지중해까지 복잡하게 얽혀서 뻗어 있는 고대 실크로드의 한 갈림길이었다. (그러나 실크로드라는 용어는 19세기에 이르러 독일 지리학자 페르디난트 폰 리히트호펜이 처음 사용하였다. 비단길은 단 한 번도 지리학적으로 확정된 길이 없었다. 그 길은 중앙아시아의 대평원 여기저기로 뻗어나간 수많은 샛길들로 만들어져 있었다.)

1,300여 년 전에 이미 신라 승려 혜초는 이 길을 걸었고 한국인이 쓴 최초의 해외여행기라고 할 수 있는 왕오천축국전을 남겼다. 그는 호기심 가득한 문명탐험가였다.

그 길을 천 년이 넘게 대상들이 왕래하였다. 지금도 그 황량한 길에는 오랜 여행에 지친 대상들의 머나먼 고향에 대한 향수가 묻어있었고, 그들의 장탄식이 들리는 듯하였다. 대상들은 극심한 여행의 피로를 풀기 위해 담배처럼 파이프로 피우는 아편인 타리야크의 흰 연기를 들어 마시고 몽롱한 꿈에 취하여 고향과 가족들을 몹시 그리워했을 것이다.

대담하고 강인한 여행자였던 혜초 역시 그 억센 향수병을 어쩌지 못하였다. 긴 여행으로 몸과 마음이 지칠 대로 지쳐 있을 때, 만삭의 달이 이즈러가는 밤에 한줄기 거센 바람에 흩날려 떠나가는 구름을 보면 저절로 치미는 향수를 어쩔 수 없었을 것이다. 그는 그 위대한 여행기에 죽음의 공포와 허기, 고통을 기록하지는 않았다. 하지만 고향을 절절히 그리는 이 시를 남겼다.

달 밝은 밤에 고향 길 바라보니 뜬 구름은 너울너울 돌아가네 그 편에 감히 편지 한 장 부쳐보지만 바람이 거세어 화답이 들리지 않는구나 내 나라는 하늘 끝 북쪽에 있는데 남의 나라 땅끝 서쪽에 있네 일남에는 기러기마저 없으니 누가 소식 전하러 계림으로 날아가리.

우리는 처음에는 서로 하는 말을 제대로 알아들을 수 없었기 때문에 갖가지 얼굴 표정과 손짓발짓, 몸짓으로 의사표시를 할 수밖에 없었다. 카심은 중국어를 말할 줄 몰랐으니 투르크계 언어인 위구르어로 혼자 중얼거리는 것처럼 단조롭게 말했고, 나는 중국어에는 능통한 편이었지만 서툰 위구르어로 말했으니까. 내가 외우고 간 몇몇 위구르어 단어는 금방 밑천이 드러났다. 그러므로 며칠간은 깊은 대화를 나눌 수 없는 아쉬움이 있었다. 그래도 우리는 끊임없이 수다를 떨고 가끔 웃음을 터뜨렸다.

그러나 나중에는 함께 오랫동안 여행을 해서 완벽하게 감정이입을 하였기 때문인지 마음의 언어로 대화를 하여 서로 무슨 말을 하는지 모두 이해할 수 있었다. 여행으로 몹시 피로하고 지쳐있는 상태에서도 둘은 늘 서로 쳐다보며 웃었다.

그나저나 매일 그날의 여정이 끝나면 그와 함께 양고기 꼬치구이인 시시케밥 또는 불에 잘 구운 도마뱀을 안주로 하여 목구멍이 짜릿하게 타들어가는 독한 고량주를 마시는 기분만큼은 그만이었다. 독주의 마법 같은 온기가 지친 육체 속으로 퍼지면서 다시금 기운을 차리게 하였다. 그것은 마약처럼 그날의 고통을 지워주었다. 그것이 피로하고 지친 우리의 영혼을 달래주었다. 그 생명의 물 때문에 우리는 그 고달프고 지루한 여행을 즐겁게 끝낼 수 있었다.

낙타몰이꾼은 진정한 무슬림이었다. 황금빛과 핏빛으로 물든 사막의 저녁놀이 어둠 속으로 사라지기 시작하면, 매일 그때마다 그는 메카가 있는 서쪽을 향해 기도하였다.

"알라는 하나님이시다! 알라만이 하나님이시다! 알라는 살아계신다! 신은 위대하다!" 그가 말했다. "이 세상에는 우리의 삶뿐이다. 우리가 죽고, 우리가 살고, 오직 알 다흐르(시간)만이 우리를 파괴할 수 있을 뿐이다. 야 랍비…… 야 알라……."

그러나 그는 교리를 어기고 술을 마시는데 주저하지 않았다. 그것도 아주 많이 마셨다. 그리고 술을 마시면서 끊임없이 줄담배를 피웠다.

내가 비아냥거렸다. "매일 밤, 그렇게 술을 마셔대면서……. 기도는 무슨……. 그건 경전을 정면으로 위배하는 짓이야. 알라가 알게 되면 크게 화를 낼 것 아냐?"

"나는 기도를 해야만 하지. 정성껏……. 그렇게 하지 않으면, 무언가 나쁜 일이 금세 일어날 것만 같거든."

카심이 그립다.

그는 얼굴에 검은 턱수염이 무성하였으나 그럼에도 불구하고 처음 만나는 순간부터 둥글둥글하고 포근한 인상을 주었다. 목소리는 나직하고 따뜻했다. 언제나 변함없이 순박하고, 맑고, 평화스러웠다. 그러나 사람을 꿰뚫어보고 마음을 휘어잡는 깊은 눈매를 가지고 있다. 그는 사막을 경외하였고 낙타를 자식처럼 아꼈다. 평생을 타클라마칸 사막에서 낙타와 함께 살다가 운명처럼 조용히 죽을 사람이었다.

그 여정이 끝나고 헤어질 때 카심은 감정이 북받친 것 같았다. 우리는 묵묵히 눈빛으로 서로에게 고맙다는 인사를 하였고, 침묵 속에서 가슴으로 상대방에 대한 사랑을 전했다. 작별 인사는 오래 걸렸다.

"반드시…… 다시 올 겁니다. 그때…… 다시 만날 수 있을 것입니다. 몇 년에 걸쳐서 시베리아 남쪽 초원의 길을 걸을 작정입니다. 걷는 게 좋거든요. 그리고 낙타들을 꼭 다시 보고 싶군요. 그들은 인간 이상이라고……. 어르신, 부디 건강하십시오."

나는 슬펐지만 오랫동안 꼭 쥐고 있던 카심의 손을 놓고 차에 오를 수밖에 없었다. 다시 올 것이라는 그 약속을 꼭 지켜야 하리라.

그리고 그때 가족처럼 정들었던 낙타와 헤어지는 것도 정말이지 고통스러웠다. 나는 여행 동안 무거운 짐을 나르는 자신의 의무를 묵묵히 수행했던 낙타를 여행의 동반자, 동료로 생각하였다. 그래서 오렌지나 다른 과일을 먹을 때는 꼭 반씩 나눠서 낙타들에게 줬던 것이다. 그때마다 낙타들은 얼마나 좋아하던지, 그 모습을 잊을 수 없다.

낙타들은 비록 동물이지만 독특한 우아함을 지니고 있다. 헤어질 때 다시 보니 그 낙타들은 오랜 여행에 다소 지친 듯 여윈 것처럼 보였다. 나는 보드랍고 따끔따끔한 털로 덮인 낙타의 목덜미와 등을 오랫동안 바라보았다.

그러나 호탄에게는 작별을 하면서 구체적으로 무슨 말을 할 수 있었겠는가. 다만 의례적이긴 하지만 나는 진심으로 말했다. "건강해야지. 건강……." 늙은 낙타의 운명은 장차 어떻게 될 것인가. 편안한 임종을 맞고 영면할 수 있을지는 도저히 알 수가 없다. 다른 낙타들처럼 예정된 순서에 따르게 되지 않겠는가. 나는 그 불쌍한 짐승의 머리와 귀, 코, 입을 쓰다듬어 주는 것 이외에 속수무책이었다. 호탄은 한결 느긋해져서 두 줄의 촘촘한 속눈썹을 껌벅이며 그 지독한 냄새가 번지는 혀를 쭉 내밀고 나의 손을 오랫동안 핥았다. 나름의 이별 인사였다.

카심은 그 자식 같은 낙타를 데리고 다시 왔던 길을 되돌아서 고향으로 돌아가리라.

나는 돌아서면서 흐르는 눈물을 닦지도 않고 내버려두었다.

사하라 사막의 남쪽

사하라 사막의 남쪽

사하라여! 위대한 사막이여!
그대는 어리석은 인간들에게
자신의 비밀을 말해주지 않으리.

모로코의 붉은 도시 마라케시에서 밀입국한 옆집 여자, **만수라**는 해가 질 무렵이면 집을 나섰다.

그녀는 일찍부터 체류허가증을 소지하고 있었고, 구 항구의 벨주 부두 쪽 오페라 극장 부근에 있는 고급 술집에서 일했다. 그 도시는 아프리카에서 온 젊은 여자들에게는 매우 위험한 곳이었지만, 아름답고 자유분방한 그녀는 전혀 아랑곳하지 않고 도시를 헤집고 다녔다. 사막의 모진 햇빛과 사나운 바람에 단련된 불의 꽃 부겐빌레아를 닮아서일까. 그러나 그녀가 단지 쾌활하다는 이유만으로 경박한 여자라고 지레 짐작할 것은 아니다.

그녀는 큰 키에 피부는 초콜릿 색깔이었지만 매끄러웠고, 가슴은 남자처럼 납작하였다. 검은 머리카락은 윤이 나서 번지르르 빛났고, 완벽한 모양의 큰 눈을 가지고 있었다. 사람을 기분 좋게 만드는 미소를 지으면서 담배를 입술 사이에 지그시 물고 연기를 멋있게 내뱉을 줄 알았다. 때때로 담배 연기로 동그라미를 그려 허공으로 날려 보냈다.

그녀는 혀를 능수능란하게 굴려서 프랑스어를 정확하게 발음하였다. 그녀의 프랑스어에는 베르베르어 악센트가 전혀 섞여 있지 않았다.

그녀와 떠돌이 개들이 **이브라함**의 친구였다. 불법이민 초기 불면증으로 잠을 이룰 수 없을 때면 만수라는 알아들을 수 없는 언어로 나지막하게 노래를 불러주었다. 언젠가 그가 살기 싫어서 자신의 손목을 살균한 면도칼로 깊게 그었을 때 그를 구원해 준 것도 만수라였다. 그 상처 자국은 지금도 선명히 남아있다.

초기 이민자 생활에서 그나마 가족처럼 돌봐주었던 만수라가 없었다면 그의 프랑스 생활은 더욱 비참하였을 것이다. 그 당시 세월이 상당히 흘러 지나가도 여전히 심각한 트라우마 때문에 밤이면 계속 나쁜 꿈을 꾸고 있었다. 그는 한동안 알코올 중독과 외상 후 스트레스 장애 증상 때문에 고통을 받았고, 사막에서 일어났던 그 일련의 충격적 사건들이 준 깊은 내상은 어느새 그의 남성 기능마저 일시 마비시켜 버렸다.

처음에는, 마르세유에 막 도착했을 때, 이브라함은 로마 가톨릭 교회의 노트르담 드 라 가르드 성당이 서 있는 외곽 산기슭 너머에서 주로 프랑스의 옛 식민지였던 알제리, 튀니지, 모로코 등 북서 아프리카의 마그립 지역에서 밀입국한 흑인과 아랍인들, 동유럽에서 흘러 들어온 집시들이 집단 거주하는 텐트촌에서 살았다. 그곳 텐트촌 뒤편 화장실로 쓰는 구덩이 주변에는 더러운 휴지조각이 어지럽게 널려 있었다. 그곳에는 전기도 들어오지 않아서 항상 어두컴컴하였고, 늦가을부터 어두워지면 추위를 피하려고 헌 종이와 자잘한 나뭇가지 등 이것저것 모아 모닥불을 지폈다.

밤이 오면, 술에 취한 부랑배들이 멀리서 아득히 들려오는 자동차의 경적 소리를, 어두운 숲속에서 나뭇잎들이 살랑거리는 소리를, 일찍 잠이 든 새들의 가느다란 숨소리를 또는 이들 소리의 화음을 자장가처럼 들으면서 종이 박스를 침대삼아 그 위에서 잠을 잤다. 그들은 꿈속에서 고향을 찾아갔을 것이다.

이브라함이 말했다.

"치안은 엉망이었어. 그곳에서는 자신을 스스로 보호하기 위해서 작은 칼 정도는 지니고 다녀야 했지. 거지, 부랑자, 집시, 알코올 중독자, 동성애자 (그들은 '*계집은 좋지 않아, 사내놈이 내 취향에 맞아!*'라고 공공연히 말하고 다녔다), 성도착증 환자, 절도범, 그리고 SDF들, 노숙자들 말이야, 늘 싸구려 술에 절어 있었고, 걸핏하면 서로 시비를 걸어 눈두덩이 시퍼렇게 멍들도록 치고받거나, 칼부림을 하면서 싸웠지. 아침에 일어나면 멀쩡한 사람이 칼에 찔려 살해된 시체로 발견되기도 하였으니까. 그렇지만, 어디 호소할 데가 없었지. 모두 불법체류자였으니까, 법적으로는 없는 존재인 거지. 잡히면 즉시 외국인 집단수용소로 끌려가서 추방됐어.

나 역시 마찬가지 신세였지. 끊임없이 불안감에 시달려야 했지. 어느 날 갑자기 억센 손아귀가 내 멱살을 틀어쥐고, "여긴 사막이 아니야, 네가 있을 곳이 아니란 말이야. 네가 도망쳐왔던 곳으로 돌아가. 어서 빨리 가란 말이야."라고 으르렁거리지 않을까 두려워했던 거지…….

그런데 그곳에는 지독한 가난과 배고픔, 가혹한 노동과 두려움, 편견과 무지, 편협함과 배타성 등 나쁜 것만 존재하는 곳이야……. 거의 매일 경찰의 단속을 피하기 위하여 나무가 짙게 우거진 숲속 뒤편 이곳저곳으로 자주 자리를 옮겨야 했어……. 참으로 고달픈 생활이었지. 엿 같은 세월이었어…….

내가 말이야…… 밀입국자나 이주 노동자, 알코올 중독자들이 주로 투숙하는 여관, 이프 섬 선착장 뒤쪽 구석진 골목에 숨어있는 싸구려 여관에서 청소부로 자리를 잡으면서부터, 그나마 사정이 풀리기 시작한 거야. 거기에도 끼리끼리 어울리는 파벌이…… 코모로파, 모로코파, 튀니지파, 알제리파 등등이 있었는데, 그때 알제리파의 선배가 그 자리를 내게 물려준 거야……. 우린, 아주 싸고 맛있는 양고기 요리와 값싼 알제리 포도주를 살 수 있는 알제리 식당에서 가끔 어울렸어.

난 체류허가증이나 노동허가증이 없었기 때문에…… 정상 임금의 반밖에 받지 못하였지만 그걸 따질 필요는 없었지. 그때부터 무허가 판자촌에서 살 수 있게 되었거든……. 그래도…… 추방의 공포로부터 완전히 벗어날 수는 없었지만 말이야."

그 판잣집은 홈이 패인 함석이나 나무판자를 벽으로 하고, 천장에는 양철이나 방수용 타르 종이를 돌로 고정시킨 것이었다. 바람이 조금만 불어도 양철 지붕은 요란스럽게 소리쳤고, 판잣집은 곧 무너질 것처럼 심하게 동요하였다. 비가 올 때면 거센 빗줄기가 양철 지붕을 두들겨 패면서 집안에서는 대화가 불가능할 정도였고, 그럴 때면 집으로 가는 완만하게 경사진 진흙탕 길에는 빗물이 넘쳐 질척거렸다. 그래도 판잣집의 그 한 뼘만큼 비좁은 방 한 칸이 그의 안식처였다. 그래도 밤이면 전깃불이 들어와 방을 환하게 밝혀 주었다.

그런데 만수라와 이브라함이 연인 사이라고 말할 수 있을까?

그해 여름은 짧았다. 9월 중순경인데도 벌써 날씨가 서늘했다. 초가을의 느긋한 주말 오후였다. 햇볕이 따사롭다. 오페라 극장 뒤쪽 노천카페에서 칠흑처럼 검고 진하고 쓰디쓴 에스프레소 커피를 마실 때, 만수라는 그를 외면한 채로 건물에 가려 보이지도 않는 바다 쪽을 무연히 바라보면서 우물쭈물 이야기 하였다.

"내겐, 프랑스인 여자 친구가 있어. 난 여자만을 사귀지. 남자들한테는 결코 끌리지 않거든. 그런데 말이야, 그 여자도 곧 바뀔 거야. 나는 항상 새로운 사람과 있어야만 행복을 느끼지. 난…… 더 좋은 파트너가 나타나면 언제든지 바꿔버리지."

그는 그때 어떤 말로도 대꾸하지 않았다. 저 멀리 끝없이 펼쳐진 바다는 지금쯤은 잔잔하리라.

그녀는 얼마 후 새 연인을 따라 암스테르담으로 떠났다. 새 연인은 지독한 변태성욕자였던 부유한 전 남편과 이혼하면서 상당한 목돈을 위자료로 받았다. 그녀는 그 돈으로 그 도시 외곽에 있는 하이네켄 체험전시관 부근에서 운하를 오고 가는 유람선의 손님을 상대로 감자튀김과 청어 요리를 하이네켄 맥주 또는 포도주와 곁들이는 식사를 제공하는 작은 식당을 운영할 예정이었다. 그녀는 원래 마르세유에서 카페를 경영한 일이 있었다.

그러나 그녀는 이혼한 후에도 그 지긋지긋한 전 남편과는 무조건 멀리 떨어져 살고 싶어했다. 그녀는 단지 남편의 이름을 듣는 것만으로도 몸서리를 쳤다. 그 이름은 그녀에게 고통이나 모욕감보다 더 참담한 수치심을 느끼게 하였다. 그녀는 끊임없이 뇌까렸다. "이 도시를 하루빨리 도망쳐야 돼. 그 자식과 관련된 기억을, 그래 모든 것을 깡그리 지워버려야 하니까."

만수라는 이번만큼은 상당한 기간 떨어지지 않고 살기로 결심하였다. 바르셀로나 출신의 양성애자인 그녀는 통통한 편이었고, 남자처럼 강인한 인상을 풍겼지만 마음씨가 착하였다. 무엇보다도 그녀의 애인이 되어주는 대신 그 식당을 공동으로 운영할 뿐만 아니라 그 수입의 반을 주겠다고 약속하였기 때문이다.

만수라가 연인과 함께 소매치기, 집시나 흑인 거지들이 득실거리는 생 샤를 역에서 테제베 기차를 타고 떠나던 날, 이브라함은 누나 같고, 어머니 같았던 그녀와 헤어지는 것이 너무 슬펐고, 자신도 그 멋진 기차를 타고 북쪽 나라로 함께 떠나고 싶은 갈망 때문에 눈물을 흘리고 말았다.

만수라가 그를 위로하였다.

"넌 영리하고 착한 사람이야. 난 절대로 널 잊을 수 없겠지. 하지만 얼마간 돈을 모으면 곧 사막으로 돌아가야 할 거야. 넌 사막을 떠나서는 살 수가 없는 사람이지. 사막에서만 행복하게 살 수 있는 사람이거든…… 사막 사람들은 사막에서 살아야 하고, 사막에서 죽음을 맞이해야 하지. 우리의 영혼은 오직 사막에서만 평온하게 머물 수 있는 거야. 콘크리트 상자에서는 그 영혼은 말라 죽게 되지. 나도 언젠가는 사막으로 돌아가야 할 거야……"

그녀는 메디나의 미로 같은 좁은 골목길로, 사람들이 사는 그 정겨운 골목으로 돌아가야만 한다고, 생각한다.

영혼의 울림인 것처럼 둥둥둥둥둥 울리는 북소리가 잦아들 듯 또는 빠르고 급하게 퍼지는, 환청처럼 아련하면서도 저릿하게 밀려와 육체 속으로 스멀스멀 스며들어 모세혈관을 타고 흐르면서 심장박동을 팽팽하게 당기는 저 북소리가 울려 퍼지는 제마 엘프나 광장으로.

1897년 2월, '사막의 술탄'이라고 불리던 성도 스마라의 족장인 마 엘 아이닌이 모로코를 점령한 프랑스 침입자들을 몰아내기 위해 사막의 전사들을 이끌고 행진했던 제마 엘프나 광장으로.

그러나 제마 엘프나에는 해가 뉘엿뉘엿 진 후 밤에 가야만 한다. 밤의 광장이니까.

작은 침팬지는 밤의 열기 속에서 주인의 신호에 따라 민첩하게 공중제비를 돌고, 이가 빠져버린 늙은 독사는 피리소리에 맞춰 머리를 흔들며 묘기를 부리고, 붉은색 옷에 무슨 쇠붙이를 주렁주렁 매단 물장수 게랍, 길가의 이발사, 끊임없이 허공에 나팔을 불어대는 곡예사, 붉은색 푸른색 원색 옷을 입은 무용수들, 자신의 운명은 모르면서 남의 운명은 잘도 알아맞히는 점쟁이, 주술사, 돌팔이 치과의사, 시커멓게 탄 뱀과 원숭이 등을 파는 음식점, 온갖 종류의 향신료가 가득한 가게, 썩어가는 생선들을 늘어놓은 가판점들, 마리화나 아니면 하시시를 공공연히 파는 뚜쟁이들을, 입안에 군침이 돌게 하는 온갖 먹거리가 유혹하는 야시장을, 그리고 어깨를 은근슬쩍 부딪쳐오는 그 수많은 소매치기들을, 그녀가 어찌 한시라도 잊을 수 있겠는가.

"그런데, 이 험난한 세상에 행운이 있어야 할 거야. 너를 위해 매일 밤마다 기도해줄게. 사막에서 행복하게 아주 오래 살 수 있도록 말이지. 그리고…… 나를 기다려줘. 난, 반드시 돌아갈 거야. 난 사막에서 이브라함과 함께 하는 게 꿈이거든."

그는 목이 메어서 아무런 대꾸도 할 수 없었다. 그러나 그녀의 말을 그대로 믿을 수는 없었다. 그녀를 쉽사리 다시 만날 수 있을 것 같지 않았다. 그때, 짧은 순간 그의 온몸에서 참을 수 없는 경련이 일어났다.

그녀는 기차에 오르기 직전 상당한 금액의 돈을 그의 손에 쥐어주었다. 그리고 창밖으로 손을 가볍게 흔들었다. 그때 기차는 미끄러지기 시작하였다. 북쪽으로 가는 테제베 기차는 부드럽게 플랫폼을 미끄러져 나갔다. 그는 기차가 출발하는 것을 지켜보았다. 만수라가 여전히 창가에 보였다. 그녀가 계속 손을 흔들었다. 그 창문이 지나갔고, 나머지 창문도 모두 지나갔다. 기차는 멀어져갔고 시야에서 완전히 사라졌다. 그때 반대편 선로에는 다른 기차가 미끄러지듯 서서히 도착하고 있었다.

3번 플랫폼은 거의 텅 비어 있었다. 기차가 2시 정각에 출발한 후에도 그는 오랫동안 그 자리에 서 있었다. 초겨울이어서 비는 멎었지만 여전히 축축하고 추운 날씨였다. 얼마 전에 삐었던 오른쪽 발목이 몹시 욱신거리기 시작하면서 얼굴을 찡그렸다. 그러나 그는 어머니였고, 누나였고, 사랑하는 연인이었고, 마지막 희망이었던 그녀가 황량한 도시의 한 구석에 그를 남겨두고 떠나는 것을 미동도 하지 않고 묵묵히 지켜보았다.

그 무렵에 이브라함은 팔뚝에다 문신을 새겼다. 단골로 다니던 그 술집에서 만난 건장한 체격의 선원들 가슴이나 팔뚝에 새겨진 신기한 문신을 발견했던 것이다.

그때 친구인 **하딤**은 말렸다. "그 사람들이 갖고 있는 바늘이 너무 더러워서, 나쁜 병을 옮길 수도 있어. 녹슨 바늘로 찌르면 피부가 금방 곪아 터질 지도 몰라. 게다가 돈을 터무니없이 많이 달라고 할 거야. 문신은 선원들이나 하는 짓이지. 다시 생각해보렴."

"난, 중요한 것들을 가슴 속에 깊이 간직하고 있지만…… 팔뚝이나 아니면 가슴팍에 새기고 싶은 거야. 결코 잊어서는 안 되니까."

"그게 무언데?"

"음…… 투아레그와 마르세유. 그리고 이브라함과 만수라이지. 그들이 내 인생의 전부이거든."

"넌, 만수라가 돌아올 수 있다고 믿는 거야."

"난 기다려야 해. 유일한 꿈이니까."

돌팔이 문신 시술자의 검은 잉크를 적신 바늘 끝이 촘촘하게 그의 피부를 인정사정없이 파내기 시작했고 피가 흐른다. 그는 견디기 힘든 통증을 느꼈다. 동시에 가벼운 흥분을 느꼈다. 몇 시간 뒤 팔뚝에 고딕체의 글씨가 나타났다. 오른팔 팔뚝에는 Marseille, Tuareg가 왼팔 팔뚝에는 N. Mannsula, M. Ibraham. 그 글씨들은 그의 심장에 새긴 것이나 마찬가지였다. 그가 사막으로 돌아가더라도 마르세유를 잊을 수는 없을 것이다. 어찌 잊을 수 있을 것인가! 그리고 만수라를 기다릴 것이다. 끝없이 기다릴 것이다.

그들은 사하라 사막을 여행하던 중 사막의 남쪽에서 오도가도 못하는 신세가 되었다. 고물 자동차가 고장 나서 모래 언덕 사이에 갇혀 있었던 것이다.

기약 없이 다시 하루가 흘러 지나가자 이제 살아날 가망은 전혀 없어 보였다. 이브라함이 두 눈을 감고 꼼짝없이 드러누워 있다. 그는 마지막 숨을 헐떡이고 있었다. 목에서 갑자기 가르랑거리는 소리가 나면서 고통스럽게 숨을 내뱉는다. 그는 죽음을 앞두고, 연신 입 속에서 무어라고 웅얼거렸다. 동생인지, 아버지인지, 만수라인지, 누구의 이름을 계속해서 부르고 있었다.

김규현은 부드러운 모래 위에 누워있는 이브라함의 그 소박하고 단순한 모습을 바라보았다. 이브라함은 해체되어 사막과 완벽하게 합일되어 있었다. 그때, 사막의 지니가 부드러우면서도 찰거머리 같은 손길로, 운명의 손길로 이브라함을, 그의 얼굴과 온몸을 부드럽게 쓰다듬는 느낌이 들었다.

몇 시간 후 이브라함이 죽었다.

그는 사막의 침묵처럼 조용히 눈을 감았다.

그가 며칠 전 의식이 또렷하였을 때 했던 말이 생각났다. "참, 아름다운 여행이었어. 우리, 서로에게 빚진 것은 없는 것으로 하지. 남쪽 길로 직진하자고 먼저 우긴 것은 당신이고, 그 길에서 길을 잃고 헤맨 것은 나니까……. 우리들의 이야기는 사하라의 남쪽이 아닌 다른 곳에서는 이해될 수 없는 거지."

김규현은 이브라함에게 무언가 말을 해주어야 한다고 느꼈다. 그러나 도대체 말할 힘이 없었다.

이브라함이 죽은 지 몇 시간이 지나자 굳어진 손은 차가웠고, 그의 얼굴은 핏기가 가시면서 눈처럼 희어졌다. 너무나 순수한 백색이었다. 그러나 그 얼굴은 한없이 평온했다. 그리고 무언가를 말하는, 표현하는 얼굴이었다. 그 얼굴에는 풍부한 의미와 함께 침묵이 담겨 있다. 작별의 인사. 체념 또는 단념.

그때 이브라함의 영혼이 그 육신을 떠나 허공을 맴돌다 곧 먼 길을 떠나려고 출발하였다. 그는 마침내 환상에서 깨어났고, 모든 두려움이, 희망과 절망 같은 것도 멀리 사라졌다. 그 영혼은 달콤한 무감각 상태에서 하늘로 날아갔다. 그는 공空이 되고, 무無가 되었다.

마르세유

마르세유

여자로 태어나는 것이 아니라 여자가 되는 것이다.
아무도 '아름다운 노파'에 대해 말한 적이 없다.
— 보부아르

마르세유는 항구다.

항구의 방파제에서 바라보는 지중해의 하늘은 너무 파랗다. 저 멀리 위풍당당한 구름들이 흰 돛을 펼쳐서 꿈결처럼 항해를 하고 있었다. 파도가 잔잔히 일며 뜨거운 햇볕 아래 바다가 아름답게 반짝거렸다. 아프리카 쪽에서 불어오는 시로코 바람이 이브라함의 얼굴을 스쳤다.

바다 새들은 방파제 위를 미끄러지듯 이리저리 빙빙 떠돌다가 높이 날아올라 남쪽으로 사라졌다. 바다 새들의 푸른 눈빛은 먼 바다와 긴 항해, 자유로운 비상을 동경하고 있었다.

바다는 해안으로부터 멀어지면서 모습을 바꾼다. 초록색이 점점 짙어지면서 검푸른 색으로 변하였다. 낮이 서쪽으로 물러가고 땅거미가 내려앉는 광경을 바라본다. 어둠이 야금야금 항구 주위를 부드럽게 감싸면서 방파제의 가로등에 하나 둘씩 파리한 불빛이 들어오고, 그것은 별빛처럼 간신히 지중해의 밤을 밝힌다. 신항 부두에 정박해 있던 낡은 화물선이 높은 굴뚝에서 짙은 검은 연기를 내뿜으면서 희미한 어둠 속에서 좁고 기다란 수로를 연체동물처럼 느리게 빠져 나와 막 불이 켜지기 시작한 등대를 지나고, 마지막 부표를 지나면서 뱃고동을 길게 울려 항구를 향하여 이별의 인사를 하였다.

그 고동소리가 항구로 퍼지면서 짧게 메아리치다 바람에 날려 갈기갈기 찢어졌다. 도시의 황금색 불빛에 가려진 마르세유는 눈부시게 아름다웠다.

그 배는 아시아를 향하여 긴 항해를 할지 모른다. 또는 모잠비크 해협 건너편에 있는 마다가스카르의 어느 작은 항구로 향할지도 모른다. 어느 경우이건 수에즈 운하를 통과하여 홍해로 빠져 나가리라. 맑게 갠 푸른 하늘을 머리에 이고 수정처럼 맑은 홍해의 바다를 배가 남쪽으로 달릴 때는 강하고 시원한 맞바람이 불어와 정말 상쾌할 것이다. 선원들은 갑판에서 담배 연기를 여유롭게 내뱉으면서 그 쾌적함을 마음껏 즐길 것이다. 왼쪽으로 메카를 순례하는 무슬림이 다녔던 헤자즈의 순례의 길을 헤아리면서, 또 에덴동산에서 쫓겨난 후 평생 농사일을 하며 고단한 삶을 살았던 이브가 도시의 성곽 바로 옆에 묻혀 있었던 지다를 지나치면서 말이다. 하지만 아덴만을 지나서 본격적으로 난바다로 나가면 무역풍에 부풀어 오를 대로 부풀어 오른 집채만 한 파도가 곤두박질치며 솟구치고 부서지면서 인정사정없이 그 작은 배를 덮칠지도 모른다. 그때는 배가 속수무책으로 파도에 휘둘리며 신음소리를 토해 낼 것이다. 그래도 노련한 항해사는 그 파도를 무시하고 앞으로 나아가리라.

이브라함은 여관 주인의 간곡한 만류에도 불구하고 근 5년간이나 안정적으로 일했던 그 여관을 떠나기로 작정하였다.

"넌 착한 아이야. 넌 아프리카 출신이지만 괜찮은 사람이었어. 아니야, 너만은 아프리카인이 아니라는 생각이 들지. 정직하고……. 불평할 줄도 모르고 불법체류는 문제될 게 없어. 나와는 상관없는 일이거든. 급료도 매년 인상해 주었잖아, 네가 필요하다면 지금 당장 조금 더 올려줄 수도 있지. 하여간에 떠나지는 마. 네가 가버리면 내 옆에는 아무도 남아있지 않지. 너는 떠날 수가 없을 거야. 나중에 얘기하려고 했는데……. 이 여관의 삼분의 일을 공동상속으로 넘겨줄 수 있지. 그게 공평한거야. 그러니까, 네가 원한다면 지금 당장 공증 유언장을 해줄 수도 있을 거야."

이제는 더욱 늙어버린 **엘리제**가 읽던 책을 덮고 그를 쳐다보지도 않은 채 작은 사무실의 희뿌연 창밖을 무심히 내다보면서 숨이 가쁜지 느릿느릿 말하였다. 그녀는 어느새 60대 초반에 접어들어서 중늙은이가 다 되었다. 체중은 더욱 불어나고 목둘레가 두터워지면서 이중 턱이 되었다. 여전히 목소리는 부드럽고 따뜻했지만, 혼자 사는 늙은이 특유의 어딘지 외롭고 쓸쓸한 모습을 숨길 순 없었다.

만날 보았던 그 작은 공간의 풍경들이 그날따라 갑자기 낯설게 느껴졌다.

그는 대개 오전 10시쯤이면 3층 건물의 여관에 도착하여 늙은 여자 주인으로부터 마스터키를 넘겨받은 다음 좁은 층계와 복도에 덕지덕지 붙어있는 해묵은 때를 화학약품으로 문질러 닦기도 하고, 매 층마다 통로 끝에 있는 화장실과 샤워 실을 청소하였다. 그리고 비어 있는 이 방 저 방들을 정리하는데 투숙객들은 대부분 너무 가난한 사람들이어서 휴대품이 간단하였고, 여관의 방 역시 비좁았다. 방 안에는 나무 침대 하나가 창 쪽으로 놓여 있고, 옷장 하나, 네모난 탁자 하나, 회색 천을 씌운 의자가 둘, 아주 작은 세면대 등이 있었다. 하나같이 때가 끼고 낡아빠진 것들이었다. 방의 벽에는 풍만한 가슴을 한 요염한 여자들의 나체사진들이 붙어 있었고, 지독한 담배 냄새와 함께 남자들의 정액 냄새가 물씬 풍겼다.

그는 20여 개의 방 정리를 아주 간단히 해치울 수 있었다.

그가 여관에서 일을 끝내고 오후 두세 시쯤 여관을 나설 때면 지중해의 태양은 여전히 하늘 높이 걸려있었고, 그는 내리 쏟아지는 햇빛 속에서 뛰다시피 하여 그 식당으로 가서 밤늦게까지 온갖 허드렛일을 하였던 것이다. 그 무렵, 그는 그 선착장에서 마르세유가

2,500여 년 전 마그나 그라이키아 시절부터 항구였던 구 항구의 바다 쪽을 바라보는 곳에 자리 잡은, 마르세유의 별미인 부야베스를 전문으로 하는 한 레스토랑에서 몇 시간씩 접시 닦기, 청소 등 잡일을 하는 부업을 하였다.

그녀는 세 번 결혼했으나 모두 이혼하였다. 그리스 출신으로 대형 화물선의 항해사였던 첫 남편에게서만 남매를 낳았다.

언젠가 그녀가 말했었다.

"그래도, 가장 괜찮은 사람이었지. 근데 방랑벽이 너무 심했어. 바다에 나가지 않으면 미쳐버리는 사람이었어. 바다가 그의 삶을 온통 지배하고 있었지. 그러나, 나는 바다를 싫어했으니까. 너무 외로워서 이혼할 수밖에 없었지."

큰아들은 지금 그리스의 크레타 섬에 겨우 정착해서 그곳 시골 도시의 작은 고등학교에서 프랑스어를 가르치고 있었다. 그 아들은, "어머니 전 결혼 같은 것은 하지 않을 겁니다. 도대체 기대하지 마세요. 여자는 욕망을 해결하기 위해서 필요하지만 마누라는 정말 질색일 거예요. 더욱이 애들도 싫으니까요. 애들을 잘 키울 자신이 없어요."라고 말하면서, 한사코 결혼을 거부하였다.

그녀가 말했다. "크레타는 그리스 문명의 원천이자 그리스 신들의 고향이지. 내가 남편 때문에, 그 녀석 때문에 그리스에도, 크레타에도 가끔 갔었지. 그러나 오스만 터키가 5백년이나 크레타를 지배했어. 그것도 그리스가 독립한 후에도 아나톨리아 이교도들은 한동안 크레타에서 물러나지 않았지. 그동안 그들은 크레타 사람들을 지독히도 핍박했지. 그러나 그때 그리스 본토와 러시아 차르는 남의 일인 것처럼 뒷짐을 지고 있었어. 그래서인지…… 크레타 사람들은 터키인과 이슬람이라면, 그리스 본토 사람에게도 눈에 쌍심지를 켜고 이를 갈았지.

그곳 섬사람들은 반항적이고, 난폭하고, 죽음에 거침없이 맞서고, 거칠기로 소문났지. 욕심 많고, 게걸스럽게 먹고, 거짓말도 잘 하고 그러니까…… 호락호락하지 않거든. 그 애는 그런 곳에서 부대끼며 그럭저럭 잘 견디고 있지. 그러다가…… 앙팡지고 드센 크레타 여자에게 코가 꿸 수도 있겠지.”

반면에 딸은 어머니의 극렬한 반대에도 불구하고, 세네갈의 수도 다카르에 있는 프랑스 영사관에서 현지 직원으로 근무하는 보잘 것 없는 흑인과 7년 전에 결혼하였다. 그 딸은 아프리카 여행 중 다카르에서 우연히 그를 만나 사랑에 빠진 것이다. (그러나 그는 그가 속한 부족의 종교에도 불구하고 철저한 무신론자이기는 했지만 초콜릿 빛 피부에 매력적이고 나른해 보이는 청년이었다. 그녀는 그에게서 따뜻한 인간성을 느낄 수 있었다.)

카타리나는 아프리카에 매혹되었다. 다카르에서 멀지 않은 곳에 있는 고레 섬에는 암스테르담에서의 좋은 직장과 화려한 경력, 집과 안락함, 독일제 자동차를 버리고 그 섬에 정착한 사십대의 네덜

란드 여자가 있었는데 그녀의 영향 때문이었을까. 마리클로드는 수 년 동안 아프리카를 여행한 경험을 자주 털어놓았던 것이다.

카타리나는 머리 모양까지 아프리카식 헤어스타일로 바꿨다. 미용사는 그녀의 머리통 선을 따라서 세심하게 20개의 가르마를 만들어 땋아 주었다. 그러면 머리는 가볍고 단정해져서 매일 귀찮게 머리를 빗을 필요가 없었고 땋은 머리카락의 끝 부분이 목덜미를 간질이는 촉감도 좋았다. 세네갈에서는 프랑스어가 공용어로 통용되었지만 그녀는 원주민 언어인 월로프어까지 열심히 배웠다. 그리고 아프리카 춤까지. 미친 듯이 울리는 북소리에 맞춰 엉덩이를 리드미컬하게 마구 흔드는 환상적인 동작과 빠른 발놀림을.

어머니가 그때 성난 목소리로 말했다. "난 아프리카 사람, 흑인 모두 지긋지긋하구나. 가난하고 냄새나고. 이 여관에서도 매일같이 그들을 쳐다봐야 하니까. 더욱이 말이야…… 네가 아프리카의 그 지독한 기후 풍토를 견딜 수 있을 것 같아? 그 결혼에 절대로 찬성할 수 없을 것 같구나." 그 딸 역시 단호하게 대답하였다. "전 아프리카, 아프리카 사람이 좋아요. 프랑스보다 더 좋다구요. 아프리카의 연중 내내 계속되는 무더위, 덥고 습한 기후도 아무렇지 않게 견딜 수 있거든요. 엄마가 반대해도 어쩔 수 없어요. 다시는 돌아오지 않을 거예요. 엄만 상관하지 마세요."

그 딸은 결혼 후, 백인 피가 반, 흑인 피가 반이 뒤섞여 있지만 거의 흑인에 가까운 진한 초콜릿색 피부의 예쁜 딸 하나를 낳아 기르면서 그럭저럭 잘 살고 있었다.

남매는 아주 가끔 가뭄에 콩 나듯이 어머니에게 안부전화를 하는 일이 있었지만, 그것이 전부였다. 여름 휴가철 또는 크리스마스 시즌에도 그녀를 방문하는 일 따위는 없었다. 남매는 정확히 그녀가 이혼한 때로부터 자신들을 배반한 아버지는 물론이고 죄 없는 어머니로부터도 (마음속으로부터) 멀어져 갔던 것이다.

아마, 엘리제가 죽을 때쯤에서야 유산 분배 때문에 찾아올 것이다. 그녀는 그때 넋두리처럼 그렇게 말했다. "난 자식들과 손자에게 둘러싸여 편안히 숨을 거둘 수는 없을 거야."

사하라 사막의 남쪽. 사막의 밤이 기울고 있었다. 모닥불은 이제 회색 재만 남아있다. **김규현**은 듣고 있다.

이브라함이 어느 날 밤 일어난 일을 담담하게 말했다.

"그날 밤은 정말 황홀하였지. 여자가 연신 포도주 잔을 가득 채웠고…… 그 구린내 나는 연한 치즈 덩어리와 삶은 닭다리를 입 속에 계속 넣어주기까지 했거든. 우린 상당히 취했지. 여자는 시시각각 젊어지기 시작했어……. 짙은 목 주름살은 감쪽같이 사라져 버렸어……. 기분이 너무 들떠서 얼굴이 빨개지고, 담배에 불을 붙여 물고는, 스페인계 유대인이었던 아버지의 때 이른 죽음과 궁핍했던 어린 시절, 엄마의 재혼, 기숙학교 시절, 재치 있고 친절했지만 주정뱅이였던 첫사랑 이야기, 허우대는 멀쩡하게 생겼지만 여자만 만나면 모아놓은 돈을 물 쓰듯 써버리는 두 번째 남자, 어처구니없는 결혼과 이혼, 자식들의 어린 시절 이야기까지 점점 사라져가는 과거를 한참 동안이나 더듬거렸어……. 술기운 때문에 문득 생각이 난 모양이었어. 그리고 뜸을 들였지. 그런데 갑자기 무슨 향수 냄새가 진하게 코끝을 간질이기 시작하고……. 나의 얼굴에 자신의 얼굴을 닿을 듯이 가까이 들이민 거지. 여자의 눈이 게슴츠레해지면서…… 시선이 불타기 시작한 거야. 마침내 그녀의 파마한 머리칼로 불이 번져서 활활 타올랐어. 그 불꽃이 나를 태울 것처럼 보였지.

그녀가 그때 열에 들떠서 말했어. '우리가 팔다리를 벌리고 꽉 끌어안고 하나가 된다면…… 그것도 괜찮겠지. 난 여자이고, 넌 남자이니까. 하나님이 애초에 인간을 그런 식으로 만들었지. 하나님이 일찍이 말씀하셨지. 남자는 제 아버지와 어머니를 떠나 여자와 짝을 이룰 것이니, 그 둘은 한 몸으로 붙을 것이다.'

나 역시 몸이 달아오르고 온몸의 뜨거운 피가 사타구니로 몰리는 느낌이 들었지. 관자놀이는 흥분 때문에 팔짝팔짝 뛰었고……. 그건 참으로 황홀한 기분이었어.

그러나 난, 그때 엉거주춤 자리를 털고 일어났지. 갑자기 숨이 탁 막히는 기분이었어. 나의 자격지심이었는지는 몰라도 여자의 이글거리는 눈과 그 거대한 몸통이 너무 탐욕스러워 보였거든. 그 여자는 육식을 탐하는 거미 암컷처럼 일이 끝나면 또는 일이 진행되는 중에도 수컷을 집어삼킬 것으로 보였던 거지. 그 반사작용으로 나는 살인의 고의를 느꼈을 거고, 그래서 그녀의 목을 졸랐을지도 ······. 그건, 내가 두 손으로 그녀의 목을 감고 흥분한 몸에 올라타 압박을 하면서 키스를 퍼부을 때 손가락에 그녀의 부드럽고 두터운 목살이 느껴질 것이고 그 순간 손목의 강력한 힘으로 목을 조르는 듯 꽉 누르기만 하면 그녀의 숨이 막혀 죽는 거였어.

그런데 검은과부거미의 교미 과정은 이런 거야. 암컷이 수컷을 유혹하면서 모두 16개의 다리가 엉켜서 춤을 추고 수컷이 암컷 위에 올라가 자신의 신성한 책무를 끝내려고 몸부림치고 있을 때, 그 순간에 벌써 녀석의 머리통이 점점 사라지는 거야. 암컷이 수컷의 그것을 아삭아삭 씹어 삼키는 거지. 그 다음에는 수컷의 목을 잘라서 꼭꼭 씹어 삼키고, 곧이어 아직도 살아 꿈틀대는 수컷의 몸통을 물어뜯는 거야. 그러니까 교미 중 암컷에게 영양보충을 위해서 먹이로 자기 몸을 내어주는 수거미는 암컷에게 온몸을 통째로 뜯어 먹히는 순간에도 필사적으로 암컷의 자궁에 정액을 주입하는 거지. 수거미의 입장에서는 자살행위이고 짓궂은 자연의 섭리이지만 모든 생물에게 있어서 번식 욕망은 원초적인 거니까.

난, 결코 금욕주의자는 아니지만 주인의 성적 노리개로 전락할 수는 없었지. 한번 빠지면······ 난 젊었으니까 걷잡을 수 없었겠지. 그러나 여자의 자존심을 뭉개서는 안 되었지. 멸시 당한 여자처럼 무서운 복수의 여신은 지옥에도 없으니까. 그래서…… 조심스럽게 눈치를 살피면서 공손하게 말했어. '전, 이 순간 자제를 해야 합니다. 주인님의 충직한 하인일 뿐입니다. 저에게는 주인님을 정중하게 모실 의무가 있습니다.'

어쨌거나 여자가 고개를 들어 창밖을 내다보며 중얼거렸어. '아프리카 검둥이도 늙은 것은 싫다는 거겠지. 너는 젊은 남자라고 으스대고 있는 거야. 거만하게 내 불쌍한 늙은 육체를 내려다보며 경멸하고 있는 거야. 늙는 것은 정말 싫어…… 이브라함…… 네 이름은 왜 그 모양이야. 아브라함이거나, 아니면 이브라힘이어야지? 헷갈리지 않니! 그건 그렇고 말이지, 넌 애당초 천당엔 가긴 글렀어. 하나님은 모든 죄를 용서해주지만, 여자를 내버려두는 남자만은 질색이거든. 여자는 여자인거야. 인간이기 전에 먼저 여자란 말이지……'

그 후로 아무 일도 일어나지 않았어. 엘리자는 자상한 주인이었고, 나는 충실한 종업원이었을 뿐이야……. 나중에 깨달은 거지만, 내가 그녀를 거절한 건, 그건, 사실, 명백히 아프리카 흑인의 뿌리 깊은 열등의식 혹은 백인에 대한 잠재된 반항의식 때문이었어."

남부 프랑스 출신인 엘리제는 이브라함을 진짜 사랑했을까? 늙어가는 그녀에게 사랑의 감정이 아직도 살아 있었을까? 그 사랑의 감정이 그녀의 꺼져버린 욕망에 불을 지피고 술기운을 빌어 그를 유혹케 하였던 것일까? 하지만 그녀는 냄새나는 아프리카 검둥이들을 몹시 혐오하였고 마음속으로부터 멸시하지 않았던가. 그녀는 단지 그가 성실하고 고분고분 말을 잘 듣고 더욱이 싼값으로 부려먹을 수 있으니까 지금껏 데리고 있었던 것이 아닌가.

그러나 그녀는 그 당시 너무 외로웠고 (자식도, 남편도, 친구도 곁에 없었으니까) 아직도 사랑에 대한 아련한 미련 역시 가슴 속 저 깊은 곳에 숨겨져 있었고, 오랜 세월, 무려 5년간이나 매일 그를 지켜보면서 검둥이에 대한 편견과 역겨운 냄새는 씻은 듯이 사라져 버렸고, 그래서 그날 저녁의 황홀한 분위기가 그녀를 달뜨게 하였던 것이다.

이브라함은 그녀가 일찍이 만나지 못했던 남자, 지금 곁에 있는 유일한 남자, 젊고 건강한 남자라고 새삼스럽게 인식되면서 그가 너무 사랑스러워서 유혹하지 않고는 도저히 배겨날 수 없었던 것이다. 그는 아프리카인이 아니야. 그는 흑인 왕을 닮았어. 육체는 서로 가까이 있었다. 그녀는 사랑이 육체의 욕정으로 변해서 활활 불타오르는 가슴을 진정시킬 수가 없었던 것이다. 그녀는 그에게서 모성애를 느꼈기 때문에 가지게 된 근친상간 같은 금기 사항, 늙은 여주인과 젊은 하인 간의 종속 관계에 따른 금기 사항 같은 것은, 그러나 그건 깨뜨릴 수 없을 만큼 단단한 것은 아니었다.

그러나 이브라함이 그녀의 마음을 텔레파시, 이심전심으로 나마 깨달았는지는 알 수 없다. 그녀의 일방적인 감정이었는지도 모른다.

늙은 여자의 젊고 건강한 남자에 대한 애처로운 짝사랑. 그러나 우리는 그 사랑을 추한 것이라고 또는 부정한 것이라고 비난할 수 없다. 그건 가당치 않은 일이다.

그 당시 그에게 특별한 희망이 기다리고 있었던 것은 아니다. 너무 오래 근무하다보니 그냥 여관이 싫어졌던 것이다. 그동안 잘 대해주었던 엘리제에게 미안한 마음이 없었던 것은 아니었다. 엘리제는 철마다 프랑스 젊은이들이 입는, 요즘 유행에 걸맞은 옷과 신발을 사주고, 가끔 어머니가 자식에게 차려주는 것과 같은 정성스런, 포도주가 곁들인 저녁식사를 마련해 주기도 했다.

그러나 무언가 새로운 변화가 필요했던 것도 사실이었다. 진정한 삶을 살려면 이따위 생활의 안정쯤은 버려야 된다고 생각한 것이다. 어차피 자신은 미래의 불확실성과 지독한 가난 속에 내던져져 있으니까. 무엇을 두려워할 것인가.

그런 후 이프 섬 선착장의 한쪽 귀퉁이에서 유럽 사람들에게 이국적인 향수를 불러일으키는 아프리카 산 액세서리 노점상을 시작했다. 그는 그때 온갖 종류의 번쩍이는 것들 — 팔찌와 브로치, 반지와 귀걸이, 채색한 유리구슬, 싸구려 은제 그릇 등 — 과 아프리카 토산품, 험상궂은 부족 가면을 관광객을 상대로 팔았던 것이다.

강물은 흐른다

강물은 흐른다

강물은 지금도 흐르고 앞으로도 영원히 흐를 것이다.
— 워즈워스

이브라함이 마르세유에 와서 몇 년쯤 지나서 그 여관에서 청소부로 자리 잡고 일하게 되었을 때 (정확하게 말하자면 1991년 봄이었다. 그가 프랑스에 온지는 벌써 3년 반이 지났고 사막을 떠난 지는 5년쯤 되었을 때이다.), 여관에서 장기 투숙하고 있던 늙고 고독한 사람을 어떤 운명처럼 만나게 되었다. 그의 프랑스 이름은 그냥 **자크**라고 불렀다. 어린 시절 베트남에서 어머니가 불렀던 베트남 이름이 따로 있었다고 한다. 이브라함은 그 당시 너무나 외로웠으니까…… 그와는 금방 친구가 될 수 있었다. 그는 까다롭지 않은 사람이었다.

그 노인은 키가 작으면서 깡말랐고, 그러나 얼굴은 주름살이 너무 많았으며 첫 전투 때 파편에 튀긴 흙먼지가 얼굴을 때리면서 생긴 안면경련이 있었다.

그는 매월 첫 주의 월요일이면 꼬박꼬박 한 달분 방세를 미리 지불하였기 때문에, 또 그가 점잖고 신사적이고 방을 깨끗하게 사용한다는 이유로, 평소 무덤덤한 여관 주인도 가끔 밤이면 온 여관을 울리는 그의 지독한 기침 소리에도 불구하고 그에 대하여 늘 칭찬을 아끼지 않았다. 그 돈은 그가 전쟁에 참전하여 서부전선의 뫼즈 강 전투에서 독일군과 싸웠기 때문에 프랑스 정부에서 주는 무슨 군인연금과 할머니에게서 유산으로 받은 약간의 신탁기금에서 매달 나오는 것이었다.

그는 매일 규칙적으로 생 장 요새 부근 한직한 거리에 있는 제마 엘프나 카페에 갔다. 그리고 아침 9시부터 오후 9시 경까지 (가끔은 일찍 또는 늦게까지) 창가의 테이블 하나를 차지하고 꼼짝달싹하지 않고 앉아있었다. 언제나 모로코 출신 늙은 유대인 여주인의 라벤더 향기를 맡을 수 있었다. 그는 멀리 떨어져 있는 그 카페까지 걸어가서 그 자리만을 계속 지킬 뿐이었다.

그날은 어떤 향수처럼 겨울비가 내렸고 모든 것이 미지근했다. 요새의 둥근 감시탑 위로 구슬픈 목소리로 우는 빨간 눈의 갈매기도 보이지 않고 지중해의 파도 소리도 더 이상 들리지 않는다. 바람은 멎었다. 그는 창밖으로 지나가는 사람들을 그저 무덤덤하게 바라본다. 가끔 졸음을 이기지 못해 하품을 했고 멋쩍은 듯이 희미한 미소를 지었다.

조금도 지루해하지 않는다. 그러나 무얼 생각하고 있는지 궁금하다. 아마 자신이 지금 속절없이 늙어간다는 것을? 멀지 않아 죽음이 찾아올 것이라는 사실을? 너무 외롭다고? 울고 싶기도 하고 웃고 싶기도 할까? 자신과 상관없는 의미 없는 것들을 생각하고 있을까? 아니면 또다시 어두운 기억 저편으로 사라져가는 잃어버린 세월을? 또는 장소들과 이미지들을?

참담한 전쟁의 기억? 뫼즈 강을? 드레스덴의 수용소를? 투르빌이나 생라자르 역을? 아시아의 항구를? 죽음의 해안을? 탕헤르나 케이프타운? 아프리카를? (가야만 한다! 아주 멀리 가야만 한다! 멈추면 안 되지! 그는 도대체 아프리카에서 어디까지 갔던 것일까? 아니면 헤매었는가? 얼마 동안이나 있었을까? 어느 도시를? 밀림을? 사바나를? 사막을? 뭘 하면서?) 잠시 멈췄던 이곳저곳을? 강물을? 여인을? 그리고 아름다웠던 나날들을? 상상, 환상, 꿈.

그는 언제나 그 카페에서 식사를 하고 술을 마셨다. 대충 수프와 전채 요리, 또는 메인 요리만 먹으며 간단한 식사를 하였고 밤이 되면 치즈를 안주로 하여 싱글 몰트위스키 몇 잔을 스트레이트로 들이켰다. 그러나 가끔 기분이 내키면 적포도주 한 병을 비우기도 했다.

잘 모르기는 하지만 그가 정기적으로 만나는 사람은 거의 없었고 무슨 사교 모임이나 클럽에 참석하는 일은 생각조차 할 수 없었다. 마르세유에서 연중 열리는 축제와 사육제에 참여하거나 음악회, 전시회, 극장에 가는 일도 없었다. 그는 삶의 경계선에서 안개처럼 부유했으니까 인간 혐오증과 인간에 대한 두려움 때문에 사람들과 지나치게 내밀한 관계를 맺고 싶어 하지 않았다. 그냥 가벼운 목례나 눈인사만 할 수 있는 관계를 원했다. 그러니깐 이브라함만이 예외였다.

그가 훨씬 훗날에 그 날의 전투 상황을 자세히 이야기했었다. 1940년, 그 해 이른 봄 그에게는 첫 전투의 경험이었다.

성능이 좋은 독일 전투기가 새하얀 은빛 궤적을 그리며 낮게 날면서 기관총을 난사하였고 그 흙먼지가 강하게 그의 얼굴을 때렸다. 그는 얼굴에 심한 통증이 왔고 몸이 아주 가벼워지는 것을 느끼면서 그대로 질척질척한 땅바닥 진창에 처박히고 말았다. 그때 운이 나쁘게도 얼굴이 주근깨로 덮여있던 알자스 출신 병사의 머리가 총탄에 맞아 사라졌고, 머리가 붙어있었던 목구멍에서 검붉은 피가 콸콸 넘쳐흘렀다. 곧 포탄이 분노한 듯 쉴 새 없이 날아들어 굉음을 내며 폭발하면서 아무 거리낌 없이 사람과 말들을 죽였다. 주위에는 신원을 파악할 수 있을 정도로 온전한 시신이 별로 없었다. 그리고 콩 볶는 듯한 독일군 소총 소리와 박격포 소리가 귓전을 때렸다.

그 해 초여름, 그때 전투는 미친 듯이 격렬하였지만 독일군에 일방적으로 유리하게 진행되었고 프랑스군은 지리멸렬하여 허둥대다

맥없이 패배하였다. 독일의 탱크들은 너무나 쉽게 마지노선을, 뫼즈 강을, 마른 강을, 센 강을 차례로 돌파해 버렸다. 그리고 철저히 유린된 후 점령되어 독일 군대라는 쇠사슬에 묶여있는 프랑스 그들은 옷깃에 은빛 배지가 번쩍이는 초록색 제복을 입고 반짝반짝 광이 빛나는 장화를 신었다. 번들거리는 붉은 얼굴은 말끔하게 면도를 하였다. 건장한 체구를 지닌 사내들이 히틀러 찬가를 휘파람으로 불어대고 제국군인 특유의 절도와 권위를 뽐내며 파리 거리를 활보했다.

그리고 페탱. 늙은이. 고집불통. 음험한 인간. 베르됭의 영웅이 돌아왔다. 페탱이여, 프랑스를 구하소서. 북부 점령지와 남부 자유지역. 패배와 배신, 배신자. 연대와 저항.

자크가 말했었다. "그 해 5월의 마지막 전투 후, 나는 오랫동안 일종의 히스테리 상태에 빠져있었던 거야. 더 이상 보고 싶지 않았지. 심리적 실명에 빠져서 줄곧 눈을 뜨고 있으면서 이 세상에 대해 눈을 감아버린 거지. 세상이 흐릿하게나마 다시 보이기 시작한 것은 수용소에서 한참이 지나서였어. 독일 군의관이 심리 치료를 해주었거든. 그는 전쟁이란 다 그런 것이라고, 당연하게 여기라고, 그건 네 잘못이 아니라고 위로해 주었지. 그때 군의관이 치료제라고 몰래 갖다 주는 독한 술을 마셨지. 잊기 위해 마시고 또 마셨지. 눈은 돌아왔어. 술이 약이었던 거야. 그는 날 그냥 타타르인 또는 동양인이라고 불렀어. 그는 아시아 쪽에 거의 무한정 매력을 느끼고 전쟁이 끝나면 장기간 여행을 떠나고 싶어 했지. 몇 년쯤. '그건 내가 이 전쟁에서 살아남아야만 가능하겠지만.' 그러나 그는 러시아 전선으로 전출되어 갔고 스탈린그라드 전투에서 죽었어."

그는 만날 독한 술에 취해 있었고, 가끔 콜록콜록 심하게 기침을 하였으며, 때로는 혼자서 무언가 중얼거리기도 하였다. 그래도 그에게서는 따뜻한 체온을 느낄 수 있었고 유일하게 사람의 냄새가 났다.

밤이 되면 사막에 추위가 찾아왔다. 그들은 사하라 사막 남쪽을 여행하면서 밤이면 장작불을 피워놓고 끝없이 이야기를 하였다. 밤이 이슥하자 사그라져가는 모닥불에서 회색 연기가 피워 올랐다. **김규현**은 술에 취해서 불콰한 얼굴로 새로 장작 몇 개를 불 속으로 던져 넣었다. *잉걸에서 불꽃이여 다시 태어나라*

'그래, 그런 거야. 자크 역시 살아남긴 했지만…… 그 참혹한 시대의 희생물인거지. 그리고 평생을 죄책감을 안고 살아간 거야. 아버지 세대는 그랬던 거지. 이브라함의 이야기는 점점 흥미진진해지고 있어. 그는 잘 짜인 소설처럼 이야기를 이어나가고 있으니까. 그러나 밤을 지새면서 그가 들려주는 인생사를 나는 상상이나 할 수 있을까?'

이브라함이 말했다.

"그 시절에 그에게서 프랑스어도 정식으로 배우고…… 문명 세계에 대하여 다른 많은 것도 알게 되었지. 그는 소르본느 대학 중퇴생이었거든. 강제징집 되었기 때문에 중퇴할 수밖에 없었다고 했어. 그는 처음에는 너무 외로운 나머지 말동무가 필요해서 나에게 프랑스어를 열심히 가르친 거야. 난 이미 알제 시절부터 조금씩 배우고 있었으니까 더욱 빠르게 터득하여 그를 기쁘게 해주었지. 그는 아시아계 유색인종이었으니까, 같은 유색인종인 나에게 일종의 동병상련의 감정을 느꼈을 거야.

그러나, 그는 그때, 터무니없게도 날품팔이에 불과한 나에게 책을 많이 읽으라고, 막무가내로 강요했어. 그것도 읽기 어려운 책을. 내가 말했었지. '그게 가능하기나 한가요. 나는 아프리카에서 왔는데, 사막의 족속인 투아레그란 말이에요. 아랍어 책도 그렇고 프랑스어 책도 그렇지요. 책이란 죄다 너무 어려워요. 어렵게 시작해서 어렵게 끝나거든요.' 그가 말했었지. '글이란 기호이니까 이 세상의 암호문인 거야. 그러니 어려울 수밖에. 나에게도, 누구에게도 시인들도 자기 시를 잘 모르고 비평가들도 모르기는 마찬가지인 거야. 그렇지만 넌 읽어야만 하지. 그래야만 이 세상의 수수께끼를 알게 되고, 스스로 생각하는 법을, 스스로 선택하는 힘을 기를 수 있는 거야. 그리고, 증오가…… 아프리카인의 끓어오르는 증오가 완화될 수 있는 거야. 그러나 진실을 말해야겠지. 힘들게 가르쳐야만할 진짜 이유가 있는 거야. 그건 나를 위한 거겠지. 신을 이해할 수 있는 말 상대가 필요하지. 지금까지 아무에게도 하지 못했던 말들이 있으니까. 말들이…… 죽기 전에 한 번쯤 쏟아낼 수 있어야할 거야. 뭐 안 해도 상관없기는 하지만. 그걸 꼭…… 말할 필요가 있을까? 신은 이미 죽었다고, 또는 신은 존재하지 않는다고.'

내가 마구 화를 냈지. '그것들이 무슨 소용이 있겠어요! 쓸데없는 일이라구요! 날 괴롭히지 말라구요! 글씨는 도저히 쓸 수 없다구요 손글씨 말이에요. 벌레가 지그재그로 엉금엉금 기어가는 거지요.'

세상에 아버지들은 다 똑같은 거야. 아버지는 모세인 거지. 계명이 많으니까. 그런 거야. 아들에게 늘 강요를 하지. 먼저 뭘 반드시 하라고, 공부하라고, 뭘 읽으라고, 신을 믿으라고 하지. 또는 뭘 하지 말라고, 술을 마시지 말라고, 신을 믿지 말라고 하지.

사실 나는 생전 처음 보는 그 문자와 그 신기한 지식에 너무 목 말라 있었으니까, 강렬한 욕망이 있었으니까, 그리고 프랑스에서 살아가자면 반드시 알아야했으니까. 그렇게 해서 많이 읽고, 또 읽고, 지식을 흡수했던 거야. 덕분에 책을 열심히 읽는 습관이 들었지."

매일, 조금씩 독서를 늘려가면서, 이브라함은 처음으로 자신을 답답하게 조이고 있는 속박 같은 낡은 껍데기로부터 벗어날 수 있었고, 책을 읽을 때마다 이 세계에 대해 더욱더 많은 생각을 떠올렸고, 자신에 대해 더 많이 생각하고 이야기하는 방법을 터득하게 되었다.

자크가 말했었다.

"프랑스가 식민지 통치를 하였던 시절, 아직 전쟁이 발발하기 훨씬 전 일인데, 내가 어렸을 적에 베트남에서 프랑스로 건너온 지가 이미 60년이 넘었어. 그런데 베트남 언어는 까마득하게 잊어버렸지. 기억 속에 구멍이 뚫려서 빠져 달아나 버린 것이겠지. 아무래도 생각이 나질 않는 거야. 지금은 내 베트남 이름까지도 말이야. 한 번 가슴 속에서 지워져버린 고향에 대한 기억은 아무리 해도…… 결코 멈추지 않고 유유히 흐르던 강물 이외에는 생각나는 게 아무것도 없지.”

그는, 젊은 시절 프랑스 상사 회사의 사이공 지사에서 평직원으로 근무하였던 투르빌 출신의 아버지와 베트남 출신 어머니 사이에서 태어나서, 어린 시절을 메콩 강 하류 삼각주에 위치한 빈롱의 외갓집에서 8살 때까지 살았다.

그 후 투르빌로 갔다.

투르빌은 센 강이 지친 여행을 끝내고 영불 해협의 바다와 만나는 곳에 자리 잡고 있는 작은 항구 도시이다. 강 하구의 오른쪽에 투르빌이, 왼쪽에는 도빌이 있다. 그때는 파리 생라자르 역에서 기차로 서너 시간이면 도착할 수 있었다.

그는 베트남에서 프랑스로 건너온 직후 투르빌 외곽 어촌에 있는 할머니 집에 맡겨져 몇 년 간을 산 일이 있었다. 그곳은 햇볕이 은은하고 강렬하였다. 그 햇빛은 인상파 그림에서나 볼 수 있는 빛깔들을 쏟아냈다. 그리고 은빛 파도가 햇빛에 유난히 번쩍거리는 바다가 아름다웠다. 밀물 때면 고물에 삼각돛을 단 작은 어선들이 통통거리며 텅 비어있는 긴 해안선을 뒤로 하고 바다로 나갔다.

할머니가 말했었다. "할아버지는 배를 타고 저 먼 바다로 나갔다가 돌아오지 못했어. 성모 마리아에게 열심히 기도했지만 소용이 없더구나. 겨울이 되면 이쪽 바다는 날씨가 고르지 못하고 자주 심한 폭풍우가 몰아치거든.

그러나 내 아버지는 어부가 되기 싫다면서 일찍이 도시로 떠났어. 아주 일찍……."

할머니는 억세게 일했다. 투르빌의 부두 어시장에 길게 늘어선 생선 좌판에서 어부들이 갓 잡아온 펄떡이는 생선을 팔았다. 할머니 몸에는 생선 냄새가 짙게 배어 있었다. 그러나 외로운 할머니는 손자에게 한없이 인자했다. 투르빌에서의 어린 시절은 할머니가 있었기 때문에 참으로 행복했다. 지금 돌이켜보면 그 시절이 그의 생에서 최고의 나날들이었다. 그가 투르빌의 기차역에서 기차에 오를 때 할머니와 자크는 헤어지기 싫어서 손을 잡고 오랫동안 눈물을 뚝뚝 흘렸다.

그는 그 후 가난한 노동자 계급의 자식들과 버림 받은 아이들, 사생아들이 주로 가는 파리 근교의 기숙학교에 입학하기 위해 아버지 집으로 가야했다. 그때 아버지는 남부 벨기에 출신의 여자와 결혼하였고 파리의 본사에서 근무하고 있었다. (그때 이후, 그를 자식으로 인정하지 않고 내팽개치다시피 했던 아버지와는 그나마 인연이 완전히 끊겼다.) 그는 가톨릭 신부들이 운영하는 반군대식 기숙학교에서 6년 동안 기숙사 생활을 하였다.

"너는 말이지…… 아시아계 혼혈아가 프랑스 육군에서 군대 생활을 하는 것이 어떤 것인지 상상도 못할 거야. 다른 사병들과는 한 식탁에 앉지도 못하였지. 군대에서도 여전히 유색인종에 대한 인종 차별이 심했어…… 유럽에는 유색인종에 대한 뿌리 깊은 멸시가……. 오랫동안, 아마 중세의 십자군 전쟁 때부터 존재하였을 거야. 지금도 그렇고 나치는 그래도 유대인을 불량 인간으로 인정하고 대량 살육을 감행하였지만 아시아 사람은 아예 원숭이 취급을 했어.

나의 인생에서는 두 사람의 정신적 지주가 있었던 거야. 모두 할머니들이지. 나의 어머니의 어머니인 베트남의 외할머니와 내 아버지의 어머니인 투르빌의 할머니. 그러나 난 미혼모에게서 태어났지. 내가 사이공 항구에서 마르세유 행 배에 오를 때 할머니가 오랫동안 손을 흔들어주었거든. 할머니의 가냘픈 손만은 언제든지 기억할 수 있지. 그리고 내가 기숙학교에 입학하기 위해 투르빌 역에서 기차에 오를 때 할머니는 내 손을 잡고 말했었지. '두려워해서는 안 되는 거야. 세상은 무섭지 않단다. 그러니까, 절대로……. 넌 너무 여리니까. 내가 널 위해서 밤마다 여호와 주님께 기도를 할 거니까. 주님께서 돌봐주실 거야.'

하지만 내가 전쟁이 끝난 후 투르빌에 갔을 때 할머니는 공동묘지에 계셨어. 1944년 6월의 노르망디 상륙작전 당시 심한 폭격에 충격을 받고 돌아가셨던 거야. 나의 유일한 안식처였던 할머니가 돌아가신 것을 안 때로부터 나는 다시 완전히 무너져 내렸지. 가까스로 버틸 수 있었는데. 전쟁은 모든 걸 산산조각으로 만들어 버린 거지.

공기 중의 먼지처럼 바람에 날려서 부유했던 거야. 모든 게 희미했으니까 나는 늘 내가 지금 혹시 꿈을 꾸고 있는 것은 아닌지, 스스로에게 묻곤 했었지. 그러나 모든 곳이 잠시 동안 머무르기만 하면 충분했지. 어차피 그곳에는 아는 사람이 아무도 없었으니까, 내가 전화라도 걸어볼만한 사람은 없었으니까, 그 무엇이라도 진지하게 나를 붙잡는 세 하니도 없었으니까. 나는 가끔 누가 내게 말을 건네주었으면 하고 간절히 바라기도 했었지. 그리고 나서 나는 미련 없이 또 다른 도피처로 떠났던 거야. 항상 수배자가 되어 도망치는 기분이었어. 나는 아프리카 끝까지, 죽음의 해안인 세인트헬레나만까지 내려갔지. 모르코의 탕헤르에서 거기까지 가는데 십년이 넘게 걸렸지만. 그러나 그곳에서 죽지는 못했어. 하지만 어쩐 일인지 아시아 쪽으로는 가고 싶지 않았지. 무척 망설이다가 끝내 가질 않았던 거야. 케이프타운에서 싱가포르로 가는 배에 승선했다가 출발 직전 결국 내리고 말았지. 싱가포르와 사이공은 매우 가깝거든. 그래서 두려웠던 거야.

그렇지…… 지독한 방랑자처럼 정처 없이 이곳저곳을 떠돌아다녔지. 나는 결코 그 어느 곳에도 도달하지 못하였거든. 나는 이렇게 늙어가고 있으면서도 아직 진정한 삶을 살아보지 못했고, 모든 장소를 그저 잠깐 스쳐지나가는 어설픈 나그네라는 생각이 들지. 어쨌거나 마지막이 마르세유였어. 그래도 이곳에서 꽤 오랫동안 정착했던 것 같아. 몇 년 동안이나. 그 뚜렷한 이유는 잘 모르겠어. 남쪽에 있는 항구이기 때문일까. 그 방이 편안했기 때문일까. 하여간에 그 방에서는 오랜 불면증에서 벗어나 잠을 잘 수 있었지. 전쟁이 끝난 후 처음으로 맛보는 틀에 박힌 삶 때문일지도 모르지. 틀림없이 나이가 들었지. 늙으면 어쩔 수 없는 거지. 지금 생각해보니 그때 파리를 떠나면서부터 계속해서 북쪽이 아니라 남쪽으로 내려갔던 거야. 파리를 떠날 때 멀리 더 멀리 남쪽 해안 쪽으로 가고 싶었거든. 남쪽이란 말은 언제나 나에게 감동을 주는 거야.”

그를 알고 나서 일 년쯤이나 이 년쯤, 아니면 삼 년쯤 지났을까. 비가 추적추적 끈질기게 내리는 어느 봄날 초저녁에 이브라함이 그의 방에 갔을 때 자크가 술에 반쯤 취한 채로 무언가 중얼거리다가 불쑥 말하였다.

그의 기억 속에는 그 전쟁이 남긴 깊은 고통의 흔적이 여전히 남아있다. 그는 그의 의지와 관계없이 전쟁에 휘말렸다. 그는 평생 동안 그 전쟁이 남긴 공포로부터 벗어날 수 없었을까? 그때는 그가 인생에서 가장 예민하고 상처 받기 쉬운 시기였다. 그는 그 당시 바칼로레아에 합격하고 대학에서 문학을 전공할 때였다. 그는 문학 서적을 전문으로 하는 인쇄소에서 파트타임으로 교정보는 일을 하면서 생라자르 역 근처 호텔의 레스토랑에서 열리는 문학 모임에 자주 갔었다.

생라자르 역에서 출발한 기차들은 노르망디 쪽 지방행이거나 파리 근교 교외 지역으로 떠났다. 그러나 역 부근의 이 지역은 파리에서 하층민이 가장 많이 모여 사는 동네였고 그 모임에는 그 지역 무명의 가난한 시인과 비평가들, 연극이나 독립영화 제작에 관계하는 제작자나 감독들이 모여서 밤늦게까지 독한 럼주를 마시며 자작시를 낭독하고 토론도 하였다. 자크 역시 프랑스 현대문학에 심취해서 매일 같이 (공식적으로 발표하지도 못할) 시들을 끄적이고 있었고, 가끔 그의 차례가 오면 그 시들을 낭독하기도 했다. (그러나 그 모임은 곧 사라졌다. 독일군이 파리를 점령하고 나서 1940년 6월 휴전이 되었을 무렵 그 레스토랑은 독일군의 선전부대인 프로파간다 슈타펠에 징발되었을 뿐만 아니라 그때 모였던 사람은 군에 입대하거나 일부는 남쪽으로 떠났기 때문이다.)

지금 돌이켜 보면 전쟁이 일어나기 전 그 시절은 그의 인생에 있어서 행복하지도 그렇다고 불행하지도 않았던 그런대로 무난했던 시절이었다.

그때 자크는 그 모임에서 그녀를 만났다. 그녀는 우아한 모습의 반쯤 잿빛이 도는 금발이었고 러시아식 억양으로 프랑스어를 말했다. 그 해 가을, 플라타너스 나무의 낙엽이 떨어져 바람에 날리는, 멀리 센 강에서 피어오른 밤안개와 축축한 냉기가 퍼져있는 그 동네의 완만하게 경사진 언덕길을 그녀의 그 길고 섬세한 손가락들이 꼼지락거리는 손을 잡고 걸으며 끊임없이 속삭였고 마침내는 그녀의 아파트 문 앞에서 헤어져야 했다. 그때마다 그는 그녀를 껴안고 키스를 하고 싶다는 미친 듯한 욕망에 시달렸다.

그가 서부전선으로 떠나는 군용열차에, 지옥행 열차에 올라탔을 때 (그때는 아직 폭풍전야의 고요함 같은 시기, 앉아서 하는 전쟁 혹은 가짜 전쟁의 시기였다.) 출발을 알리는 파리 리용 역 역무원의 요란한 호루라기 소리가 아직도 귀에 생생하다.

그리고 그 해 5월, 아르덴 숲 남쪽의 뫼즈 강 전선에서 있었던 마지막 전투. 독일군 장거리 곡사포의 포탄이 작렬할 때의 그 고막을 찢는 듯한 폭발음, 독일의 급강하 폭격기인 융커스 Ju 87이 퍼붓는 230킬로그램짜리 대형 폭탄이 폭발하는 소리, 박격포 소리, 히틀러의 전기톱이라고 불리던 MG42 기관총의 독특한 발사음, 막대 수류탄이 터지는 소리, 독일군 팬저 기갑부대의 탱크가 내는 소름끼치는 굉음, 비명, 신음, 고함, 욕설, 분노와 공포의 절규, 기도 소리, 아우성 등이 살아있는 동안 내내 귀에 생생하였던 것이다.

마을은 텅 비어있다. 집들은 폭격으로 거의 부서졌고 마을 사람들은 철수했다. 어른들은 등에 봇짐을 지고 손수레와 유모차에는 갓난애들과 자질구레한 살림살이를 싣고 정처 없이 남쪽으로 떠났다. 보병 연대가 주둔하면서부터 친숙해졌던 숲과 언덕, 작은 강들이 잠시 정적에 휩싸여 평화롭다. 태양이 비스듬히 지고 있다. 어스름한 저녁이 다가온다. 차갑고 날카로운 바람이 봄꽃들이 만발해 있고 자작나무들이 우거져있는 들판을 지나간다. 그 바람이 모든 희망과 절망, 부질없는 상상마저 죽은 나뭇잎인 것처럼 모두 허공으로 날려 보낸다. 간헐적으로 조명탄이 터지며 빛이 펼쳐진다. 철모들이 희미한 달빛에 반사되어 빛나고 있다.

그들은 고립되어 있다. 그곳에 있는 모든 군인들은 프랑스가 이 전쟁에서 패배할 것이라는 것을 자명한 사실로 받아들이고 있었다. 며칠 전부터 독일 장거리 곡사포는 저 멀리 그 모습을 숨긴 채 집중포화를 퍼붓고, 급강하 폭격기가 아무런 제지도 받지 않고 심심풀이로 아군 진지에 폭탄을 투하한다. 탱크의 굉음이 점점 가까이에서 들려오고 있다.

그는 단념했다. 그를 오랫동안 짓눌렀던 무서운 공포심과 불안감은 그 순간 사라졌다. 그는 울지 않는다. '곧, 날이 밝자마자 독일 보병 부대가 마지막으로 결정적인 일격을 가하겠지. 그러면, 부대는 살아남을 수 없을 거야. 우리는 무사히 빠져나갈 수 없을 것이다. 풍비박산이 되겠지. 공동묘지가 기다리고 있는 거지. 거기가 나의 마지막 안식처가 될 거거든. — 자크 장프랑수아. 21세. 베트남 빈 롱 출신. 29보병연대 소속. 1940년 5월 31일 사망.'

그의 눈은 며칠째 잠을 자지 못해 붉게 충혈되어 있고, 안면 경련이 심하게 일어나고 손등에는 생채기가 나서 피가 흐르고 있다.

그는 기진맥진하고 허기가 져 몽롱하다. 그제 저녁부터 꼬박 이틀 동안 아무것도 먹지 못했다. 수통에 물도 거의 바닥이 났다. 모든 게 안개처럼 흐릿할 뿐이다. 그는 생각했다. '나는 프랑스에서 어차피 잉여 인간으로 살아야 했으니. 프랑스는 날 받아 준 적이 없었다. 나는 언제나 이방인 아니면 아시아에서 온 뜨내기 여행자에 불과했다. 인종적 차별을 뚫고 나아갈 수 없었다. 그랬으니 미래에 대한 확고한 계획이 있을 리 없었다. 시나 평론, 서평 같은 글을 쓰겠다는 막연한 희망 이외에는.'

그리고, 빈롱에서 눈물을 훔치던 어머니가, 등이 굽은 할머니가, 티베트 분지에서부터 꿈길처럼 아득하게 흘러 흘러서 마침내 강의 하구 삼각주에 다다른 메콩 강의 유장한 강물이, 투르빌과 생선 냄새에 찌든 할머니가, 마지막으로 원고들 뭉치가 연거푸 파노라마처럼 지나갔다.

자크는 그때, 격렬한 마지막 전투가 벌어지기 바로 직전 그 참을 수 없을 만큼 긴장된 순간에 생각했다.

'그러나 이 순간 추억이 무슨 소용이 있겠는가. 아무것도 아니야. 그래, 그런 거야. 나는 이미 죽은 거다. 그러나 나는 아무도 죽일 수 없는 거다. 나는 인간을 향해 총을 쏘지 않을 거고 수류탄도 던지지 않을 거야. 그건 정말 불가능한 일이야. 그건 엄중하고 치명적인 대죄mortal sin이니까. 지금은 이 지상에서 최후의 평화스런 순간이지. 마지막 순간이 될 거야. 그런 거지 뭐.'

그해 5월의 뫼즈 강 전투 때 부대는 괴멸되었는데 나는 어떻게 살아남을 수 있었는가? (사실 죽기를 바랐는데 말이다.) 독일 드레스덴 수용소에서 5년간의 혹독한 포로생활을 추억처럼 회상할 수 있을까? 드레스덴 교외에 있는 시멘트 벽돌로 지은 돼지우리에서 아프리카인 포로들과 지낸 세월을. 1945년 2월 13일 드레스덴의 대학살을. 날아다니는 화려한 불꽃과 화재폭풍을. 연옥. 지옥. 그때 중년 여자가 계속해서 춤을 췄다. 그리고 외쳐댔다. '*우리 집 잘도 탄다! 잘도 탄다!*' (그리고 전쟁이 끝나갈 막바지 무렵 유색인종 포로들은 대부분 굶주림과 학대, 폭격으로 죽었다.) 그는 1945년 5월 독일의 패망으로 석방된 후, 영양실조로 아랫니가 세 개인가 네 개가 빠져있었고 몸은 막대기처럼 마른 채로 자주 심하게 기침을 콜록거리며 프랑스로 돌아왔다.

프랑스에서 1940년 6월은 악몽의 계절, 잔인한 계절이었지만 1945년 6월은 승리의 계절, 빛나는 계절이었다. 그는 리옹 역에서 기차에서 내릴 때 오랫동안 병석에서 누워 있다가 완쾌되어 퇴원하는 환자처럼 가뿐한 느낌이 들었다.

그러나 그는 다시 되돌아본다. 내가 왜 살아남아있는가? 나는 살육으로 얼룩진 그날의 전투에서 내가 살아남은 사실을 도저히 이해할 수 없다. 신의 가호 혹은 운명의 장난? 나는 그 위대한 유일신에게 전쟁 전에는 너무 두려워 그 이름조차 부를 수 없었는데, 전선에

서는 처음에는 욕설을 퍼붓고 저주하였는데, 그리고 마침내 버렸는
데……. 그 참혹한 전쟁의 기억들이 저절로 지워질 수 있을까? 나는
전쟁이 남긴 상처를 마침내 치유하고 보통 사람들이 누리는 일상적
인 삶 속으로 그럭저럭 복귀할 수 있을 것인가? 내가 지금 안식처
또는 피난처를? 지금 나의 인생행로를 어떻게 예단할 수 있겠는가?

하지만 세월이 흐를수록 오히려 모든 장면들이 더욱 또렷해졌다.
매캐한 화약 냄새와 살과 뼈가 타는 냄새, 죽음의 악취가 항상 코끝
에 맴돌았다. 한 달에도 몇 번씩 그 끔찍한 전투장면들이 꿈속에 나
타났다.

부대의 괴멸과 항복.

그 부대는 완전히 와해되었다. 항복 아니면, 그 직전에 탈출만이
차선의 방법으로 여겨졌다. 그때는 사병들에게 가혹했던 가학적인
특무상사가 앞장을 섰고 자신의 안위에 골몰하는 거들먹거리는 몇
몇 장교들이 뒤따랐다. 그들은 탈출을 아주 가볍게 여긴 듯하다. 그
래서 겨우 살아남은 일부는 뫼즈 강을 따라 남쪽으로 탈출하였지만
나머지는 항복했었다. 종전 후에 밝혀진 사실이지만 그때 탈출했던
장교와 병사들 전원은 랑그르 근처 뫼즈 강 지류에서 독일군 수색
부대에 의해 사살되었다.

(그는 1940년 6월 휴전협정 조인 직전에 포로로 잡혀있기 때문
에) 부대원 100여명과 함께 독일로 강제 이송되었다. 그러나 5년 동
안 포로수용소 생활의 쓰라린 경험이 그를 평생 동안 짓눌렀다. 역

시 인종차별, 아시아의 원숭이. 가혹한 강제 노동, 배고픔, 수면 부족, 추위, 폭력과 학대, 만행.

그는 종전 후 프랑스로 돌아왔지만 결혼도 할 수 없었고 변변한 직업도 가질 수 없었다. 그렇다고 베트남으로 돌아갈 수도 없었다. 그때는 프랑스와 베트남이 한창 전쟁을 하고 있었기 때문이다. 그는 스스로 반은 베트남 사람이고 나머지 반은 정확히 프랑스 사람이라고 믿고 있었다.

그의 방은 3층 남쪽 코너에 있는 작은 방이다. 자기 방. 영혼이 안식을 취하는 방. 어머니의 자궁, 요나가 머물렀던 고래의 배 속, 튀빙겐 탑 속 지하에 있는 횔덜린의 방 같은 어둠침침한 작은 방. 그 방은 수도승의 방과 같다. 그가 알코올 의존증임에도 불구하고 얼룩이나 티끌 하나 보이지 않을 만큼 스스로 정돈하기 때문에 지나치게 깨끗하였다. 한 쪽 구석에는 항상 깔끔하게 정리 된 일인용 침대, 반대 구석에는 간이 주방이 있고, 원고 뭉치와 무엇인지 깨알같이 쓴 노트, 초고와 최종 원고, 메모, 편지 등이 가득 들어있는 두 개의 나무 상자가 탁자 옆에 가지런히 놓여있다. 그리고 벽면에 붙은 선반에는 작은 위스키 술병들과 여러 종류의 약병과 함께 주로 문학과 철학에 관한 손때 묻은 수십 권의 책들이 차곡차곡 쌓여 있다. 그래서 그 작은 공간은 너무 비좁았지만 한없이 아늑하였다.

물론 그 책들은 몇 권의 중세 이탈리아어로 된 필사본과 그리스어 책을 빼면 희귀한 판본들이 아니다. 흔하디흔한 보급판 문고본에 불과했다. 그러나 그가 그 책들을 지금 읽고 있는 것 같지는 않았다. 다만 늘 무언가를 골똘히 생각하고 있었다.

그가 언젠가 말했었다. "그 전쟁 이후 더는 한 줄도 책을 읽지 않았어. 단 한 줄도. 난 어차피 외톨이여서 닥치는 대로 읽는 책 벌레였는데 말이지. 그만 독서의 즐거움을 잃고 말았지. 그러나 삶의 소금이고 삶의 유일한 빛이었던 것, 손때 묻은 것을 그냥 버리지는 못하였지. 나에게는 어떤 종류이든 책은 성서인 거야. 그래서 이 방은 지성소인 거지. 책을 버린다는 것은, 또는 헌책방에 팔아버리는 것은 어쩐지 옳지 않은 일로 여겨졌던 거야."

하지만 누렇게 바랜 흰색 벽면에는 아무것도 걸려있지도 붙어있지도 않았다. 거기에 그가 좋아하는 반 고흐의 복제한 그림 몇 점이나 가족사진, 투르빌의 자연 풍경 사진, 할머니의 초상화 등이 걸려 있어야 하지 않을까.

그날은 하루 종일 지중해 쪽 먼 바다에서부터 계절풍이 불어왔다. 작은 창문을 통해서 석양의 여린 빛이 여과되어 비스듬히 들어온다. 그러나 검은 구름이 창문에 그늘을 드리우며 구 항구의 바다쪽으로 떠나가고 있었다. 이내 밤이 찾아왔다. 그리고 가는 빗줄기가 지붕을 때리는 소리를 들었다. 그들은 도시의 소음을 잠재우며 규칙적으로 떨어지는 빗소리를 듣는 것이 좋았다.

이브라함이 말했다.

"그가 만날 날 붙잡고 잔소리를 하였지. 꼭, 우리 아버지처럼……. '나처럼 알코올 중독이 되고 싶으면 얼마든지 마셔도 괜찮을 거야'라고 말했지. 절대 술을 입에 대지 말라고…… 자신은 어쩔 수 없이 마실 수밖에 없다고 하였어. 도대체 아무런 희망이 없다고 하였어. 그는 한 때 모든 것을 망각하기 위해, 필름이 완전히 끊기고 아무것도 기억하지 못해 통제 불능의 상태, 완전히 미쳐버리거나 알코올성 발작을 일으켜 차라리 정신병원에 입원키 위해 마구 들이켰지만, 그때마다 도대체 정신이 말짱하였다고 하였어. 그러나 그는 언제부터인가 술을 줄이기 시작했어. 옛날에 비하면 많이 줄이고 절제를 하였던 거야. 하지만 완전히 끊지는 못하였지. 어떻게 그게 가능하겠어. 술은 일종의 신경안정제였으니깐.

나 역시 생활이 안정돼 가면서 그의 충고에 따라 술을 점차 줄일 수 있었지. 그렇지, 완전히 끊는 것은 불가능했지만 줄이기는 했지. 그런데 그 놈의 술 때문에 알제 시절에도 형과는 무척이나 말다툼을 했거든. 형은 지독한 이슬람 근본주의자인 거야.

하여간에…… 지금까지 나의 유일한 스승이었어. 나를 자기 운명의 주인으로 깨닫게 해주었고, 현재의 순간을 온전히 음미할 수 있도록 이끌어 주었지. 그 현자는, 틀림없이 현자였지, 그는 나의 내면에 웅크리고 있는 깊은 마음의 상처를 스스로의 힘으로 치유할 수 있는 방법을 가르쳐준 거야."

자크는 그때 이브라함이 어려운 책들을 읽을 수 있게 정성껏 도외주었다. 그는 어려운 단어와 문장을 쉽게 설명해 주었던 것이다. 이브라함은 그 무렵 말라르메, 베를렌, 아폴리네르, 플로베르, 프루스트, 카뮈, 모디아노, 클레지오를 읽었다. 특히 카뮈의 책을 많이 읽었다. 그는 몇 년 동안 무서운 집중력을 가지고 소설을, 시를, 다른 책들을 무더기로 읽었다. 반쯤 밖에 이해하지 못하였지만. 하지만 다른 사람들보다, 그 당시 프랑스의 정형화된 얼치기 대학생들보다도 더 많이 읽었고, 그들보다 인생 경험이 훨씬 풍부하였다. 그러나 정작 그 자신은 그런 사실을 알지 못했다.

그는 언제든지 이브라함을 반갑게 맞아 주었다. 그리고 무슨 이야기든지 기꺼이 들어준다. 그래서 시간 나는 대로 자크와 함께 에스프레소를 또는 가끔 맥주를 마시면서 끊임없이 이야기를 나누었다. (이브라함은 자크에게 언제든지 기댈 수 있었다. 그가 아버지 역할을 자임하였으니까. 아버지에 대한 어떤 갈망을 충족시켜주는 사람. 저 세상으로 간 아버지를 대신하는 아버지.) 그러나 주로 밤 시간에 만날 수밖에 없었다. 이브라함은 낮이면 무슨 일이든지 일을 해야 했으니까.

가끔 그들은 신의 존재와 인간의 영혼에 대해서 토론을 하였다. 그때는 이브라함은 듣는 쪽이었다. 그들은 어떤 날은 토론에 몰입한 나머지 밤을 꼬박 새면서까지 많은 이야기를 나눴다. 그는 영혼의 불멸성에 대하여 말했고, 육체의 죽음은 무의미하다고 말했으며,

또한 영혼의 불멸과는 차원이 다른 불교의 윤회와 환생, 수레바퀴에 대해 설명했다. 그는 전쟁 전에는, 불교 국가인 베트남에서 할머니를 따라 먼 거리를 걸어서 천주교 성당을 다녔던 아주 어린 시절부터 열렬한 예수 그리스도 숭배자이었지만, 투르빌에서도 할머니의 손을 잡고 교회를 열심히 다녔지만 (그의 할머니들은 오직 하나님밖에 몰랐으니까 참으로 진정한 기독교도이었다), 그 지독한 기숙학교 시절에도 한 번도 신을 의심해 본적이 없었지만, 전쟁 중에 그신을 버릴 수밖에 없었다고 고백하였다.

"그 참혹한 전쟁을 겪으면서 말이야…… 그 무익한 전쟁은 피와 고함소리 속에서 모든 것을 망가뜨렸지. 인간의 삶, 사랑, 고뇌, 영혼, 죄악까지도 완전히 파괴해 버렸고, 마침내 신의 존재까지……"

이번에는 스카치위스키 몇 잔을 스트레이트로 들이키고 나서 약간 취했고 목구멍에서 감정이 실려 있지 않아 높고 낮은 목소리가 복잡하게 얽혀있지 않은 탁하고 부드러운 소리가 흘러 나왔다. 그는 치밀어 올라오는 가래를 꿀꺽 삼켰다.

그가 계속해서 말하였다. "미래의 불확실성과 절망의 늪에 빠진 인간들이 할 수 있는 일이 무어가 있겠어. 자신이 믿는 신께 애타게 구원을 찾는 거겠지. 나는 히믈러가 '*나는 모든 유대인들을 지구상에서 멸절시키겠다는 결정을 내렸다.*'라고 선언했을 때, 그리고 유대인들이 죽음의 강제수용소에서 곧 죽을 운명이라는 것을 깨달았을 때 그들의 위대한 신 야훼를 찾았는지, 지금도 궁금하지.

그녀는 러시아에서 이주해온 러시아계 유대인이었어.

유대인들은 그들의 신 때문에 그 비극적 고통을 당한거지. 바로 그 신 때문에. 신은 유대인이 불경하다는 이유 때문인지 유대인들에게 재앙을 내려 큰 고통을 준 것 같지만…… 유대인들이 어떻게든지 그렇게 행동하도록 조종한 건 바로 그 신이었어. 자신의 힘과 능력을 과시하기 위해서 말이야. 그 신은 위선자이고 허영심이 강하고 자만심이 가득한 거야.

지금 어쩐지 그녀의 이름을 부르고 싶지는 않고만. 가슴이 먹먹해질 거니까. 그냥 M이라고 하겠어. M은 전쟁 초기 돈을 주고 신분세탁을 해서 그 당시 유대인 문제 전담 경찰들의 추적을 따돌렸지만…… 1942년 봄에 생라자르 역 대합실에서 그녀를 미행했던 자들에게 잡히고 말았지. 사실은 그 모임의 누가 밀고를 한 거였어. 독일군의 파리 점령 후 친독의용대의 대원이 된 자칭 초현실주의 시인이 말이야. 그 인간은 그 시절 그녀를 보살펴준다는 핑계로 그녀의 아파트를 번질나게 들락거렸고 몇 번씩이나 짓밟고 그것도 모자라서 회유와 협박을 해서 가지고 있던 얼마간의 돈과 금붙이를 갈취하고 나서 그들의 끄나풀에게 불어버렸던 거야. 합스부르크 제국의 귀족 출신 행세를 하였던 허풍쟁이였으니까 무슨 공명심 때문이었을 거야. 그자는 종전 후 체포되기 직전 자살하였지. 하지만 그녀는 유대인 임시 수용소를 걸쳐 결국 아우슈비츠로 이송되었어.

1943년 1월 24일 눈이 내리는 추운 겨울 날 아침. 파리 로맹빌.

프랑스 각지에서 체포되어 원래 가축 수송열차였던 '31000번' 기차에 실려 아우슈비츠로 끌려간 여성 230명 중에 그녀가 끼어있었고 29개월간의 수용소 생활이 끝나고 살아 돌아온 49명 중에 그녀는 끼어있지 않았다.

아우슈비츠에서 사람들은 죽지 않았다. 다만 시체들이 생산되었을 뿐이다.

나는 그때 아우슈비츠에서 유대인들이 다 죽었다고 생각했으니까 그녀는 유대인의 최후 세대가 되는 줄로 알았었지. 내가 파리로 돌아온 후 제일 먼저 그녀를 수소문하던 중에 그 사실을 알게 되었던 거야. 그 후 나는 파리를 떠났고 다시는 파리에 돌아가지 않았지.

그런데, 신의 구원이란 게 인간의 죽음과 관계가 있어. 인간이 언제, 어떻게 죽을지를 결정하는 것은 신의 몫이거든. 그때 우리 쪽도 적들도 같은 신을 믿고 있었으니까 같은 신을 향해 서로 울부짖었어. '주님이시여, 여호와여, 저의 영혼을 구하여 주소서. 영혼을 죽음에서 구하여 주소서. 불의 세계를 퍼부어 주세요. 어서 빨리 불을 내리소서. 저들을 죽게 하소서. 몰살시켜 주세요. 저들이 죽어야만 제가 살 수 있습니다. 주님이시여, 예수 그리스도여 구해주세요. 오, 저를 죽음의 구렁텅이에서 구해주소서.'

그러나, 하나님인들 어떻게 할 수 있었겠어. 그때 신은 기가 막혀서 죽을 수밖에 없었어. 그랬으니 하나님의 목소리는 결코 들리지 않았어. 그들도 못 들었을 거야. 나는 그때 신은 존재하지 않는다고 확신을 하게 되었지. 미망과 환상에서 깨어난 거였어. 그 후 더 이상 어떠한 형식이든 기도를 하지 않았지. 그랬더니, 오히려 마음에 평화가 찾아왔어. 이 무의미한 전쟁에서 죽어도 상관없다는 생각이 들었지. 삶에 대한 집착이 신에 집착하게 된 동기인 것을 마침내 깨달은 거였어.

지금은 참으로 기적의 시대이거든. 반세기 동안이나 유럽에서 전쟁이 일어나지 않았단 말이지, 왜 그런지 그 이유를 알겠어? 지난 전쟁에서 신이 죽었으니까 이제야 평화가 찾아온 거야. 그러니까 1차 전쟁에서 신은 상당한 내상을 입었지만 그렇게 심각하지는 않아서 죽지는 않았는데 2차 전쟁에서 확실하게 죽은 거지. 2차 전쟁은 신을 확실하게 죽이기 위해 확인 사살까지 하였던 거야. 그러나 알라신은 지난 전쟁에 참전하지 아니하였으니까 아직 살아있을지도 모르겠어. 하지만 네가 알라신께 구원을 요청할 필요가 있을까? 그 신은 너에게 전혀 도움이 되지 않을 텐데. 이슬람의 천국은 널 기다리지 않을 거야. 처음부터 천국이 없었거나 아니면 이미 망가졌겠지. 네 아버지가 그 고난을 겪고 죽으면서 신을 버리지 않았는지 궁금하구나?"

그러고 보니, 새삼스럽게 살펴보았지만 방안에는 그가 성서라고 지칭한 소중한 책들 이외에는 작은 십자가나 성모상 같은 성물, 성경책, 개인적인 토템 등이 하나도 보이지 않았다. 성당이건 교회이

185

건 간에 그런 곳에 다니는 흔적이 없었던 것이다.

그때, 새벽의 여명이 검은 밤의 여운과 함께 작은 창을 통해 스며들었다. 밤이 흐트러지고 있다. 새벽 공기가 냉랭하고, 눅진하다. 검고 하얀 포석이 깔린 뒷골목의 눈에 익은 거리 풍경이 밤의 어둠과 정적, 추상적 분위기에서 풀려나면서 제 모습을 드러냈다. 그것이 안도감을 안겨준다. 그 밤은 명철한 예지가 빛나고 추상적 개념과 의미가 충만한 밤이었다.

이브라함이 말했다.

"나는 한동안 자크의 방에 들어갈 수가 없었던 거야. 아침에 깨어나면서부터 오늘은 꼭 들려야한다고 다짐을 했으면서도. 그게 몇 개월이나 되었지. 차츰차츰 내켜하지 않게 된 거지. 나에게는 그를 만나는 것을 두려워해야할 이유가 있었던 거야. 그 무렵 다시 술집에 매일처럼 드나들고 마리화나를 피우고 있었거든. 뒷골목 아가씨들을 만나고. 왜 그렇게 술을 마셨겠어? 당신도 알겠지만 술에 취하면 꾹꾹 참았던 말을 할 수 있게 되거든. 그러나 나의 경우에는 나 자신에게만 말했지. 작은 목소리로.

자크가 알코올 중독의 후유증으로 마르세유 시립병원의 행려병자 병동에 입원했을 때서야 문병을 갔었는데 그때는 혼자서 죽어가고 있었지. 그는 날 그저 무덤덤하게 쳐다보고는 다시 눈을 감고 거칠게 숨을 몰아쉬었지. 그는 죽음과의 싸움이 시작되었을 때부터 며칠 동안 내내 극심한 통증에 시달렸던 거야."

이브라함은 끝까지 임종자리를 지키면서 그를 위로하기 위해서 이번에는 그가 말을 많이 해야 했지만 그때 무슨 위로의 말을 할 수 있었겠는가. 그저 그의 손을 어루만지고 있었다. 그리고 울었다.

자크가 들릴락 말락한 소리로 말했다. "내가 지금 죽어가면서 침대에 꼼짝 못하고 누워있으니까 오랫동안 잊혀졌던 일들이 기억나기 시작하는 거야. 어떤 영적 계시가 있었던 것처럼 말이야. 그 시절을 회상할 수 있을 때까지는 기다려주었으면 하지."

그는 죽어가는 바로 그 순간에 망각의 가장 깊은 곳으로부터 희미한 기억을 퍼 올렸다. 가장 먼저 열대의 몬순 계절이면 하늘에서 무섭게 쏟아지는 소나기와 강둑을 넘치듯 유유히 흐르는 강물이 생각났다. 그는 가끔 헛소리를 하였다. 그때는 베트남 할머니 집의 어린 시절로 되돌아가 있었다. 할머니는 그를 키엠이라고 불렀다. 그 이름이 메아리처럼 여운을 남긴다.

건기의 무덥고 숨 막히는 듯한 열기가 수그러든 석양 무렵이었던가, 어쩌면 해가 막 떠오르는 아침 무렵이었는지도 모른다. 태양이 그때 거대한 붉은 점처럼 동쪽에서 솟아올랐는지, 서쪽으로 사라졌는지 확실치 않다. 그때 햇살은 빛이 바랜 것처럼 미적지근한 색조를 띠고 있었기 때문이다. 또 그날이 집안에서 제삿날 같은 무슨 특별한 날이었는지도 확실하게 기억나지 않는다. 열대 식물이 만발한 널따란 정원의 한쪽 모퉁이에서 할머니와 어머니가 나지막이 소곤

거리고 있었다. 할머니가 자신에게 중얼거리는 것처럼 말했다. "어쨌거나, 저 애는 프랑스로 보내야 할 거야. 애비가 제 자식을 거부할 수는 없겠지. 똑똑한 아이니까 잘 적응할 수 있을 거야. 무슨 절차를 밟는데 1년쯤 시간이 걸린다고 하니까, 내가 알아서 키엠을 프랑스로 보낼 거야. 너는 그 사람을 따라서 당장 사이공으로 떠나야만 해." 그러나 어머니는 아무 말도 대꾸하지 않았다. 아마 침묵으로 긍정했는지도 모른다. 어머니는 분명히 울고 있었다. 그가 열대식물의 너른 잎 뒤에 숨어서 가느다란 햇살의 역광선 속에서 보았으니까. 어머니의 두 눈에 눈물이 가득 고였고 그 눈물은 이내 뺨을 타고 흘렀다.

키엠은 8살 때 베트남을 떠난 후 지금 죽을 때까지 정처 없이 이곳저곳을 떠돌았다. 끝도 없이 헤맸던 것이다. 그리고 이제야, 그 영혼은 다시 옛 고향으로 돌아왔다. 영원히 잠들기 위해서. 그는 마지막 거친 숨을 몰아쉬면서 강폭이 바다처럼 넓어서 맞은 편 강둑이 안개에 싸여 보이지도 않았던 메콩 강 하류의 유장한 강줄기를 계속 떠올리고 있었다.

아주 짧은 순간. 그때, 이브라함이 침대 옆에 서있을 때 아버지는 쇠약해서 뼈만 남은 앙상한 손으로 할 수 있는 한 힘껏 그의 손을 움켜잡았다. 이브라함은 무릎을 꿇고서 아버지의 얼굴에 입을 맞추었다. 그들은 아무 말도 하지 않았다.

판 쾅 키엠의 영혼은 메콩 강으로 무사히 돌아갔다.

메콩 강은 알고 있다네 강물은 깊어라 슬픔도 깊어라 강은 시시
로 변하네 아침에 푸르던 그것이 저녁이면 핏빛으로 물드네

운명의 장난

운명의 장난

각자의 가슴 속에 자기 운명의 별이 있다.
— 실러
가장 강한 사람도 운명을 막지 못한다.
선한 사람은 일찍, 악인은 늦게 죽는다.
— 다니엘 디포

보츠와나에서 가장 뜨겁고 건조한 시기, 하늘에는 구름 한 점 없이 햇빛은 무섭게 쏟아지고, 비가 언제 왔는지 기억조차 가물가물하며, 비가 내릴 기미가 도통 안보일 만큼 너무 막막한 때. 어느 날 기적처럼 갑작스럽게 천둥번개가 치고 비를 잔뜩 머금은 검은 먹구름이 몰려오더니, 장대비가 쏟아져 내리면서 오카방고 삼각주에 홍수가 찾아온다.

그런데 우기가 다가오면 하루하루가 다르게 날씨가 덥고 건조해진다. 세상이 온통 용광로에서 뿜어져 나온 듯한 열기에 들뜬다. 부족민은 이때쯤 잔뜩 기대에 부풀고 들떠 있어서 관목 숲과 어린아이의 키만큼 자란 큰 풀들을 휘저으며 지나가는 바람소리만 들어도 빗소리로 착각한다. 그 살랑거리는 소리는 비가 처음 땅에 내려올 때 나는 소리와 너무 흡사해서 속고 마는 것이다.

그때쯤이면 바예이족 사람들은 강가로 몰려 나와서 외쳤다.

"비야 내려라, 어서 내려라, 쏟아져라, 끝없이 쏟아져라, 여기저기에 실컷 뿌려야지."

"물이 오고 있다네."

"물고기도 오고 있다네."

"수련이 곧 필거야."

"그래 맞아, 생명이 오고 있는 거야."

그러나 우기 중에도 한동안 비가 그치고 엷어져 가는 구름 사이로 하늘이 보이는 경우도 있었다. 그럴 때에는, "제발이지 비를 듬뿍 듬뿍 내려주십시오. 저희들이 물에 빠져 죽어도 상관없으니. 하늘이여! 변덕을…… 변덕을 버리소서."라고 부르짖었다.

비가 내리기 시작하면 홍수로 넘친 물이 타들어갔던 메마른 대지를 흠뻑 적셔서 사바나는 불과 며칠 만에 싱싱한 초원으로 탈바꿈한다. 메말랐던 삼각주에 갑자기 생기가 감돌고, 땅의 열기로 아지랑이가 피어오르며, 거의 죽어있던 풀줄기 안으로 습기가 스며들자, 잠자던 개구리들은 잠에서 깨어나 요란스럽게 울어대면서 잊고 지내던 식구들을 불러낸다.

오카방고 강의 습지에는 날카로운 지느러미가시와 독성 점액을 가진 은색메기가 떼를 지어 무더기로 물길을 오르면서 미친 듯이 파닥거리고, 민머리황새들이 그들을 잡아먹기 위해 호시탐탐 기회를 노리고 있었다.

밤이 되면, 낮 동안 강기슭에서 햇볕을 쬐며 느긋하게 휴식을 취했던 악어 떼들이 사냥을 하기 위하여 활개를 치고, 남쪽에서는 가젤, 얼룩말, 코끼리들이 습지대의 습생식물들을 이리저리 가볍게 헤치고 무리를 지어 찾아온다. 아프리카 물소가 삼각지의 여울을 건너고, 포식자인 사자들이 그들을 뒤쫓아 몰려온다.

앙골라 고지에서 발원한 물길은 완만한 원을 그리며 뱀처럼 구불구불 흘러가는 오카방고 강으로 밀려왔다가 삼각주를 흠뻑 적신 다음 칼라할리 사막 가장자리에 도착한다. 삼각주의 범람 지역은 계절에 따라, 해에 따라 크게 바뀌고, 수많은 물길과 섬들이 생겼다 사라지기를 반복한다. 여기에서도 대자연의 순환과 반복이 이루어지는 것이다. 그러나 강물은 사막에서 더 나아가지 못하고 모래 속으로 숨어 버리거나, 일부는 자신을 증발시켜서 바람의 가슴에 안겨 멀리 날아가 버린다.

홍수는 매년 4월쯤이 절정기여서 5월이 되면 벌써 수위가 내려가기 시작하면서 대지는 다시 바싹바싹 메말라간다.

그런데 그런 우기도 곧 끝나간다. 우기의 끝자락에서 먹이가 풍부한 강이 마르기 시작하고, 수만 마리의 홍학은 이곳저곳 물웅덩이에 갇혀 팔딱거리는 손쉬운 먹잇감을 포식하면서 호화로운 최후의 만찬을 즐긴다. 그 후 칼라하리를 떠나 먼 여행을 시작한다.

그리고 혹독한 건기 동안 머나먼 해안지대에 머물면서 이듬 해 사막의 비를 알리는 신비의 신호를 기다린다. 그들은 매년 귀향을 되풀이한다.

태양이 서쪽으로 기울면서 햇빛이 한결 누그러졌다. 건기가 시작되어 누렇게 물든 사바나의 풀밭 위로 흰 구름이 몰려 왔다가 사라지면서 황금빛 햇빛이 옅게 흩어졌다. 멀리서 흑백뻐꾸기의 아름다운 노랫소리가 들려왔다. 허허벌판이 너무 고요하였다. 나는 풀벌레 소리 아니면 아침에 먹은 무슨 진통제 때문인지 귓속에서 계속 윙윙대는 소리를 들을 수 있었다.

전갈이 두 번이나 쏜 손등이 아직도 푸르스름하게 부은 채 몹시 아렸다. 바로 진통제를 먹었지만 며칠 동안 비명을 지를 정도로 통증이 심했다. 나는 전갈을 퇴치하기 위해서 텐트의 바닥에 세심하게 방수포를 깔았지만 소용없었다. 그 녀석이 새벽녘에 침입한 것이다. 여행 첫 날의 환영행사였다.

그래도 무서운 독사인 검은 맘마 뱀에게 안 물린 것이 다행이었다. 그 독사의 독은 너무 치명적이어서 한번 물리면 두 발자국을 내딛는 사이에 죽을 수 있기 때문이다. 그래서 그 놈의 별명이 '두 발자국 뱀'이다. 그 뱀은 사바나의 거친 풀섶에 똬리를 틀고 숨어 있다가, 어느 순간에 반짝반짝 빛나는 눈을 부릅뜨고 날카롭게 공격을 가하였다. 그것은 사람을 전혀 두려워하지 않았다.

밤이면 바딜라가 낡은 모기장을 뚫고 침입하는 황열병 또는 말라리아를 옮기는 무서운 모기를 쫓기 위해서 모기향을 피우는 것만으로는 부족해서 농구공만큼 큰 마른 코끼리 배설물에 불을 붙여서 연기를 피워 올렸다. 그러나 그러한 노력도 소용이 없었다. 나는 말라리아 예방약인 클로로킨을 먹지 않았다. 머리카락이 너무 빠지기 때문이었다. 그 약 때문에 보기 흉한 대머리가 되기는 싫었던 것이다. 사실은 나만은 그 병에 걸리지 않을 거라고 자신했기 때문이다. 어떻게 내가 걸릴 수 있겠어. 한 번도……. 운명의 여신은 항상 내 편인데.

그러나 여행이 시작된 지 5일쯤 되면서부터 머리가 깨질 듯 아프기 시작하면서 열이 펄펄 끓었다. 뒷목이 뻣뻣하게 굳었다. 풀밭에 몸을 웅크리고 앉아 평생 이렇게 심한 설사는 해본 적이 없다고 생각하였다. 그리고 숨을 턱턱 막히게 하는 욕지기와 함께 심한 구토가 일어났다. 구토가 얼마나 심한지 목과 식도 내부가 벗겨 나가는 것처럼 따가웠다. 그 후에는 몸이 떨리고 발작 같은 심한 오한이 덮쳤다. 나는 몸을 덜덜 떨면서 연신 '춥다, 추워.'라고 하소연하였다.

급성 열대성 말라리아였다. 말라리아 모기 중에서 암컷은 알을 낳기 전에 피를 마셔야 한다. 그러나 피에 굶주린 암컷은 동물의 피보다는 인간의 피를 더욱 좋아한다. 그 모기가 희생자를 찾아 침입한 것이다.

나는 인품비가 챙겨온 키니네 주사를 맞았고 별도로 강력한 항생제도 먹었다. 나는 계속 떨면서 몸을 뒤틀고 위장 속에 들어 있는 모든 것, 담즙까지 토해냈다. 그리고 기진맥진해서 계속 드러누워 있었다. 밤새도록 땀을 비 오듯 흘리며 계속 경련이 일어나고 심하게 헐떡였다. 체온계가 최고의 눈금에 육박할 만큼 치솟아 오르면서 갑자기 살갗이 까칠까칠하고 바싹 마르며 온몸이 뜨거울 정도로 펄펄 끓었던 것이다. 그러나 새벽 무렵에는 체온이 정상 이하로 급격히 떨어지며 나는 몹시 춥다고 투덜거리고 담요를 더 덮어 달라고 계속 보챘다. 다음 날에는 하루 종일 아무것도 먹지 않으니 온몸에서 힘이 빠져 축 늘어져 버렸다. 하지만 이틀쯤 지나면서 호전되기 시작했다. 그러다가 다시 나빠지기를 반복했다. 삼일열 말라리아의 전형적 증상인 오한과 체온 강하, 떨림, 발열, 발한 증세가 반복되었다.

몸이 극도로 쇠약해지며 여기서 죽을지도 모른다는 불길한 생각이 들었다. 한때의 고열은 섬망을 유발했고 환영이 보였다. 나는 내 죽은 시체를 볼 수 있었다. 나는 눈을 감았다. 외로움이 엄습해왔다. 남쪽 바다가 눈앞에 어른거리고 어머니가 나타났다. 나는 중얼거린다. "나는 죽게 될 거야, 그러나 지금은 아니야. 아직 준비가 안됐지, 죽을 준비가 전혀 안됐지."

인품비가 비웃었다.

"지구상에서 말라리아 위험이 제일 높은 지역은 아프리카 저지대

열대지방에 밀집되어 있지. 아무리 약을 잘 챙겨먹어도 말라리아에 완벽한 예방책은 없지만 그래도 예방약을 미리 먹었어야 했어. 또 걸릴 수도 있어. 언제든지 말이야. 그때는 죽을지도 몰라. 진짜 죽을 수 있다고 죽음을 막을 수 있는 부적은 없으니까 말이야. 절대로 없어, 절대로……."

나는 작년 9월경에는 남아프리카공화국의 요하네스버그를 거쳐 국경을 넘은 다음 보츠와나를 남쪽에서 북쪽으로 거슬러 올라가는 도보 여행을 하였다. 그 여행의 목적은 너무 단순해서 칼라하리 사막과 그 북쪽을 흐르는 오카방고 강 유역의 사바나 지역을 무화과 나무의 큰 가지 아래에서 야영을 하면서 지평선 끝까지 무작정 걷는 것이었다.

나는 람보처럼 생긴 건장한 반투족 출신 여행 가이드인 **인품비**와 여행용 짐을 운반해 줄 바예이족 출신의, 눈을 가릴 만큼 챙이 넓은 밀짚모자를 쓴, 정수리 부분이 햇빛에 반짝거리는 거의 대머리이고 쪼글쪼글한 얼굴의 젊은 남자 **바딜라**와 함께 보츠와나의 사바나를 온몸이 땀과 먼지에 절어 끈적끈적할 만큼 지평선을 향해 천천히 걸었다.

국립공원의 전직 밀렵감시원이었던 인품비는 동부 아프리카의 마사이족이 입는 붉은색 긴 겉옷을 걸치고, 오른손에는 야생 동물의 공격을 물리치기 위해서 호신용 기다란 창을 든 채 걸었는데, 걷는 동안 끊임없이 휘파람 소리를 내고 노래를 불렀다.

그의 힘줄이 불거져 나온 굵은 팔뚝에는 군청색 블랙맘마 뱀 문신이 금방이라도 튀어나올 것처럼 생생하게 새겨져 있었다. 그 뱀은 아프리카의 험난한 삶에서 그를 지켜주는 성스러운 토템이었다.

인퓸비는 아프리카에 뿌리를 내린 네덜란드계 백인을 가리키는 아프리카너 농장에서 오랫동안 경비원 겸 농부로 일한 경력이 있어서 영어를 아주 잘 하였다.

백인 농장주들은 겉으로는 더 이상 인종차별주의자가 아니었다. 그들은 현실적으로 인송 차별을 할 수가 없었다. 그들이 일꾼들을 부당하게 막 대하고 학대하면 그 보복은 몇 배가 되어 돌아왔다. 다음 날 아침 일어나면 농장의 가축들 태반이 목이 베어 죽어 있는 것을 발견하게 될 것이다. 그래서인지 시골에서 농장주들은 흑인과 혼혈인 컬러드 일꾼들과 함께 사이좋게 지내야 하였다. 그렇다고 해서, 여러 세대에 걸친 뿌리 깊은 인종차별과 노골적인 증오심, 흑인들의 무력감이 사라진 것은 아니었다. 이런저런 형태의 아파르트헤이트 잔재는 그들 삶의 이면 곳곳에 여전히 도사리고 있었다.

당장의 문제는 오히려 주로 백인 남자와 흑인 여자의 혼혈아인 갈색 피부의 컬러드coloured와 도시 주변의 흑인 빈민굴에서 쏟아져 나오는 불법 거주자들이었다. 남부 아프리카 전역에서 수백만 명의 불법 이민자들이 일거리를 찾아서 도시 근교로 몰려들었고,

그들은 양철, 폐자재와 골판지로 얼기설기 만든 판잣집에서 살고 있었다.

컬러드들은 금요일 오후부터 술을 인사불성이 되도록 잔뜩 마셨다. 그리고 폭력은 고질병이 되었다. 뚜렷한 이유 없이 칼로 사람의 등을 찔러 죽였다. 또 불법 거주자들은 몹시 가난하였고 변변한 일자리가 없었다. 그들의 직업은 강도질과 살인, 음주와 폭력, 마약이었다. 그들은 흑인이건 백인이건 가리지 않고 잔악한 짓을 서슴지 않았으므로 백인 농장에서 최대의 골칫거리였다.

그 농장이 있는 구릉지를 빙 둘러싸고 있는 산맥의 봉우리에는 겨울마다 눈이 덮이지만, 여름에는 연옥의 불길 같은 열기가 골짜기를 덮친다. 농장 건물의 베란다에는 성장촉진제에 의해 잘 자란 장미꽃이 만발해 있고, 구석에서 자카란다 나무의 꽃이 화사하게 피어있는 정원의 잔디는 깔끔하게 손질되어 있다.

그러나 그 농장에서는 그들의 난폭한 침입을 막기 위해 건물마다 창문에 철창을 설치하고 문에는 철책을 설치했으며, 소총과 날카로운 긴 칼, 곤봉들로 무장하고 있어야만 하였다.

인픔비는 그 감옥 같은 생활이 진저리가 나자 시골 고향으로 돌아온 것이다.

그는 다섯 살 된 칼라하리의 젊은 수사자들이 떼로 덤벼들어도 혼자서 물리칠 수 있다고 허풍을 떨었다. 실제 그는 공식 기관으로부터 받은 사냥 허가증이 있었다. 그는 해마다 세 마리의 사자를 죽일 수 있었다.

인픔비는 작년에 암사자를 잡을 당시의 상황을 요란하게 재연해 보였다. 그는 과감하게 사자에게 다가가서 으르렁거리며 멈칫거리는 사자의 옆구리에 단번에 날카로운 창을 던져 깊숙이 꽂히게 하였다. 놈은 옆구리에 창이 정통으로 박히자 갈비뼈의 충격과 함께 찢어질 듯한 통증을 느꼈다. 입에서는 토할 듯이 욕지기와 함께 뜨거운 거품이 섞인 검붉은 피가 솟구쳐 흘렀다. 놈은 증오에 찬 황색 눈을 번뜩이며 그를 노려보면서 여전히 목을 길게 빼고 몸을 뒤틀며 몸부림쳤다. 그 순간 그는 날카로운 단도를 놈의 목덜미에 다시 찔렀다. 온몸이 굳어지면서 마지막으로 공중을 향해 포효한다. 사자는 강물처럼 피를 흘리고 죽었다. 그러고 나서 인픔비는 곤봉과 칼을 양손에 들고 마구 휘두르며, "*아지제 아제에 (덤빌 테면 덤벼라! 얼마든지 상대해줄 테니!)*"라고 마구 악을 써서 다른 사자들의 공격을 막았다.

벌써 피 냄새를 맡고 몰려든 대머리독수리들이 원을 그리며 하늘을 배회하였다.

그는 파이프에 마리화나의 잘게 부순 연초와 씨앗, 몇 조각의 줄기를 꽉 채우고 불을 붙였다. 그는 길고 세게 파이프를 빨고는 후덥지근한 대기 속으로 연기를 연거푸 내뿜었다. 매캐하고 쓰고 달착지근하고 메스꺼운 연기가 훅 끼쳐왔다. 그러고 나서 나에게 건네주었다. 나는 아늑했고 정신이 차분해지는 것을 느낄 수 있었다. 가슴의 통증, 고통, 죽음의 공포, 텅 빈 공허함, 체체파리가 물었던 자리에 남은 가려움증 등이 사라졌다.

올빼미 우는 소리가 들렸다. 멀리서, 매우 가까이에서 들렸다.

그런데 그의 놀라운 고백에 의하면 아내는 에이즈로 1년 전에 죽었지만 자신에게는 아직 아무런 증상이 나타나지 않았고 여전히 건강하였다.

인품비와 그의 아내는 매춘에 관계한 일도 없었고, 정맥주사를 통한 마약 복용자도 아니었으며, 더욱이 인품비는 남성 동성애자도 아니었다. 그러므로 도대체 감염 경로를 알 수 없었다. 그러나 그들이 태어나고 자란 보츠와나에서는 인구의 거의 20퍼센트가 HIV에 감염됐고, 매 시간마다 적어도 한 명이 인체의 면역체계를 무력화시키는 바이러스인 HIV에 감염된 채 태어났다.

그때 **올리브 우카자부기루**가 말했다.

"전, 솔직히 말해서 이 병에 어떻게 걸렸는지 잘 모르겠어요. 짐작조차 할 수 없어요. 제가 이 병에 걸릴 줄은 꿈에도 몰랐어요. 누가, 마법을 걸은 걸까요? 아니면 무슨 대가를 치르는 것이겠죠. 악마가 내린 대가를. 우리 어머니는 쌍둥이를 낳았지요. 숲 속의 짐승들처럼 말입니다. 그래서 대대로 내려온 관습대로 어머니는 목이 졸려 죽었고 내 동생도 마찬가지로 패대기쳐서 죽었지요. 나만 살아남은 거예요. 어머니가 악마로 변한 거예요.

또는, 사람들이 말했지요. 흑인을 증오하는 극단적인 인종차별주의자들이 실험실에서 이 병을 만들어 아프리카에 퍼트렸다고 하였지요. 에이즈가 아프리카 사람들을 겁에 질리게 해서 성행위를 꺼리게 하고 결국 모두 콘돔을 사용케 하여 암암리에 자행하는 인종학살이라고 주장하였지요. 그러나 전 그 음모론을 믿을 만큼 어리석진 않아요. 여보, 당신은 이해할 수 있겠죠. 당신은 절 잘 알고 있으니까요. 이 병에 걸린 것은 제 인생의 최대 고통이고, 시련이에요. 전 HIV진단을 받아들일 수가 없어요. 여전히 받아들이기가 어려워요. 우리가 아직 아기가 없어서 다행이라고 할 수 있겠죠. 당신만은 안전하길 바라야죠. 제 감염 사실이 다른 사람들에게 알려지는 것이 두려워요. 제 모습을 아무에게도 보여주고 싶지 않아요. 사람들은 저를 따돌릴 거예요. 그리고 말이죠, 죽음이 다가오고 있다는 것이 가장 괴로워요. 전 대학살에서도 혼자 살아남았는데 말이죠."

에이즈는 남부 아프리카 곳곳에서 재앙처럼 번져가고 있었다. 에이즈로 사람들이 파리 목숨처럼 죽어갔다. 천주교의 젊은 사제들도, 에이즈 퇴치 캠페인의 지도자까지 에이즈에 걸렸다.

그들은 자포자기하고 있었다.

사람들은 말했다. "에이즈는 치료약이 없어. 걸리면 무조건 죽는 거야. 치료가 불가능해. 주술사도 못 고치고, 백인 의사도 못 고치지. 에이즈는 누구나 걸릴 수 있지, 백인과 흑인, 어린애나 할머니, 남자와 여자 모두 걸리지. 예수님을 믿어도 아무 소용없어, 예수님

은 백인이고, 유럽 사람이지. 그는 아프리카 사람들에게는 관심이
없는 거야."

그의 아내는 처음에는 체중이 줄기 시작하면서 호흡곤란 증세를 보였고, 얼마쯤 지나자 속수무책으로 고열과 매스꺼움으로 얼굴이 일그러지기 시작하였다. 그 후에는 폐에 물이 차오르자 숨을 헐떡거렸고, 목에서부터 입술, 얼굴, 몸통으로 퍼진 커다란 종기들이 곪아터지기 시작하였다. 어느덧 중추신경계가 손상돼 눈을 감거나 입을 다물 힘조차 없을 만큼 무기력하게 되고, 마침내 피골이 상접해서 일흔 살 노인처럼 보였다.

그 당시 그의 작은 판잣집은 요하네스버그에서 보츠와나 국경 쪽으로 자동차로 두 시간 정도 거리에 있는 농가 주택지에 있었다. 우카지부기루는 방 안 마룻바닥에 누워서 벌써 몇 번째 발작을 일으키더니, 곧 의식불명 상태에 빠졌다. 그러므로 단 한마디의 마지막 유언조차 남기지 못하였다. 그녀의 구릿빛이 감도는 갈색 피부가 바싹 말라비틀어져 마치 미라 같았다. 불과 서른 몇 살밖에 안된 아내가 이렇게 죽을 거라고는 미처 생각지 못했다. 그녀의 죽음은 이미 예견되어 있었지만 말이다.

그녀는 1993년의 르완다 내전 당시 대학살에서도 용케 살아남았지만 아프리카 전역을 휩쓸고 있는 검은 재앙인 에이즈 앞에서는 속절없이 무너진 것이다. 그는 그때 속수무책으로 지켜볼 수밖에 없었다. 지금도 그때의 처참한 광경을 떠올리면 저절로 몸서리를 치게 된다.

아프리카 사람들은 (탐욕과 방탕한 생활에 대해 신이 내린 벌이라고 여겼던) 이 병을 슬림 slim이라고 불렀다. 그들은 말했다. "*죽일 테면 죽여보라지. 그래도 나는 절대로 아름다운 여성을 포기하지 않을 테니까.*" 그리고 빈정거렸다. "*그건 그 빌어먹을 것은 오직 애정을 감퇴시키는 가상의 증후군일 뿐이야.*"

그러나, 언젠가, 그의 몸속에 오랫동안 잠복해 있던 레트로바이러스가 악마처럼 나타나 활동을 개시하면 결국 바이러스가 뇌에 침투하여 자신도 똑같은 처지가 될 것이다. 인픔비는 아내처럼 운명에 순순히 순응하기로 체념하고 있었다. 운명이란 그런 것이다. 그가 어찌할 수 있겠는가.

그가 말했다. "백인들은…… 맨날 네 이웃을 사랑하라고, 네 이웃을 내 몸과 같이 사랑하라고 말하지. 그리고 한 쪽 뺨을 맞거든 다른 쪽 뺨을 내밀라고 말하지. 그러면서 우리를 짐승처럼 취급하고 마구 죽였어. 우린 검은 원숭이로 취급되어 백인들의 사냥감이었거든. 그들은 지금도 여전히 지독한 위선자인 거지. 매일 동물을 잡아먹고 살면서, 그러면서도 뻔뻔하게 동물보호를 외치고 있거든. 그들 나라의 모든 도살장과 통조림 공장에서는 매일매일 수많은 동물들이 죽고 있지. 그것들은 인간 혐오자이거나 가증스러운 가짜 진보주의자인 거지. 아프리카에서 동물 보호보다는 에이즈와 나병, 기생충, 말라리아, 결핵을 퇴치하는 게 더 시급한 거야. 그걸 알아야지."

나는 여윈 몸을 이끌고 지평선을 향하여 그리 멀지 않은 곳에서 야생 코끼리들이 어슬렁거리는 모습을 바라보면서 계속 걸었다. 커다란 눈물방울이 볼을 타고 턱수염을 적시며 흘러내렸다. 나는 자신이 진정으로 살아 있음을 느낄 수 있었다. 살아있는 것, 이곳에 존재하는 그 자체가 어려운 일이었지만 말이다. 내가 발걸음을 옮길 때마다 어느새 누르스름하게 변해버린 사바나의 풀들이 발밑에서 힘없이 부스러졌다. 그 풀들 역시 어서 빨리 우기가 돌아오기를, 먹구름이 몰려와 장대비를 뿌리기를 누구보다 애타게 기다리고 있었다.

　온 세상 만물들은 때를 기다리는 법이다.

오디세우스(의 영원한 여정)

오디세우스(의 영원한 여정)

여신이여 내게 말해주소서,
트로이아의 신성한 도시를 파괴한 뒤
드넓은 지역을 떠돌아다닌
다재다능한 그 남자에 대한 이야기를,
그는 수많은 사람들의 수많은 도시를 보았고,
그들이 생각하는 것을 알게 되었지요,
그는 바다를 건너며 스스로의 목숨을 구하고,
동료들과 자신의 무사귀환을 위해 애쓰면서
마음속으로 수많은 고통을 겪었습니다.
— 오디세이아

오디세우스는 미친 사람 행세를 하면서까지 참가를 꺼려했지만 어쩔 수 없이 트로이 전쟁에 참가하였다. 그러나 그 전쟁에서 승리의 원동력이 된 트로이 목마는 교활한 인간인 오디세우스가 고안한 술책이었다. 아무튼 그 전쟁에 참전하는 과정에서 10년의 세월을 소모하였고, 전쟁이 끝난 후 그의 고향 이타카로 귀환하는데 다시

10년이 걸렸다. 오디세우스는 이타카로 돌아가는 항해 도중 에우로스 (동풍)와 제퓌로스 (서풍), 노토스 (남풍)와 보아레스 (북풍)가 교차하면서 폭풍처럼 휘몰아치는 바다에서 너무나 모진 시련을 겪으면서 마침내 모든 부하들과 남아 있던 배까지 잃고 말았으니, 오직 그만이 살아남아 이틀 낮 이틀 밤 동안 바다 한가운데에서 부러진 돛대에 매달려 있다가 큰 너울에 떠밀려 들쑥날쑥한 암초와 돌출한 바위뿐인 어떤 섬의 해안가에 도착하였다.

그날 새벽 동이 틀 무렵 오디세우스는 파도에 떠밀려 와서 그 섬의 해안가에 혼자 누워 있었다. 그는 반쯤 정신이 나갔고 너무 기진맥진해서 신음소리조차 낼 기운이 없었다. 온몸에는 상처와 피멍자국투성이이고 얼굴에는 죽음의 그림자마저 얼씬거리고 있었다. 그날 오후 해가 중천에서 빨갛게 이글거리고 있을 때 섬의 요정들에게 발견되었으니 망정이지 그렇지 않았다면 틀림없이 이름 모를 섬에서 허무하게 객사했을 터였다.

그는 발견되자마자 우선 물을 청해서 실컷 마시고 해갈부터 하였으며, 그 다음에는 며칠째 굶은 채로 바다와 사투를 벌이면서 너무 허기가 졌기 때문에 몇 시간째 요정들이 날라다 주는 푸짐한 음식과 나중에는 입가심용으로 포도주까지 달라고 해서 허겁지겁 다 먹어치웠다. 이제 배가 터질 듯하였다. 그의 얼굴에 비로소 엷은 미소가 번지며 역겨운 냄새가 풍기는 트림을 몇 번씩이나 요란하게 토해냈다.

그리고, 그제서야 자기 혼자서 살아남은 것을 깨달았고 바다에 빠져 불귀의 객이 된 부하들과 애지중지 아꼈던 배가 산산조각이 난 것을 생각하고 깊은 슬픔을 느꼈다. 그러나 오디세우스는 눈물을 조금 흘리며 울어보려고 애를 썼지만 도대체 눈물이 고이질 않았다. 울지 않은 지가 기억할 수 없을 만큼 하도 오래되었기 때문이다.

하지만 그는 티탄 아틀라스의 딸인 님프 **칼립소**가 살고 있는 오기기아 섬에서 어쩔 수 없이 정착하였다. 그리고 7년 동안이나 요정 칼립소에게 사랑의 볼모로 잡혀 있게 된다. 그는 그 요정과 사랑에 빠져버렸다. 마치 남태평양을 항해하던 뱃사람이 폴리네시아의 풍만한 여인을 만나는 것처럼 말이다.

그는 천국과 같은 그 섬에서 칼립소와 함께 쾌락에 빠져 너무나 행복한 삶, 기쁨과 보람으로 충만한 삶을 살았다. 그런데 쾌락은 망각과 깊이 관련되어 있다. 쾌락은 모든 성가신 일을 잊게 만드는 강렬한 힘을 가지고 있기 때문이다. 그는 한동안 쾌락에 탐닉하여 고향 이타카도, 페넬로페도, 삶의 목적도, 자기 자신마저 잊어버렸다. 그러나 그 무분별한 쾌락에도 한계는 있다. 그를 마침내 쾌락에서 깨어나도록 한 것은 시간이었다. 시간이 흐를수록 현실에 대한 주체할 수 없는 지루함, 권태와 함께 타고난 뱃사람의 항해에의 욕망, 귀환에의 뜨거운 욕망, 향수병을 어쩔 수가 없었다.

그녀는 현명하고 지혜롭고 참을성 많고 임기응변과 언변에 능한,

교활함에 가까운 지혜와 뛰어난 술책으로 자신의 모습을 수많은 다른 모습으로 바꿀 수 있는 탁월한 인물인 오디세우스를 연인으로 삼으면서 그를 불멸의 존재로 만들어주겠다고 끊임없이 유혹하였다. 더욱이 키는 작으나 몸이 다부지고 정력까지 센 오디세우스에게 흠뻑 반한 칼립소는 그를 달래서 결혼까지 하고 그 섬에 주저앉히기 위해 한껏 애교와 위엄, 협박을 섞어서 말한다. "그대는 진심으로 지금 당장 사랑하는 고향 땅으로 돌아가기를 원하시나요? 그렇다면 편안하게 가세요. 그러나 만약 그대가 고향 땅에 닿기도 전에 얼마나 많은 고난을 겪어야 할 운명인지 알게 된다면 날마다 그리워하는 그대의 아내를 보고 싶은 열망에도 불구하고 이곳에서, 바로 이곳에서 나와 함께 살며 이 집을 지키고 불사의 몸이 되고 싶어질 겁니다. 진실로 나는 얼굴과 몸매, 신체적 아름다움에서 그녀 못지않다고 자부하지요. 그녀는 인간, 지금쯤 많이 늙어버렸지 않았겠어요. 필멸의 인간 여인들이 몸매와 생김새에서 불사의 여신들과 겨룬다는 것은 당치도 않은 일이지요."

오디세우스는 역시 정중한 어조로 칼립소에게 말한다.

"존경스런 여신이여, 그 때문이라면 조금도 화내지 마시오. 페넬로페가 비록 정숙하기는 하지만 그대와 비교하면 위대하지도 아름답지도 않다는 것을 나도 잘 알고 있소. 더욱이 그녀는 필멸하는데 그대는 늙지도 죽지도 않으시니까요. 하지만 내가 매일 비는 유일한 소원은 집으로 되돌아가서 귀향의 날을 맞이하는 것이오. 설혹

신들 중에 어떤 분이 또다시 포도주빛 바다 위에서 나를 난파시키더라도 나는 불타는 가슴 속에 고통을 참는 마음을 갖고 있기에 끝까지 참을 것이오. 나는 바다와 전쟁터에서 이미 많은 것을 겪었고 숱한 고생을 했소. 그러니 이들 고난들에 또다시 고난이 추가될 테면 되라지요."

오디세우스가 그렇게 말하고 난 후 해가 지고 어둠이 내렸다. 칼립소가 유혹하는 뜨거운 눈길로 그를 바라보았다. 그는 어느새 토실토실한 계집이 되어 친친 감겨오는 칼립소를 안고 아늑한 동굴 속 둥근 천장 아래로 가서 넓적다리가 뒤엉킨 채 사랑을 즐겼다. 그런데 정력의 화신인 오디세우스는 지치지도 않고 밤새도록 굵어진 그의 성기가 가늘어질 때까지 열 번 이상 셀 수 없을 만큼 사랑을 퍼부었다. 육체의 내면에서 팽팽하고 거칠고 강렬하게 욕망이 끊임없이 분출하였기 때문이다. 그들은 새벽녘이 되어서야 발가벗은 채로 잠이 들었다. 그러나 오디세우스는 너무 피곤한 나머지 잠이 들자마자 심하게 코를 골았다.

그러나 칼립소는 어쩔 도리가 없었다. 그의 고집을 꺾을 수가 없었던 것이다. (그런데 일설에 의하면 칼립소는 죽어도 오디세우스를 떠나보내지 않으려고 했지만, 제우스신이 헤르메스를 보내 칼립소를 설득하여 그를 풀어주게 하였다는 것이다.)

어쨌거나 그녀는 오디세우스를 보내줄 궁리를 하고 출발을 위해 모든 것을 준비했다. 칼립소는 오디세우스를 목욕시키고 향기로운 옷을 입혀준 다음 섬에서 떠나게 해주었다. 여신은 뗏목 안에 가죽 부대 두 개를 넣어주었는데 그중 하나는 붉은 포도주가 든 것이었고 큰 것은 물이 든 것이었다. 그녀는 또 가죽 자루에 넉넉하게 양식을 넣어주었다. 이윽고 그녀가 부드럽고 따뜻한 순풍을 일으키자 고귀한 오디세우스는 기뻐하며 고향 이타카로 돌아가기 위해 바람에 돛을 펼치고는 뗏목에 앉아 능숙하게 키로 방향을 잡았다.

배는 파도를 헤치고 재빨리 달리며 지혜에 있어서는 신들 못지않은 한 남자를 나르고 있었다. 그로 말하자면 전에는 사람들의 전쟁과 힘든 파도를 헤느라 마음속으로 실로 많은 고초를 겪었으나 그때는 자신이 겪었던 모든 것을 잊고 뱃전에 기대어 잠시 잠이 들었다. 그리고 별들 중에서도 가장 밝은 샛별이 모습을 드러내기 시작하고, 그 별이 이른 아침에 태어난 새벽 여신의 빛을 알릴 때쯤 배는 고향 이타카에 도착하였다.

하지만 귀환 후의 그의 삶이란, 방랑과 모험의 생활을 끝내고 평화롭고 권태스러운 일상을 되찾아 안주하게 되자 너무 답답해서 숨이 막혔기 때문에 차라리 비극적인 삶에 가까웠다. 일종의 가사 상태에 빠져버린 것이다. 이제 그의 고향은 죽음의 가면이고 그를 가둬 놓은 감옥이 돼버렸다. 그랬으니 구혼자들을 모두 죽여서 통쾌하게 복수한 후 그의 아내 **페넬로페**와의 재회는 너무 무의미한 것이었고, 그녀의 환영은 어느덧 사라지고 없었다. 그는 그녀에게서 아무런 기쁨도 느끼지 못했다. 더욱이 페넬로페는 20년 동안이나 정절을 지킨 탓에 음부가 늙은 할머니의 그것처럼 수축되어 쪼그라들었고 메말라 있었다.

그녀는 불멸의 여신이 아니었다. 즉 연약한 인간 여자에 불과했으니 20년간의 정절은 참으로 무의미했다. 얼굴은 쭈그렁밤처럼 쭈글쭈글해지고 그것은 메말라 버리지 않았는가. 이제는 바싹 늙어버린 것이다. 더욱이 그는 돌아온 집에 정을 붙이지 못하고 다시 떠나고 싶어서 안달복달하고 있지 않은가. 이제 그녀는 안중에도 없는 것이다.

결국 페넬로페는 자신의 찬란한 삶을 스스로 망쳐버린 것이다. 어찌 그렇게 쓸데없는 일을 했는지…… 안타깝다. 더욱이 오디세우스는 귀향하던 중 칼립소를 만나 7년 동안이나 태평성대 속에서 실컷 즐기지 않았던가.

그녀는 한창 젊은 시절에 그 열렬한 구혼자들과 쓸데없이 싸우는 대신 108명이나 되는 구혼자들 중에서 마음에 꼭 드는 자들을 골라서 함께 궁중에서 화려한 연회를 벌이고 주지육림 속에서 맛있는 음식을 먹고 와인을 마시며 은밀하게 또는 공공연하게 차례차례 생의 쾌락을 마음껏 즐겼어야 했다. 그러므로 쓸데없이 3년간이나 오디세우스 아버지 라이르테스의 장례식에 쓸 수의를 낮에는 짜고 밤이면 다시 낮에 만든 것을 풀어버리는 노고를 할 것이 아니었다. 그건 쓸데없는 짓이었다. 그건 시시포스의 영원한 형벌에 다름 아닌 것이다.

그런데 쾌락은 누구나 공통적으로 가지고 있는 인간의 기본적인 욕구이고 인간의 본성이며 즐거운 인생의 최대 목적이다. 일시적 쾌락만이 선이며 가능한 한 많은 쾌락을 누리는데 행복이 있다고 설파한 아리스티포스의 감각적, 양적 쾌락주의를 상기할 필요가 있다. 그녀는 인류 여성사에서 열녀의 본보기가 아니라 가장 어리석은 여자의 목록에 첫 번째로 기록될 것이다.

　그는 고향에 일단 돌아왔지만 항해 자체가 제공한 풍요한 경험 속에서 삶의 본질을 깨달았으니, 20여 년 동안의 방랑과 방황, 그 찬란한 여행 속에 그의 삶의 정수가 담겨져 있었던 것이다. 그는 자신은 고향이, 집이 없다는 사실을, 페넬로페의 20년간의 정절도 무의미하다는 사실을, 충직한 개 아르고스의 기쁨도 의미 없음을, 사신이 걸어가는 방랑의 길 속에, 그 고달픈 여행 속에 진리가 있음을 깨달았다. 그래서 목적을 위해서는 수단과 방법을 가리지 않고 비정하기까지 하며 카멜레온처럼 표리부동한 오디세우스는 페넬로페와 올림푸스의 신들을, 꿀이 흐르는 과수원과 올리브나무 숲을, 생활의 안락함과 부유함을 버리고, 다시 자유를, 구원을 찾아서 영원한 탈출을, 출발을, 권태로부터의 도망을 결심했다. 그의 삶은 다른 곳에 있음을 깨달은 것이다.

　신이 명령했다.

　"도망쳐라! 오디세우스여! 지금 당장 출발하라! 망설이지 마라! 도망! 출발! 도망! 출발!"

그는 곧 암흑과 격랑에 휩쓸리며 목적지도 없고 해안선도 보이지 않는 바다를 향해 나아갔다. 그리하여 그는 단 한 척의 배에다 그를 버리지 않은 몇몇 동료와 함께 광활하고 깊은 바다를 향해 떠났던 것이다. 그리고 남극 바다에서 언어가 부재한 미소를 머금은 채 홀로 죽었다.

호메로스의 일리아스와 오디세이아는 인류 문학의 원류이고, 토대이다. 그리고 오디세우스는 대담하고 위대한 모험가, 탐험가, 여행가의 원형이 되었다. 그러므로 중세기의 단테로부터 시작해서 테니슨, 파스콜리, 제임스 조이스, 니코스 카잔차기스에 이르기까지 오디세이아의 전통은 오늘날까지 계승되고 있다. 카잔차기스는 가장 최근에 오디세우스의 귀환 이후 새로운 여행에 관한 현대판 호메로스의 서사시를 썼다.

나는 기원 후 나온 여행기 중에서는 '걸리버 여행기(혹은 세계 여러 먼 나라의 여행기)'도 괜찮다고 본다. 걸리버는 더 넓은 세상을 찾아서, 이 세상에 대한 참을 수 없는 호기심 때문에, 인간의 본질인 자유를 찾아서 장장 16년 7개월 동안이나 험한 세상을 싸돌아다녔으니까 말이다.

그래서 조녀선 스위프트의 묘비명이 수긍이 간다.

여기에 스위프트가 쉬고 있다. 그 격렬한 분노도 여기서는 그의 가슴을 찢지 못하리라. 속세에 도취한 나그네여! 그를 감히 모방해

보라. 그는 인간의 자유에 이바지했으니.

그런데 **카잔차키스**의 오디세우스는 이렇게 이타카를 다시 떠났다. 카잔차키스는 그날 새벽의 광경을 빠짐없이 지켜보았고 그걸 상세히 기록했다.

오디세우스는 페넬로페의 잠을 깨우지 않으려고 슬그머니 문의 빗장을 풀었다. 하지만 아내는 고통스러워서 핏기를 잃은 채로 입을 꼭 다물고 말 없이 눈을 감은 채 밤새도록 잠을 이루지 못하고 누워 있었고 청동 빗장이 삐걱거리자 그녀는 눈을 조금만 뜨고 희미한 새벽빛 속에서 몰래 빠져나가는 오디세우스의 모습을 보았다. 그녀는 움직이지 않았다. 그러나 기쁨의 시간이 다 지나갔음을 알았다. 슬픔에 빠진 여인은 무정한 남편의 무릎에 매달려 울지는 않았다. 그는 층계가 한참 동안 삐걱거리는 소리를 들은 다음에서야 몸을 일으켜서 담청색 달빛 속에서 발돋움을 하고 궁정을 지나 도둑처럼 살그머니 바깥 대문의 청동 빗장을 풀더니 뒤도 돌아보지 않고 재빨리 문턱을 건넜다. 그녀는 사라지는 남편의 모습을 지켜봤다. 가엾은 여인은 머리채를 움켜쥐고 슬프게 울었다.

그러나 험한 길을 혼자서 방랑하는 자는 두 팔을 벌리고 시원한 아침 공기를 배 속 깊숙이 들이마시고는 컴컴한 바닷가를 향해 서둘러 길을 달려 내려갔다. 그의 동료들은 벌써부터 열심히 일하며 그들의 새로운 배 밑으로 통나무를 깔고 천천히 밀고 내려갔으며 피리쟁이는 불이 붙지 말라고 통나무에다 물을 끼얹었다. 마지막으로 그들이 배를 바다 쪽으로 밀기 위해 막 어깨에 힘을 주려는 순간 선장이 달려와 함께 두 손을 내밀어 파도 속으로 배를 밀어 넣어서 사랑하는 섬으로부터 탯줄을 끊어 버렸다.

그녀가 한탄했다. "저 작자는 고향을 버리고, 나까지 버리고 몰래 도망가면서…… 너무 들떠서 희희낙락하고 있으니……. 그럼 난 뭐야. 늙은 것은 거들떠보기도 싫다는 거지. 내가 20년 동안이나 정절을 지킨 게…… 이게 무슨 소용이람. 아버지가 옳았어. 아버진 그 작자를 의심했던 거야. 그래서 딸을 주지 않으려고 하였는데……. 내가 잘못 선택한 거였어. 그건 자업자득인 거지."

알리기에리 단테는 오디세우스가 죽은 지 2,500년이 지나서 지옥에 가서 오디세우스를 만났다.(울리세스 Ulixes를 만났다. 로마인들은 그를 그렇게 불렀다.) 그때 울리세스는 팔라스 상을 훔친 죄와 트로이의 목마로 속임수를 쓴 죄로 말미암아 지옥의 불 속에서 지옥의 간수장에게 끊임없이 고문을 당하고 있었다. 그때 그가 단테에게 끝없는 지적 욕구 때문에 고향으로 귀환한 이후 이어진 마지막 항해에 대해서 말했다.

울리세스가 두 갈래로 갈라진 불꽃의 혀를 날름거리며 이렇게 말했다. "…… 자식에 대한 사랑도, 늙은 아버지에 대한 효성도, 아내 페넬로페를 기쁘게 해주었어야 하는 어엿한 사랑도 세상과 인간의 모든 악덕과 그 가치에 대해 완전히 알고 싶어서 내 가슴 속에 품고 있던 열정을 억누를 수가 없었지. 그리하여 나는 깊고 광활한 바다를 향해 오로지 한 척의 배를 타고서 떨어지지 않은 몇몇 무리와 함께 바다로 나아갔지⋯⋯."

그러나 그는 한참 동안이나 뜸을 들이더니 속삭이듯 단테의 귀에 대고 다시 말했다. "역시, 후회가 되는군. 칼립소를 떠나는 게 아니었어. 그 여잔 밤이면 아주 거칠게 대해주면 더 좋아했지, 뜨거운 여자이니까. 자넨, 순진무구한 사람이 인간의 쾌락을 이해할 수 있겠어?

자네가 아홉 살 때부터 사랑했던, 그 누구지? 그렇지, 베아트리체. 자넨 그냥 비체라고 불렀지. 비체야말로 아름다운 여성의 전형이라고 할 수 있겠지. 아름다운 초록빛 눈, 약간 두툼하고 사랑스런 입술, 통통한 엉덩이, 미끈하게 뻗은 다리 등. 그런데, 위대한 시인의 가슴 속에 불타는 저 영원한 여성, 천사, 구원자, 기쁨, 위안, 광명, 희열, 행복, 슬픔, 고통⋯⋯ 베아트리체는 어떻게 되었어? 아, 깜빡했네. 그녀는 너무 일찍 죽었지. 비체야말로 지금 자네의 천국에 자리 잡고 있는 구세주의 처소에서 편히 쉬고 있겠지.

그런데⋯⋯ 정절, 그거 아무짝에도 쓸데없는 거야. 페넬로페가 20년 동안이나 정절을 지켰다고 하는데 알게 뭐람. 여자란 그저 젊고 탱탱해야만 하거든. 늙은 육체는 안타깝지. 또, 아들 녀석은 어떻고? 왕이 되겠다고 눈이 벌겋게 충혈 돼서 설치질 않나. 백성들 역시 나에게 여전히 의구심을 갖고 있었다네, 신이 과연 내 편인지 의심한 거였어.

그러니 다 잊어버리고 떠나야만 했지. 타고난 방랑벽을 어찌할 수가, 늙은 나이도 막아내지 못하였지. 인간은 반드시 떠나게 되어 있거든. 고난의 여행 속에서 삶의 참뜻을 깨달아야만 하지.

그리고, 내게는 자유가 필요했던 거야. 핵심은 자유인 거지. 인간의 존엄성을 지키려면 그게 필요하거든.

그러나, 장담하건대, 나는 황금에 눈이 먼 사람은 아니지. 새로운 세계에 대한 호기심만이 가득한 사람이지. 그래서 다시 고향을 떠나 출발했지. 바다는 누가 뭐래도 무서운 곳이지. 그러나 나는 바다를 두려워하면서도 사랑했지. 넓디넓은 바다를 생각만 해도 심장이 터질 것만 같았으니까. 바다는 자석인 거야. 그리고 결국 바다에서 죽었네. 당연한 거였어. 내가 바라던 바였거든.

그날은, 내 인생의 마지막 날은 이랬어. 그날 우리가 아주 깊은 곳으로 들어간 거야. 정죄산이 거리 탓인지 희미하게 나타났는데, 그것이 어찌나 높이 솟아있는지 내 일찍이 그런 산은 본 적이 없었지. 우리는 기뻐했지만 금세 통곡으로 변해버렸지. 낯선 땅으로부터 회오리바람이 불어와 뱃머리를 사납게 들이쳤기 때문이지. 높은 파도가 세 차례나 온통 덮어씌우더니…… 네 번째에는 심술궂은 신께서 좋으실 대로 선미를 추켜올렸다가 뱃머리를 푹 빠지게 하였으니…… 마침내 바다가 우리를 덮치고 말았다네. 나는 그때 바다의 짠물을 너무 많이 마셨어. 나는 고향이 아니라 여관을 떠나듯 이승을 떠났지. 그래서 내 시체는 지금도 바다 속 모래밭에 깊숙이 처박혀 있지. 땅 속에 묻혀 있지 않으니 내 영혼은 편히 쉴 곳이 없는 거야."

에필로그

우리는 다시 오디세우스의 귀환에 대해 생각해 보아야 한다. 오디세우스는 칼립소와 함께 행복한 나날을 보내면서 왜 페넬로페를 그리워했을까? 왜 칼립소를 떠나고 싶어 했을까? 칼립소의 지나친 육체적 탐욕이 지겨워졌던 것일까? 그는 페넬로페가 정조를 지킬 것이라고 굳게 믿고 있었던 것일까? 만약 페넬로페가 정조를 지키지 않았더라면 그는 어떤 행동을 취하였을까? 구원자들을 살육한 것처럼 아내도 함께 무참히 살해했을까? 아가멤논은 트로이 원정군의 총사령관이었다. 그러나 그가 돌아오자 아내인 클리타임네스트라는 아가멤논을 살해하였다. 오디세우스 역시 그 경우 아내가 자신을 죽이려들지 모른다고 의심하지 않았을까? 오디세우스는 고향 이타카로 귀환할 때 가슴이 몹시 두근거리며 환희에 차 들떠있었을까? 아니면 인간에 대한 깊은 불신 때문에 불안과 공포에 휩싸여 발길이 무거웠을까? 이것도 저것도 아니었을까? 그는 자신의 총체적 삶을 되돌아보며 만족할 수 있었을까? 아니면 실패한 삶을 되돌아보며 통탄과 슬픔과 회한에 잠겼을까?

그럼에도 불구하고 오디세우스의 귀환은 인류의 귀향에 대한 원형이라고 할 수 있을까? 그는 천신만고 끝에 고향으로 귀향했기 때문에 위대한 영웅이 되었을까? 그래서 우리는 로빈슨 크루소를 최고의 생존 예술가라고 칭송할 수 있을까? 로빈슨은 28년의 세월 동안 더 이상 비참할 수 없는 환경에서 살면서도 결코 희망이나 삶의 기쁨을 잃지 않고 끝에 가서는 결국 살아서 돌아왔기 때문이다.

플라톤은 '국가론' 제10권에서 저승 세계의 심판과 환생에 대해 기술하였다.

텔라몬의 아들인 아이아스는 트로이 전쟁 때 그리스 영웅이 되어 개선했으나 아킬레스의 갑옷을 오디세우스가 받자 분개하여 자살했다. 그는 인간들에게서 환멸을 느꼈으므로 짐승들 중에서 왕 중의 왕이고 지존무상을 상징하는 사자 獅子로 환생하여 사자의 삶을 살기로 선택했다.

트로이 전쟁 때 그리스 군의 총지휘관이었던 아가멤논 역시 인간으로 환생하는 것에 대해 회의적이었다. 그래서 독수리의 삶을 선택했다. 그는 올림푸스 산의 신들 가운데 주신이었던 제우스처럼 그리스 영웅들 가운데 우두머리였다. 그는 한 사람의 신으로 숭배되고 제우스의 화신으로 여겨졌다. 그러므로 그에게는 제우스의 상징인 독수리가 선정된 것이다.

오디세우스.

오디세우스는 자신이 참여했던 트로이 전쟁을 회상하면서 야망의 덧없는 꿈에서 깨어났다. 그리고 그는 다음 생애에는 아무 근심 걱정 없이 살아가는 평범한 인간의 삶을 선택하기 위해 한참 동안 고심했다. 그런 삶을 찾아내는 데는 상당한 어려움이 따랐다. 앞서 등장했던 다른 사람들 모두가 그런 형태의 삶에 대해선 관심을 전혀 갖지 않았기 때문에 그것은 한쪽에 버려져 있었던 것이다. 마침내 평범한 인간의 삶을 발견한 오디세우스는 자신의 차례가 맨 마지막이 아니라 맨 처음이었다 하더라도 그 삶을 선택했을 것이라고 말하면서 기쁘게 그것을 선택했다.

다시 말하면, 앞서 등장한 다른 영웅들은 환생 후 저마다 자신들의 운명을 선택하는 데 있어 아무 걱정 근심이 없는 평범한 인간의 삶에 그다지 관심을 갖지 않았다. 하지만 오디세우스는 이 삶을 최선의 것으로 선택한 것이다.

카사블랑카

카사블랑카

그 분은 처음이자 마지막이시며,
눈에 보이시며 숨겨진 분이시다.
— 쿠란 57장 3절

이브라함은 비 한 방울 내리지 않는 극심한 가뭄이 2년 정도 계속되었을 당시 대충 18살쯤 되었을 것이다. 그는 자신의 정확한 생년월일을 모르고 있었다. 그도 그럴 것이, 그의 어린 시절 고향 마을 근처 어디에도 학교나 병원, 우체국 등은 없었기 때문에 학교 교육을 받을 기회가 전혀 없었을 뿐만 아니라, 그들 부족은 나이 같은 것을 정확히 헤아리지도 않는다. 그가 어린 시절, 그곳엔 달력도 없고 시계도 없었다. 그래서 세월이 가는지 오는지도 몰랐다. 언제나 같은 날이 다시 시작되었다. 그날은 아주 길고 긴 날이어서 언제까지나 끝나지 않을 날이었다. 그들은 모두가 만날, 그날이 그날인 것처럼 그렇게 살고 있었는데 나이 같은 것이 무슨 소용이 있었겠는가.

그가 말했다.

"마을은 옛날부터 그랬지. 난, 그때까지는 왜 이렇게 살아야 하는지 의문을 품은 적도 없었고, 다른 희망을 품은 적도 없었어. 그렇게 산거야. 그랬었지."

그는 화폐의 존재, 화폐가 사막의 물처럼 존귀하다는 것, 화폐가 없으면 살아남을 수 없다는 것을 프랑스에서 처음 알았을 정도였다.

"오늘밤처럼 별이 총총한 밤에, 부모님과 동생들이 깊은 잠에 빠져 있을 때 고향 마을을 떠나왔지. 그러나 함께 떠나온 세 사람 중에서 나이가 가상 어렸던 친구가 무참히 죽었어.

우리들은 반군의 거점을 우회하여 며칠쯤 밤낮없이 걸어서 타만라세트로 넘어갈 참이었지. 우리들은 그 당시 가냘픈 희망 외에는 거의 아무것도 지닌 것이 없었어."

그들에게는 어쨌든 희망이 필요하였다. 그러나 한 치 앞을 내다볼 수 없는 불투명한 상황에서 앞날에 대한 공포에 가까운 두려움이 그 희망 같지도 않는 희망을 동반하고 있었고, 차라리 그것은 한낮에 꾸는 혼란스러운 꿈처럼 환상에 다름 아니었다.

그때 말리 쪽에서 국경을 넘어온 무장 강도들을 사막의 협곡 좁은 길목에서 조우하였는데, 그 친구는 무방비 상태에서 이유 없이 그들의 예리한 칼에 난도질당한 끝에 살해된 것이다.

그들은 그때 북쪽으로 펼쳐진 분홍빛 모래언덕을 지나 남서쪽으로 뻗은 가파른 능선 골짜기 바닥을 지나고 있었다.

그 순진무구한 어린 친구는 짧은 비명을 지르며 죽어갔다. 그 어린 것이 그렇게 잔인한 죽음을 당해야만 할 무슨 큰 죄를 지었단 말인가. 그는 이 세상에 태어나 미처 죄를 지을 틈도 없었다.

벨라 부족은 사하라 이남의 서아프리카에서 최하층민이었다. 수백 년 동안 아랍인과 다른 아프리카 부족, 투아레그족의 노예로 살았다. 그들 부족은 시꺼먼 피부에 투아레그와 비교하면 너무 왜소한 체격 때문에 못생기고, 아둔하고, 가난하고, 쓸모없는 인간으로 취급되면서 다른 부족들은 심지어 식사도 함께 하지 않았다.

그들은 도시의 외곽 쓰레기 하치장 근처의 더러운 곳에서 짚방석으로 지붕을 덮은 움막집을 짓고 살면서 주로 도시 또는 마을에 정착한 투아레그를 위해 일을 하였다. 여자들은 집안에서 빨래, 청소, 음식 장만 등 온갖 집안 살림을 도맡아서 처리했고 때로는 주인의 성적노리개 역할도 했다. 남자들은 주인의 지시와 엄격한 감시 하에 바깥에서 농사일이나 목동 일을 하였다.

그들은 임금도 받지 못하고 전적으로 주인에게 의존해서 평생을 살았다. 그들은 주인의 허락 없이는 결혼도 할 수 없고, 여행도 할 수 없었다. 그러므로 투아레그는 그들을 무조건 박해하고, 구타했으며, 개인 소유물 또는 동물처럼 취급하였으므로 매매의 대상이 되었다. 그들 부족은 세력이 거의 없는 소수 부족에 불과하였으므로 그들을 보호해주고 권익을 대변해 줄 단체는 아무것도 없었다.

그의 어머니는 그녀가 젊었을 때 마을의 아저씨가 말리의 타우데니 소금 광산에서 캐낸 소금덩이를 낙타에 싣고 통북투에 팔러 갔다가 돈을 주고 사온 벨라 부족의 여인이었다. 그녀는 노예로 살다가 주인 가족들의 핍박을 이기지 못하고 일찍 죽었다.

나라우는 그 노예와 주인과의 사이에서 난 사생아였다. 주인의 묵시적 동의하에 그의 본처와 자식들은 그를 개처럼 취급했다. 가뜩이나 식량이 부족한 판에 그가 음식만 축내는 개자식이라는 것이다. 그러니 밥을 굶기는 일은 다반사였다. 그리고 그들이 겪는 온갖 불행이나 심지어 가뭄까지도 그의 탓으로 돌렸다.

그들은 매일 기회가 있을 때마다 까닭 없이 나라우의 등에서 피가 나도록 번갈아 가며 매질을 하였다. 그 가늘고 탄력 있는 몽둥이는 가죽 벨트처럼 휘어지며 그의 등짝에 붉고 시퍼런 상처 자국을 새겼다. 그때마다 그는 피를 흘리며 극심한 통증 때문에 신음하면서도 소리를 지르거나 크게 소리 내어 울지도 못 하였다.

이브라함은 그를 너무 동정했기 때문에 간신히 설득해서 함께 탈출한 것이다.

"세 사람은 한 달 전부터 아무도 모르게 모의를 한 후, 한밤중에 마을을 빠져 나왔지. 우린 타만라세트에만 가면, 어떻게 해서든지 알제나 카사블랑카, 페스, 마라케시, 라바트, 탕헤르 등 모로코의 큰 도시로 갈 수 있다고 생각했어. 그들 도시에 가면 무슨 일이든지 할 수 있다고 믿었지. 가령 말이야, 페스의 그 지독하다는 천연가죽 염색공장에서도 열심히 일할 각오가 돼있었어. 그 후에는 유럽 쪽 도시로 탈출할 생각이었지……. 그러나 이것만은 분명히 말해야 되겠지. 우리는 그때 철부지들처럼 반항하기 위해 탈출을 결심한 것은 아니었지. 오직 살기 위해서였거든……. 그러나 우리에게 무슨 희망이 있었던가?"

그들은 말로만 들었던 너무나 그림엽서를 닮은 모로코의 하얀 도시들을 무작정 동경하였다. 그 아름다운 도시들은 흰색 물감으로 색칠한 그림 같을 것이다. 그들은 아무런 제지를 받지 않고 막을 통하여 쉽게 모로코로 넘어갈 수 있을까? 사막으로 이어진 국경에는 경계나 표지는 어느 것도 없고 국경 수비대는 멀리 돌아가면 될 것이다. 밀입국한 이들 불청객을 그 도시들이 환영할 리가 없었지만 말이다.

그들은 이슬람 극단주의 반군에서 분리되어 나온 분파로 이미 하나님의 율법을 저버린 지 오래되었다. 그 무자비한 강도들은 그들 일행이 빼앗을 만한 돈과 물건이 없는 무일푼인 것을 알고 갑자기 흥분하여 발작적인 행동을 한 것이다.

그들은 오래된 단발식 12구경 소총과 날카로운 칼, 호신용 부적으로 무장한 채 길가 풀숲에서 소리 없이 불쑥 몸을 일으켰다. 노예처럼 두목에게 절대 복종하는 부하들 중 몇 명은 맨발에 해골이 그려진 티셔츠를 입고 있었고, 또 다른 무리는 상체를 벗은 채 검은 가슴에 탄띠를 둘러매고 있었다. 깡마른 몸에는 상처와 흉터, 칼에 벤 자국, 옹이투성이였다. 그 두목은 땅딸막한 체구에 뺨에는 긴 흉터가 있고 왼쪽 눈까지 실명하였는데, 일찍부터 술에 잔뜩 취해 횡설수설하면서 무기를 아무렇게나 휘둘러댔다. 그들의 눈은 충혈되어 광기로 번득이고 있었고, 무기는 잔뜩 살기를 품고 있었다.

나라우는 지금 어설프게 묶여있다. 이마가 땀에 흠뻑 젖은 채 두터운 입술을 덜덜 떨고 있다. 초점을 잃은 두 눈에는 눈물만 그렁그렁한다.

두목의 두 눈이 빛났다.

두목이 가볍게 미소를 지으며 햇빛에 번쩍이는 예리한 칼로 나라우의 목과 가슴을 두서없이 찔렀고 따뜻하고 찝찔한 피가 여기저기 튀었다. 그는 모래바닥으로 무참히 허물어지며 공포에 질려서 외마디 비명소리 이외에는 신음소리조차 내뱉지 못했다. 그들은 검붉은 피를 보자 즐거운 나머지 히죽히죽 웃었다. 그들은 피 냄새를 음미하였고 피 맛을 보기 위해 안달하였다. 그들에게 살인은 그저 기분전환 행위였고 피는 쾌락의 원형인 동시에 거대한 충동의 뿌리였으니 대향연을 위해 반드시 필요한 것이었다. 그러므로 부하들은 즐거운 축제를 위해 그 살인 행위를, 칼로 무자비하게 육체를 찌르고 짓이기는 행위를, 피를 쏟고 흘리고 흐르게 하는 행위를 두목에게 우선권을 양보한 것이었다.

피. 선홍색. 광기. 축제.

손에 피를 칠한 광신자들은 술에 취한 채 투아레그족 방언인 타마셰크어로 웃고 떠들고, 노래를 부르고, 피가 뚝뚝 흐르는 시체를 앞에 놓고 빙 둘러서서 장단에 맞춰 거칠게 춤을 췄다. 그리고 그들은 '검둥이들은 검둥이들을 증오한다.'고 외쳤다.

황홀경. 무아지경. 일종의 클라이맥스

아프리카 비의교의 사제들은 살해한 시체의 살을 크게 도려내서 팜나무로 만든 화주인 쿠투쿠와 함께 날 것으로 씹어 먹었다. 칼은 점점 깊고 넓게 종아리를, 허벅지를, 배와 가슴을, 베어 들어갔다. 정교하게 단련된 칼날은 마치 연한 스테이크를 가볍게 써는 것처럼, 육신을 깊게 찌르고 갈라서, 살을 도려냈다.

"나와 사촌 형은 온몸이 칼에 찔려서, 피투성이가 되어 간신히 도망쳐 구사일생으로 살아남았어. 우리들은 다음 날 그들의 식량으로 예비되어 있었거든. 그들이 술에 취해 광란상태에 빠져 있을 때 끈을 풀 수 있었지. 그들은 뒤늦게 총을 겨냥했으나 녹슨 총에서 총알이 발사되지 않았어. 그때, 우리가 24시간을 꼬박 걸어서 갈 수 있었던 곳은 기억조차 하기 싫은 임시 난민촌 캠프밖에 없었어. 형과 나는 그 캠프들을 전전하면서 몇 개월을 보냈지.

나는 그때 전지전능한 신이 과연 존재하는지? 그 신이 위대한지? 신은 지금도 우리를 시험하고 있는지? 이게 하나님의 은총인지? 어린 그에게 무슨 죄가 있었는지? 신은 자신이 저지른 죄를 알고나 있는지? 도대체 알 수 없었던 거야. 차라리 내버려두라고…… 내버려……."

그들은 그때 난민촌 캠프에 도착하였지만 그곳 역시 지옥이긴 마찬가지였다. 그래서 그 캠프를 탈출해서 알제로 간 것이다. 그곳을 탈출하여 먼 길을 오면서 느꼈던 극심한 두려움과 긴장감은 조금씩 사라졌다. 하지만 현실은 냉엄했다. 그 도시에서 그들에게 관심을 가져주는 사람은 단 한 사람도 없었다. 머나먼 남쪽에서 온 거렁뱅이들을 경멸과 경계심이 섞인 눈초리로 쳐다볼 뿐이었다. 스스로 헤쳐가야만 했다. 그러므로 알제에서의 생활 역시 비참하긴 마찬가지였다. 하루벌이 일용 노동자. 거지. 그들은 점점 지쳐갔고 여전히 고향을 버리고 도망쳐 나왔다는 죄책감 때문에 정신적으로 시달리고 있었다.

"어쨌거나, 그 당시 형은 손쉽게 넘어갈 수 있는 모로코 쪽으로 가길 원했고, 난 알제에 그냥 남았지. 프랑스로 가려고 기회를 노리면서 말이야. 프랑스가 유일한 희망이 돼버렸던 거야. 그때는 그럴 수밖에……. 그러나 알제에서 일 년 넘게 있었지만, 별로 할 얘기가 없어. 알제리는 꽉 막혀있어서 하루 빨리 탈출해야만 했거든."

몇 살 터울인 형은 유럽을 무조건 싫어했다. 그래서 이브라함의 애원에도 불구하고 아프리카 도시인 카사블랑카로 가기로 결정한 것이다. 그때 이브라함은 얼굴에 땀을 흘렸고 눈물이 글썽거렸다.

헤어질 때 형이 말했다. "흰둥이들에게 멸시 받으며 살 수는 없단다. 멸시야 말로 죄악인 거지. 그곳에는 나와 똑같은 피부의 사람들이 살고 있으니까…… 그 도시는 알라 신을 믿으니까…… 그곳으로 갈 수밖에 없지. 나는 위대한 알라 신을 떠나서 살 수는 없으니까. 이해하라고, 너그럽게 이해하라고 어쩔 수가 없지, 어쩔 수가……

넌 착한 아이니까 잘 할 수 있을 거야. 많은 행운이, 정말 행운이 따라줘야 할 거야. 신이 기도 소리를 외면하진 않겠지. 하지만 신이 세세히 살핀다고 믿지 마라. 신은 간절히 요청하지 않으면 도와주지 않는단다. 세상에 사람이 너무 많지 않으냐. 네가 다가가야 하겠지. 신께 기도하라. 기쁜 마음으로 항상 기도하라. 너는 명심해야 할 거야.

하느님 외에는 하느님이 없고 무함마드는 그 분의 예언자이시다. 너는 명심해야 할 거야. 알라 신이 네게 축복을 내리시고 널 보살펴주시기를! 알라 신이 빛나는 얼굴로 너를 돌아보시고 네게 온갖 호의를 베풀어주시기를! 자비로우신 분! 자애로우신 분! 온 세상에 존재하는 인간의 주인이며, 심판의 날에 다스리는 자비로우신 분, 자애로운신 분, 곧 하느님께 찬미를 드리나이다. 우리는 당신을 섬기며, 당신께 도움을 구하나이다. 우리를 올바른 길로 인도하소서. 그 길은 당신께서 축복을 내려주신 자들의 길입니다. 노여움을 일으킨 자들이나 방황하는 자들의 길이 아니옵니다. 알라후 아크바르. 알라후 아크바르."

그 후 형과는 다시 만나지 못하였다. 형의 생사 여부도 여태껏 알 길이 없었다. 그 형이 가끔 그리웠다.

그들에게 무슨 희망이 남아있었을까?

에필로그

그 도시는 초승달처럼 반원을 그리며 알제만을 둘러싸고 있다. 그 도시에서는 언제든지 푸른 바다를, 새벽이면 바다로부터 피어오르는 회색 안개를, 정오의 빛나는 태양을 볼 수 있었다.

무함마드 알 가잘리(그 이름은 그가 카사블랑카에 정착한 후 새로 지은 것이다.)는 알제에서 이브라함과 헤어진 후 국경 도시인 아바들라로 갔고, 그곳에서 며칠 동안 국경 초소를 피해 굶주림과 목마름으로 죽을 고생을 하며 사막을 걸어서 국경을 넘었다. 그는 이브라함의 애원에도 불구하고 유럽 쪽으로는 죽어도 가기 싫었다. 그의 자존심을 건드리는 유색인종에 대한 차별을 도저히 참을 수 없었던 것이다. 그는 철저한 무슬림이었기에 기독교 공동체와는 어울릴 수 없었다. 백인은 모든 악의 근원이었다. 그는 노예 상태에 있는 흑인 해방운동을 적극 지지했으며 서구 지향과 세속적 가치를 거부하고 이슬람적 가치관을 지지하는 이슬람 부흥 운동에 관심이 많았다.

그는 우아르자자테, 마라케시, 사피 등을 차례로 거쳐서 카사블랑카에 정착했다.

그는 신실한 무슬림이었기에 아주 빨리 쉽게 그 지역 수니파 중에서도 엄격한 순나 준수와 확고한 보수주의를 특징으로 하는 말리카파 움마 (신앙 공동체)에 귀속하게 되었다. 그리고 아랍어와 프랑스어를 열심히 배웠다. 아랍어는 쿠란을 읽고 이해하기 위해서이고 프랑스어는 일상생활에서 불편함이 없어야 하기 때문이었다.

그는 이브라함의 아버지처럼 쿠란을 거의 암송하였고 이슬람의 율법인 샤리아의 규범을 철저히 준수하였다. (그는 유일하고 전능하고 창조주이고 자비로운 심판자인 하나님과 하나님이 보내신 예언자에 대한 신앙 고백을 하였고, 매일 다섯 번의 의무 기도를 하였으며, 때때로 가난한 사람들을 위해 그가 어렵게 번 돈으로 사회적 기부를 하였고, 라마단월에는 단식을 하였다. 다만 메카에 대한 순례만은 아직 하지 못하였다. 그건 순전히 순례 경비를 아직 마련하지 못했기 때문이다.)

그러나 여전히 악몽에 시달렸다. 그곳 역시 생지옥이나 다름없었던 것이다. 이곳저곳에서 수많은 사람들이 병든 채 죽었고, 시체 썩는 냄새가 지독하였다. 그곳에는 인간을 절망케 하는 온갖 사물들, 따가운 더위와 자욱한 흙먼지, 굶주림과 목마름, 상처와 고통, 질병과 죽음, 상실과 환멸, 고독이 기다리고 있었다.

그는 그때부터 '바로 그 책 al-kitab', '하나님의 책 kitab Allah'인 쿠란의 강렬한 멜로디와 격정적인 리듬에 가슴 깊이 빠져들어 갔다.

그런데 알라신의 속성에 대해서 쿠란 57장 3절은, '*그 분은 처음*

이자 마지막이시며, 눈에 보이시며 *(zahir)*, 숨겨진 *(batem)* 분이시다.'
라고, 말했다. 그러므로 쿠란을 올바르게 해석하기 위해서는 '눈에
보이는 것'과 '숨겨진' 것을 모두 찾아내야한다. 그는 쿠란을 문자
그대로 읽는 자히르뿐만 아니라 숨겨진 의미 또는 비밀의 의미를
찾는 바템까지 할 수 있도록 경전 연구와 해석에 매달렸다. 그는 원
본 경전을 철저히 이해해야만 했다. 하지만 모든 거룩한 경전의 원
본 중에서 원본, 그러니까 책의 어머니 umm al-kitab는 이 세상에 있
는 것이 아니고 하늘에 보관되어 있고, 인간은 바로 쿠란을 통해서
만 그 내용을 인지할 수 있기 때문에 원본 경전을 알기 위해서는
쿠란을 이해하면 되는 것이다.

그는 이슬람 근본주의자라고 할 수 있다. 그렇다고, 이슬람 강경
파 무장단체에 들어가서 AK-47 소총과 수류탄으로 무장한 테러리
스트가 되고, 국제적인 지하드에 뛰어들어 암살, 수류탄 투척, 폭탄
테러를 할 사람은 아니다. 그는 폭력과 전쟁을 극도로 혐오했기 때
문에 무자비한 테러리스트가 될 수는 없었다.

그의 원래 꿈은 고향으로 돌아가서, 무함마드가 메디나에서 진흙
벽으로 지은 오두막집, 이슬람 최초의 모스크를 그대로 흉내 낸 사
원을 세우고 예배를 인도하는 자인 이맘이 되는 것이었다. 그래서
아직도 투아레그 전통 신을 완전히 버리지 못하고 있는 부족민을
알라신 앞으로 인도하는 것을 일생일대의 목표로 삼았던 것이다.
그러나 고향은 이미 사라져버렸다.

지금은 카사블랑카의 중심부에 있는 모스크에서 하루에 다섯 차례 첨탑인 미나레트에 올라가 정기적으로 예배 시간을 알리는 무에진이 되었고, 예배시간을 알리는 음성인 아잔 oadhan은 청아하고 리듬감이 있어 길게 여운을 남긴다.

그는 하루 다섯 번씩 외친다. '하나님은 가장 크신 분이다. 나는 하나님 이외에 다른 하나님이 없다는 것을 증언한다. 무함마드는 하나님의 사자이다. 기도하러 나오너라. 구원으로 나오너라. 하나님은 가장 크신 분이다. 하나님 이외에 다른 하나님은 없다.'

그러나 그는 수피즘에 근원을 둔 이슬람 금욕주의자 또는 유대교에세네파처럼 엄격한 금욕주의자이다. 죄와 쾌락을 멀리하며 부를 혐오해서 개인 재산을 소유하지 않는다. 여자의 유혹을 경계해서 결혼하지 않고 평생을 독신으로 살아갈 것이다. 하지만 하루 빨리 메카의 성지순례를 다녀와야 한다. 그는 사막의 고행자처럼 '순례자의 길'인 헤자즈를 걸어서 메카로 갈 것이다.

'내가 눈에 보이지 않는 영적인 존재들과 인간을 창조하는 그들이 나를 섬기게 하려 함이라……. 하느님이 원하시어 너희 모두를 한 공동체로 하실 수 있을 때 그러나 그분은 원하는 자를 방황케 하시고 그분이 원하는 자를 인도하신다…….'

두목

두목

왜 악인이 번성하고 의인은 고난 받는가.
(시편 37: 35, 36)

투아레그족 청년 **이브라함**은 사하라 사막의 남쪽에 있는 알제리 도시 타만라세트 출신이다. 그는 밀입국해서 마르세유에 정착했다. 그는 그동안, 거지, 여관의 청소부, 식당 종업원, 그 후에는 액세서리 노점상, 부두 노동자, 공사판 막노동 등을 전전하면서 한 번도 제대로 된 직업이 없었다. 닥치는 대로 하루하루를 살아야 했다. 언제나 막일꾼이었을 뿐이다. 그런 건 정상적인 직업이라고 할 수 없었다. 하지만 밀입국한 불법 이민자 신세에 신분 상승은 언감생심이었다.

그가 말했다. "그러나, 며칠을 굶는다고 해도 좀도둑질, 자동차 절도, 노상강도 같은 짓은 할 수 없었지. 어찌되었든⋯⋯ 그 따위 짓은 할 수 없었지. 그리고 말이지⋯⋯ 마약에도 손대지 않았어. 그

뿌리치기 어려운 유혹에도 말이지.”

마약 밀매는 상당히 위험한 일이긴 하지만 수입만큼은 아주 쏠쏠한 것으로 소문나 있었다. 밀입국자들이 손쉽게 할 수 있는 일이었다. 항구 주변의 으슥한 거리에서는 아랍인 조직에 의해 마약 밀매가 은밀하게 이루어지고 있었다. 중간 딜러에게 고용된 밀매꾼들이 정해진 구역의 골목에서 경찰의 눈을 피해 융키라고 불리는 중증 마약중독자 또는 그냥 중독자들에게 셀로판 봉지에 들어 있는 백색 가루 또는 값싼 콜롬비아산 크랙을 파는 일이었다.

그날, 석양 무렵이어선지 프라도 해변 부근의 산 쪽으로 붙어 있는 언덕에는 아무도 없었다. 원래부터 사람의 발길이 뜸한 곳이었다. 교외의 언덕 사이 어두운 계곡에 흩어져 있는 짙은 올리브 나무숲, 무화과나무와 야생 포도 넝쿨이 내려다 보였다. 아프리카에서부터 밀려온 거친 파도가 짐승처럼 으르렁거리면서 암벽 아래 해안을 물어뜯고 있었다. 이슬방울이 잎새 위에서 떨고 있었고 바닷새가 날아오르자 나뭇가지들이 가볍게 흔들리면서 바스락거리는 소리를 냈다.

알제리 식당에서 알게 된 선배가 말했다.

“마약을 파는 일은 어려운 일이 아니야. 간단히 말하면 말이지…… 우선 딜러로부터 물건을 건네받아서…… 자기 구역에서 돈을 받고 융키들에게 파는 거지. 그들을 싫어할 필요는 없어. 돈만 받으면 되니까. 그것뿐이지. 네가 원하면, 내가 바로 그 딜러 역할을 해줄 수 있지…….

경찰이 오면 재빨리 도망가 버리면 그뿐이야. 짭새들은 사복을 입어도 금방 알아볼 수 있지. 머리 모양부터 군인들처럼 짧고 단정하지. 구두 쪽과 허리춤을 보면 그쪽이 어딘지 모르게 불룩하지, 권총 지갑을 차고 있으니까. 그것들은 너무 느려빠졌지. 뒤뚱거리면서 잘 뛰지를 못해서 따돌리는 것은 식은 죽 먹기지. 다급할 때에는 도망가면서 셀로판 봉지를 찢어서 거리의 하수구에 버리면 그만이야. 그리고 시치미를 떼는 거지. 그곳에는 물이 흐르고 있으니까. 다행히 마약 단속반들은 특별한 경우가 아니면 불법체류를 문제 삼지 않지.

하지만…… 급한 나머지 셀로판을 꿀컥 삼키면 안 되지. 경찰에 잡히면 구토제를 억지로 먹여서 토해내게 만드니까. 가끔 죽는 수도 있어. 위산이 많은 친구들은 그 위산이 너무 빨리 셀로판을 녹여 버리기 때문이지.

그래도…… 난 마약을 직접 해본 적은 없어. 그건 최고의 타락이고…… 인생 파멸의 지름길이기 때문이지. 그런데도, 어떻게 마약 매매를 할 수 있느냐고, 지금 묻고 싶을 거야? 마약을 하는 건 중독자 자신들의 문제이지, 내 문제는 아니거든. 그들이 원했으니까. 죄의식은 쓸데없는 일이야. 결국은, 돈 때문이야. 이 세상은 돈이 없으면 아무것도 할 수 없으니까. 마약 거래를 하면 너무 쉽게 큰돈을 만질 수 있거든. 목돈을 마련해서 고향으로 돌아가야 할 거야. 나는

틀렘센이나 아니면 모로코 쪽으로 가서…… 가족들이 너무 그리
워."

이브라함이 심각한 얼굴로 물었다.

"선배는 너무 쉽게 이야기하지만, 다른 위험은 없는 거야? 가끔
불행한, 아주 불쌍한 사람들의 소식을 들을 수 있었어."

"그러나, 난 강요하는 게 아니야. 네가 돈을 벌고 싶다면, 그렇게
해주겠다는 거지……. 그런데, 그 세계에서는 소년원이나 교도소에
가는 경우가 흔한 일이기는 하지. 그건 멍청한 녀석들이 부주의하
기 때문이야."

말리크는 키가 작았지만 부드러운 체격을 가지고 있었고 피부가
가무잡잡한 갈색이었다. 여자처럼 곱상하게 생긴 얼굴에 희고 가지
런한 이가 반짝였다. 그는 원래 알제리 도시 틀렘센 출신이다. 그
도시는 국경 도시로 모로코의 우지다와 가깝고, 그는 모로코 쪽에
친구가 많았다. 그래서 경우에 따라 모로코 출신인 것처럼 행세할
때가 많았다. 그는 모로코 마약의 주요 수요처였던 암스테르담에서
모로코 조직의 말단 조무래기였다. 그 도시는 거미줄처럼 얽혀있는
운하의 도시이다. 그는 공개적인 섹스 숍이 즐비한 홍등가에서 공
공연히 진짜 또는 가짜 헤로인이나 가짜 엑스터시를 주로 술 취한
관광객들에게 팔았다. 그러나 포주와 창녀들과 소매치기, 사기꾼,
가짜 경찰관, 좀도둑, 밀수꾼, 술집 웨이터, 동성애자들의 매춘부 노

릇을 하는 젊은 남자, 칼잡이, 마약 밀매범들로 잘 짜여진 동유럽 조직에 모로코 조직이 밀리자 그 도시를 떠날 수밖에 없었다.

얼굴을 배 밑바닥에 박은 채 머리가 완전히 으깨지고 짙은 밤색 머리카락은 피로 범벅이 되어 쓰러져 있었다. 조직의 부두목 격으로 모로코에서 암스테르담으로 마약을 운반하는 운반책이었다. 그들에게 당장 손을 떼고 떠나라는 엄중한 경고였다. 그들 조직은 잠시 파리를 거쳐 마르세유에 정착했다.

그가 자세히 얘기했다.

"역시 항구가 최고야. 무질서하고 온갖 인종들이 다 모이거든. 우린 암스테르담에서는 우선 숫자에서 밀렸어. 소수였거든. 마르세유는 마그레브와 아랍계가 다수이니까. 우리 조직은 최대 조직에 편입되었던 거야. 그러나 말이지, 그들은 몹시 잔인하지. 내가 할 수 있는 건 이것뿐이야. 그러니까 손을 뗄 수가 없는 거야. 그쪽 세계의 최고 보스는 예멘 출신인데 마약밀매 조직과 폭력 조직을 함께 거느리고 있지. 그리고는 마약밀매와 고리대금업을 하고 있어…….

우리는 이름을 모르지. 신성한 이름이니까. **그래서 그냥 두목이라고 부르지**. 그는 아랍인이지만 이태리 사람들의 흉내를 내고 있지. 마피아의 조직 원리와 행동강령을 그대로 따르고 있어…….

마약대금을 떼어먹거나, 빌린 돈을 제때 갚지 않으면, 바로 죽음 같은 형벌이 기다리고 있지. 그들은 눈 깜짝할 사이에 날카로운 칼로 새끼손가락, 엄지 등을 차례로 잘라버리지. 그래도…… 갚지 않으면, 그 다음에는 도끼로 손목, 발목, 목 순으로 잘라버리지…….
내 왼손의 잘려나간 새끼손가락이 보이지……. 내가 한때 슬롯머신에 미쳐서 가지고 있던 돈 모두를 털린 거야. 그래서 마약대금을 잠시 지불하지 못하였지. 그때 내가 그의 손아귀를 빠져나갈 수는 없었어. 그물망이 거미줄처럼 촘촘하거든. 그리고 도망치려다 잡히면, 반드시 잡혔지, 쥐도 새도 모르게 사라져 버렸어.

그래서…… 솔직하게 말했지. '두목님, 잘못했습니다. 한번만 용서해 주십시오.'"

두목의 얼굴은 갈색이고, 꿈꾸는 듯한 몽롱한 눈에 윤기 흐르는 검은 머리와 짙은 턱수염을 길렀지만 왼쪽 관자놀이에서 턱까지 깊은 칼자국이 나 있었다. 그는 동성애자들이 입는 옷에는 질색을 하였고 마피아 두목 스타일의 정장을 입고 신경질적으로 스파게티 웨스턴에 나오는 멕시코 무법자들처럼 챙이 넓은 펠트 모자를 썼다 벗었다를 반복했다. 그리고 한껏 거드름을 피웠다.

그는 계속해서 아편을 피우고 있었다. 인도산 아편의 중독자였다. 그는 주로 남미산 코카인과 아프카니스탄 바다흐산에서 나온 생아편으로 정제한 헤로인 또는 토탈 데인저total danger를 취급했지만 자신은 생아편 냄새가 풍기는 시커멓고 끈적끈적한 액체가 들어있는 아편 단지를 신주단지처럼 곁에 두고 살았다.

그가 비음이 많이 섞인 목소리로 위엄 있게 느릿느릿 말했다.

"나는 언제나 돈 떼어먹은 작자들을 마음에 들어 하지. 그자들은 도저히 믿을 수가 없는 사기꾼과 협잡꾼에 불과하지만 그래도 그자들이 없다면 내가 얼마나 심심하겠어. 이 세상에 사기꾼은 불가피한 거야. 이스라엘 열두 지파의 선조인 야곱도 아버지와 형을 속인 사기꾼이었지만 아브라함, 이삭과 함께 하느님으로부터 영원한 축복을 받은 자가 되었거든. 나는 하느님처럼 최종 판결을 내리는 정의의 심판자 노릇이 아주 마음에 들지.

어쨌거나 네놈은…… 대단한 사기꾼은 아니란 건 알고 있지. 나를 벗겨 먹으려고 치밀하게 계획했던 것은 아니니까. 그리고 괜찮은 딜러였거든. 매상고가 상위권이었고, 그 동안 약속을 잘 지켰지만…… 규칙은 규칙이야. 예외는 없어……. 규칙은 어떤 경우에도 반드시 지켜야만 하는 거야. 그래도 많이 봐주겠어. 그래서 왼손의 새끼손가락만 자르겠어……. 이건 이례적으로 아주 관대한 거야. 네가 한 사과는 짧지만 진심인 것을 알고 있기 때문이지. 만일 진심으로 사과하지 않는다면 그건 공허한 거짓말로 들리게 되고 그러면 나는 무척 화가 나는 거야. 그럴 경우에는 네놈의 손목을 자르겠지. 나를 원망하지는 마. 알라신도 폭력을 인정했으니까. ……죽음이나 십자가형 또는 손목 절단, 잘린 손과 반대되는 다리 절단, 또는 추방으로 그 대가를 치를 것이다. 라고 했거든.

하지만 네놈이 알아야할 게 있을 거야. 그렇지. 이미 잘 알고 있겠지. 힘이 있기 때문에 내가 이 세계의 왕이고 지배자인 거야. 신이든 인간이든 간에 힘을 가진 자는 억누를 수 없는 본능에 따라 그것을 행사하는 거야. 그러나 힘은 남용될 수밖에 없지. 그게 어쩔 수 없는 힘의 속성인 거야."

그는 마약밀매, 고리대금, 무차별적인 폭력, 매춘 등 지하세계의 권력자였다. 그러나 두목은 정확했다. 자신이 스스로 입법자가 되어 만들어놓은 규칙을 이번에는 집행자가 되어 정확히 집행한 것이다.

"그런데, 두목은 정체를 알 수 없는 몇 가지 사업을 벌이고 있었지만, 또한 부업으로 부유한 아랍인 고객들에게 동성애자를 소개하고, 아주 문란한 파티를 열어주지. 거액의 돈을 받고 동성애자 알선 사업을 하고 있는 거야. 동성애자들을 모아서 남성 역할을 하는 능동적 동성애자와 여성 역할을 하는 수동적 동성애자를 짝지어주고, 그들에게 고단위를 팔지. 수동적 동성애자는 턱수염을 완전히 밀어버리고 여자처럼 화장을 하며, 침실에서 여자용 잠옷을 입고 가끔 인공 유방을 하기도 하지…….

그 소굴이 바로 그가 운영하는 세라비 c'est la vie 바이지. 너에게도 나지막한 목소리로 유혹의 손길이 미칠지 몰라……. 그들은 갈색 피부를 너무 좋아하니까…….

그에게도 좋은 점은 하나 있기는 하지. 몹시 잔인하기는 하지만, 모든 계산 하나는 아주 정확하게 처리하지. 그리고 비밀을 철저히 지켜주지. 그러니까, 아랍 귀족들이 그를 신뢰하지 않았겠어……. 그래서, 주체할 수 없이 많은 돈을 가진 부자들이 그에게 돈을 마구 뿌리는 거야."

그 전설적인 두목은 철저한 무슬림이었다. 무슬림의 의무인 신앙고백, 메카를 향한 하루 다섯 번의 기도, 라마단 기간 중의 단식, 메카 순례 등을 빠짐없이 다 하였다. 또, 대단한 사업가 행세를 하면서 이슬람 위원회의 고문이고 후원자였는데, 그 위원회는 마르세유에 있는 70개가 넘는 이슬람 사원과 기도실을 아우르고 실제 지배하고 있었다.

그 대단한 사기꾼, 위선자는 대외 과시용으로 종교라는 화려한 외투를 걸치고 있는 거였다. 그러나 그가 젊은 시절 한때 예멘의 감옥에 있었다는 사실과 이상한 성적 취향이 있다는 소문 이외에는 그의 어두운 과거는 철저히 베일에 가려져 있었다.

그때 이브라함은 목이 탔으며 이마에 땀이 맺혔다. 속이 메스껍고 배가 아프기 시작했다. 갑자기 말리크가 낯설게 보였다.

그가 간신히 대답했다.

"선배…… 너무 고마워. 한번 깊이 생각해볼게……. 선배의 말은 구미가 당기기는 하지."

그러나 그는 마약중독자들을 몹시 혐오했기 때문에 용케도 그 달콤한 유혹을 뿌리칠 수 있었다. 그가 보았던 마약 중독자들은 한결같이 망가질 대로 망가져 있었다. 몸에서는 오랫동안 씻지 않아서 불쾌하고 썩은 냄새가 풍겼다. 몸은 빼빼 마르고 연신 기침을 해댄다. 얼굴에는 딱지가 덕지덕지 붙어있고 눈은 초점을 잃은 채 퀭한 표정을 짓고 있다. 중독자들은 돈을 마련하기 위해 좀도둑질을 하거나 길가는 사람을 마구 붙잡고 구걸을 하였으며, 여자들은 길 거리에서 함부로 매춘을 하였다. 그건 지금도 말할 수 없이 불쌍한 처지에 있는 인간을 더욱 빠져나올 수 없는 구렁텅이로 밀어 넣는 일이었다. 하여간에 그 세계에 잘못 발을 디디면 기다리는 것은 불신과 배신, 음모, 교도소뿐이었다.

말리크 주변에는 모로코 출신 딜러와 조무래기들이 모여들었다. 그의 나이 벌써 40대 중반에 접어들었고 선배들은 대부분 감옥에 있거나 마약중독자가 되어 폐인이 되었거나 드물게는 마약에 손을 떼고 은퇴하였다. 그는 마약밀매 조직의 계층적 서열에서 자연스럽게 위로 올라간 것이다.

그의 조직은 하나의 느슨한 분파를 형성했고, 그는 조직의 규칙을 조직원들에게 말했다. "내 경험에 의하면 말이지, 너희들은 지금 방식대로 되는 대로 살아가면 체포되거나, 병에 걸리거나, 돈을 죄다 잃고 결국 최후를 맞게 되는 거지. 비참한 죽음을 맞는다는 거지. 너희들은 마약을 팔지만 마약을 입에 대면 안 되는 거야, 무슨 말인지 알겠어. 술도 좋고 담배도 좋고 마조히즘이나 사디즘 같은 변태도 좋지만. 마약만은 절대로, 절대로. 철없는 것들이 환각제와 마약이 사람을 해방시킨다고 온통 떠들어 대지만 그 말에 속아서는 안 되는 거야. 그런데 돈 관리를 잘해야만 하지. 첫째도 저축, 둘째도 저축이야. 그러나 너흰 합법적으로 은행 거래를 할 수 없으니깐,

내가 선량한, 신처럼 정직한 금융업자를 소개해줄 수 있지, 알겠지. 너희들은 언젠가는 이 일이 지겨워질 거야, 다른 일을 하고 싶은 날이 오는 거야. 그때는 언제든지 떠나라고, 억지로 붙잡지는 않을 테니까. 그건 조직의 엄연한 규칙인 거지."

그 조직은, 불안하고 초조하고 심각한 우울증에 걸려서 항우울제 대신 마약에 의존해야하는, 주로 아프리카 출신 매춘부, 스트립클럽의 스트리퍼, 노점상, 노름꾼, 노상강도, 자동차 절도범, 잡범, 동성애자, 불법체류자, 관광객들에게 싸구려인 남미산 크랙 코카인을 공급하였다. 그리고 그들은 도시의 북쪽 아랍인, 동유럽과 마그레브 출신 이주민들과 그들의 후손인 '이쉬 드 리미그라숑'이 모여 사는 구시가지에서 택시 운전사, 술집의 바텐더, 포르노 비디오 숍의 점원, 이민자들에게 불법으로 비자를 만들어주는 위조신분증 업자, 돈 세탁을 해주는 사채업자, 의무기록을 남기지 않고 치료를 값싸게 해주는 의사, 부패한 경찰, 포주, 갱단 단원, 호텔 직원, 불법직업 소개업자 등과 강력한 네트워크를 형성해서 서로 주고받고 도우며 마약을 거래하였다.

그러나 현찰 박치기가 원칙이었지만 오래된 단골들, 또 당장 돈이 없는 불쌍한 사람들에게는 외상거래를 안할 수도 없었다. 그는 말했다. "내가 너무 사람이 좋은 건지, 아니면 너무 물러터진 건지, 그들이 날 등쳐먹는다고 어쩔 수 없이 빚을 탕감해줄 때도 있는 거야. 난 눈감아 주니까, 내가 마약으로 돈 벌긴 애시당초 그른 거야."

게다가 그는 반드시 두목으로부터 마약을 공급받아서, 약간의 전매차익을 따먹고 똘마니들을 풀어 소매 영업으로 팔아야 했으니 이익이 거의 없었다. 두목은 여전히 그를 일개 딜러로 취급할 뿐이었다. 그러니 조직을 제대로 유지할 수가 없었던 것이다. 그는 새로운 활로를 모색해야만 했다.

모로코의 하이아틀라스 산맥 동부 지역은 전통 베르베르어인 타마지트어를 모국어로 쓰는 베르베르족 (현지인들은 '자유인'이라는 의미의 아마지그족을 더 선호하지만)이 살고 있고, 한때는 이슬람 신비주의자들의 본거지였다. 그 지역에서도 최고의 벽지인 민둥산 산등성이 아래 깊은 계곡, 이메시메네 계곡에서 그들 부족 일부는 암암리에 보리와 밀을 지배하는 밭 사이에 지중해성 기후에 잘 자라는 양귀비를 재배하고 수확기인 늦은 봄철이면 양귀비 열매에 칼로 상처를 내고 그 상처에서 보랏빛 진액이 흘러나와 마르면 금속 도구로 긁어모아서 생아편 덩어리를 만든다. 그리고 비밀 헤로인 제조실에서 정제를 한다.

그는 아버지 쪽이 역시 베르베르족의 혈통이기 때문에 그들 부족과는 어렸을 때부터 잘 알고 지냈다. 그러므로 언제든지 그들과 연결될 수 있고, 아주 고급 헤로인 가루를 두목이 제공하는 것보다 훨씬 싸게, 거의 반의 반 가격으로 공급받을 수 있었다. 하지만 문제는 고급 가루 코카인을 판매할 고객을 확보해야만 하였다. 그래서 그는 직접 나서서 또는 프랑스어나 아랍어에 능통한 중간 딜러를 동원해서 고급 호텔의 투숙객, 스트립클럽, 댄스 홀, 레즈비언 술집, 게이 식당이나 게이 전용 클럽, 고급 레스토랑의 소믈리에를 통해서 백인 중산층이나 상류층, 특히 중동에서 온 거물 아랍 중개상들을 고객으로 확보하여 분말 코카인을 공급하기 시작했다.

그러나 이러한 고객 확보는 필연적으로 두목의 신성불가침의 영역을 침범하는 것이고 그가 극도로 싫어하는 일이었다. 두목은 그가 모로코 산 고급 헤로인을 싸게 들여오는 것과 자신의 영역을 침범하는 것에 대해 민감하게 반응했다. 이제부터 영역 싸움이 시작된 것이다. 두목은 주저하지 않고 단호하고 발 빠르게 행동했다. 그의 조직 전체가 와해될 위기에 처했다. 그래서 그는 이익의 반을 바치겠다는, 그 다음에는 모로코와의 거래에서 완전히 손을 떼겠다는, 완전한 항복 선언이나 다름없는 협상을 제안했지만 단번에 거절당했다. 두목은 하찮은 녀석이 협상을 제안한 것 자체가 몹시 불쾌했던 것이다.

늑대와 어린 양

목이 말랐던 늑대와 어린 양은 물을 마시러 개울에 갔다. 늑대는 개울의 위쪽에서 물을 마셨고 어린 양은 아래쪽에 자리를 잡았다. 양을 보고 군침이 돈 늑대는 시빗거리를 찾았다.

"이놈, 왜 내가 마시는 물을 흐려 놓느냐!"

양은 두려움에 떨며 말했다.

"죄송해요. 그런데 제가 어떻게 물을 흐릴 수 있지요. 위에서 내려오는 물을 마시고 있는걸요."

할 말을 잃은 늑대는 다시 말했다.

"여섯 달 전에 넌 내게 욕을 했어!"

어린 양은 대꾸했다.

"그때는 제가 아직 태어나지도 않았어요."

"그렇다면 욕을 한 건 네 아버지였어!"

그의 조직원 몇 명이 누구의 밀고에 의해 경찰에 체포되어 구속되었다. 그들은 마약 소지 또는 마약 판매 등의 죄목으로 재판을 받고 10년 이상 감방에서 썩어야할 것이다. (중간 두목 급인) 또 한 명은 초저녁 어스름에 마르세유 생 샤를 역에서 장거리 버스 정류장 쪽으로 가는 대로에서 깊숙이 들어간 미로처럼 얽혀있는 좁고 으슥한 뒷골목에서 칼에 찔렸다. 암살자는 며칠째 계속 그를 미행했던 것이다. 목에 난 벌어진 상처에서 시커멓게 피가 흐르고 벌건 살이 드러난 채 죽었다.

그는 살기 위해서는 빨리 멀리 도망치는 것 외에는 다른 방법이 없었다. 그는 동거녀에게 가지고 있던 돈을 몽땅 털어주고 파리나 암스테르담 등 북쪽으로 떠나도록 했고, 자신은 남쪽으로, 모로코로 갔다. 그러나 가족이 있는 틀렘센으로 가지는 않았다. 가족에게까지 화가 미칠 수 있었기 때문이다.

그래서 카사블랑카 남쪽 사피의 좁고 누추하고 으슥한 뒷골목에 있는 삼층 건물의 작은 방에 은신하였다.

그는 알라신에게 호소하였다. "아아, 나의 선한 천사여, 나의 신이시여 나를 누구에게 맡기실 것이며, 당신은 지금 어디에 있나이까? 생각건대 당신은 이곳에 계셔서 나를 보호해 주셔야만 합니다. 죽음의 공포가 엄습해 와 나 자신을 어찌할 수가 없나이다. 여기 악독한 두목의 부하가 이 도시에서 대기하고 있습니다. 그는 나를 집행할 자이며, 악마의 무리를 대동하고 있습니다. 나를 보호해줄 자가 없나이다. 아아, 나는 너무도 고통스런 상황에 처해 있습니다."

알라신이 대답했다. "너의 사악한 행위에 대해서 나는 동의한 적이 없었느니라. 나는 네가 천성적으로 나보다는 악한 무리에게 이끌린 것을 처음부터 지켜보았다. 너는 변명할 수 없다. 하지만 네가 신의 계명에 반대되는 행동을 했을 때 나는 그것이 옳지 않다는 것을 너에게 상기시켜 주었다. 그리고 위험한 곳과 너를 그곳으로 유혹하는 악마의 무리를 떠나라고 충고했다. 그래도 넌 아니라고 말할 수 있겠는가? 어째서 내가 널 책임져야한다고 생각하는가."

그러나 두목이 누구인가. 그는 항상 빈틈없이 정확했다. 지독한 두목의 집요한 추적을 피할 수 없었다. **말리크 알리드레미**는 일 년 후, 한 무리의 킬러들에게 잡혔고 한밤중에 대서양의 깊은 물속으로 사라졌다.

신의 장난

신의 장난

장난꾸러기들이 파리를 다루듯이 신들은 인간을 다룬다.
신들은 장난삼아 인간을 죽인다.
— 셰익스피어

이브라함의 고향 마을은 사하라 사막의 남쪽 오지 중에 오지에 있는 사막의 협곡 작은 오아시스에 자리 잡고 있었다.

평화스러운 시절에는 염소와 양떼들이 협곡 여기저기에 제법 무성하게 자란 관목덤불을 뒤지며 한가롭게 잎을 뜯었다. 마을 둘레에 듬성듬성 늘어서 있는 수백 그루의 대추야자나무들이 목가적 풍경을 연출하고 있었고, 북쪽 지중해 연안 저지대로 가기 위하여 적막한 사막의 허공을 한참 동안이나 날아온 붉은 왜가리, 해오라기, 말똥가리, 물수리, 황새, 적매 등 지친 철새들이 대추야자나무에 내려와 잠시 쉬어가기도 하였다.

그 마을에는 아이들처럼 소박하고 단순한 갈색 피부의 사람들이 옹기종기 모여 평화스럽게 공동체적 삶을 살았다.

그 마을이 완전히 죽음의 마을로 변하였다.

지금은 다 부서진 흙벽돌집에 모래만 잔뜩 쌓인 채 잔해만 남아 있다. 집이라고 해야 불과 열 몇 채밖에 보이지 않았지만. 무너져 내린 흙벽돌 위에는 굶주린 독수리들만이 졸면서 앉아 있을 뿐이다. 그것들은 그곳에 눌러 앉아서는 도대체 떠날 생각을 않고 있었다. 아름다웠던 대추야자나무들은 오랜 가뭄을 견디지 못하고 흔적도 없이 사라져 버렸다. 그런 삭막한 풍경 위로 뜨거운 태양이 무섭게 쏟아져 내렸다.

14년 전 즈음인가.

타만라세트에서 말리 접경 남쪽으로 멀리 떨어진 고향 마을에 심한 가뭄이 들었다. 원래 마을이 위치한 그 지역에는 강우량이 매우 적고 불규칙하긴 해도 이번처럼 가뭄이 심한 적은 없었다. 그때 마을사람들은 숭배의 집인 마을족장 집에 모두 모여 밤낮으로 신께 열심히 기도하였다.

늙은 족장 **모하메드**는 주술사이면서 신의 대리인이었다. 그는 언제나 자신의 권위를 과시하기 위해 옆구리에 상아 손잡이가 달린 작은 청동제 단검을 차고 다녔다.

어느 날 마을 복판에 있는 족장의 흙벽돌집 좁은 마당에 마을사람들이 빼곡히 모여 앉아 이구동성으로 읍소하였다. 그 집안은 대대로 족장의 집안이었다. 부족장은 세습직이었기 때문이다.

그들은 남루한 옷차림에 말을 할 때마다 온통 썩은 이 또는 뿌리만 남은 이를 드러냈다. 그 자리에는 역한 땀 냄새와 허기, 불안이 짓누르고 있었다. 그들은 집단적인 히스테리에 빠져 있었다.

"이대로 가면 식량은 곧 떨어질 것입니다. 두 번째 우물마저 말라가고, 세 번째 우물만 남아 있습니다. 가뭄으로 마을의 양과 염소는 떼죽음을 당했습니다."

"우리는 어떻게 해야 하나요? 지금이라도 떠나야 할까요?"

그들은 애원하는 표정으로 족장에게 대답을 재촉하였다.

모하메드는 키가 크고 깡말랐으며 무표정해 보이면서도 눈은 이따금씩 기이한 섬광을 뿜었다. 그러나 그는 근엄했다. 그는 옛날을 회상하면서 느릿느릿 위엄 있게 약간 쉰 듯한 목소리로 이야기를 시작하였다. 그만이 험난한 마을의 역사를 꿰뚫고 있었다. 그는 족장답게 자기 말의 중요성을 잘 알고 있었다. 그래서 족장의 말 한마디 한마디는 절대적 권위를 가지고 있었다. 그는 가끔 그곳으로 강림하는 성령이라도 붙잡으려는 듯 손을 허공에 내저었다.

"여러분…… 이야길 끝까지 들어야하겠지. 아주 길게 이야기해야 할 것 같으니까. 지금부터 우리 마을의 기구한 역사를 죄다 이야기할 거야……. 먼 옛날에, 지금부터 50년쯤 전 일이야. 그때 내가 아마 열 몇 살쯤 되었을 거야. 바다 건너 북쪽에서 큰 전쟁이 일어난 거야. 그게 바로 제2차 세계대전이었어…….

처음에는 너무나 고소했지. 유럽인들이 자기들끼리 치고받고 싸우는 거니까. 그 전쟁은 우리와는 아무런 상관이 없는 일인 줄만 알았지. 그건, 그저 공상 속의 전쟁이었어. 그래서 강 건너 불인 줄로 알았어…….

웬걸, 군인들이 어느 날 옛 마을에 불쑥 나타난 거야. 처음 보는 강력한 총을 들고 말이야. 군인들은 잔인했고 너무 무서웠어. 함부로 방아쇠를 당겼으니까. 이탈리아 파시스트들이었지. 그들은 만날, '빈체레 (무찌르자)'를 외치고 다녔어.

그런데 말이야. 그때, 트리폴리 근처 마을에서 베르베르인 두 명이 백인도 죽을 수 있는지 알고 싶어서 이탈리아 군인 한 명을 칼로 찔러 봤는데 그만 죽고 말았단 말이지, 그러니까 군인들이 복수한다고 탱크까지 동원해서 마을을 완전히 쑥대밭으로 만들고, 어른, 어린애, 여자들 할 것 없이 모두 100여 명을 총으로 쏴 죽인 일이 있었지. 그 많은 낙타, 양들까지 모든 움직이는 것은 하나도 살아남지 못했어. 엄청나게 총알을 쏟아 부은 거지.

그놈들은 에티오피아의 아디스아바바를 점령한 후 에티오피아 애국군과 싸울 때도 똑같은 만행을 수없이 저질렀지. 곤데르에서는 민간인 군중에게 발포하였는데, 그때도 노인, 어린아이, 여자, 불구자 가리지 않고 군중이 모조리 쓰러질 때까지 기관총을 갈겼으니까.

파시스트들은 사람을 천천히 괴롭히면서 죽이는 방법과 단숨에 인정사정없이 죽이는 방법 등 온갖 종류의 살인 기술을 습득해서는 몸소 실천한 거지. 그렇게 공포 분위기를 조성해서 이탈리아 황제 비토리오 에마누엘레의 칙령을 들먹이며 우리의 땅을 강탈했어. 그리고 검은셔츠단과 군단, 제국의 관리들이 위탁 관리한다고 일방적으로 선언했지. 그걸로 끝장났어. 그들의 허락 없이는 모든 행위가 금지되었어. 그놈들이 갑자기 나타나서 주인 행세를 한 거지. 정말 아름다운 오아시스였어, 대지에는 물이 풍부하고 종려나무도 채소도 다 잘 자랐지."

아직은 초저녁이었다. 아무도 움직이지 않았고 주위는 쥐 죽은 듯이 고요하였다. 신의 대리인은 꺼진 담배를 다시 태워 물고 천천히 이야기를 계속하였다.

"파시스트는 아프리카인을 짐승이나 벌레처럼 취급했어. 그 사람들은 우리를 무조건 싫어했어. 그것들은 기름진 음식을 너무 많이 먹어서 입에서는 악취가 났고 살이 피둥피둥 쪄서 뒤뚱거리는 꼴이 가관이었어.

'검둥이 새끼들은 아무 짝에도 쓸모없는 놈들이야, 채찍으로 무조건 갈기고 짓밟아야 되지.'라는 말을 입에 달고 살았어. 우리도 자기들처럼 꿈을 갖고 삶을 사랑하는 인간이라는 사실을 인정하지 않았지."

그들은 제복의 허리띠에 하마가죽으로 만든 채찍을 매달고 다녔다. 그 가죽은 워낙 질겨서 칼날처럼 사람의 살갗을 파고들기 때문에 채찍질을 당하는 사람에게 엄청난 고통을 안겨주었다.

튀니지 국경에서 멀지 않은 곳에 자리 잡은 엘우에드는 천 개의 돔을 가진 돔의 도시였다. 수백 개의 샘물이 수십만 그루의 대추야자나무에 물을 공급하고 그 대추야자나무 숲이 녹색의 장벽처럼 도시를 감싸고 있다. 밤이면 모스크 꼭대기의 초승달 위로 하늘의 달빛, 별빛이 신비스러운 흰 빛을 발했다.

그 도시에서는 하루 다섯 번씩 기도 시간을 알리는 무에진의 목소리가 들려왔다. 그 목소리는 높으면서 약간 떨리는 듯했다. 공중에서 원을 그리며 날고 있는 한 마리 새의 긴 탄식처럼 들리는 그 소리는 도시의 골목 구석구석을 깊숙이 스며들며 메아리 쳤다. 그 소리가 세상을 가득 채웠다.

종려나무 숲이 빙 둘러싸고 있는 작은 오아시스에 자리 잡은 마을은 참으로 아름다웠다. 야자수들이 작은 숲을 이루고 있었고, 야자수의 줄기와 커다란 잎으로 지붕을 만든 오두막집들이 족장의 집을 중심으로 모여 있었다. 근처 계곡의 저지대에는 검은 화산석으로 둘러싼 우물들이 여러 개가 있었는데, 그 우물은 결코 마르는 법이 없었고 아주 시원하기까지 하였다. 마을에서 바다는 보이지 않았지만 이따금씩 멀지 않은 바다에서 불어오는 바람에 키 큰 종려나무 나뭇잎들이 살랑거렸다.

"우리 부족의 조상들은 아주 옛날에, 백 년인가, 이백 년인가 전에는 아라비아의 헤자즈 지방에서 유목민의 삶을 살고 있었어.

그런데, 헤지라 1266년, 무하람 달의 어느 긴 밤에 벌어진 수니파에 속하는 다른 부족과의 격렬한 칼싸움에서 우리 부족은 패배하였지. 그때 헤자즈에는 베두인족 내에도 500개도 넘는 수많은 부족의 분파가 서로 돕기도 하고, 이해타산 때문에 으르렁거리기도 하면서 살고 있었지.

그 당시 주위는 온통 검붉은 자갈과 용암, 모래 등으로 뒤덮인 불모의 땅이었지. 그 땅에는 한 포기의 풀도, 한 송이의 꽃도 자라지 않았고, 날아다니는 새도 보이지 않았어. 그러나 사막의 남쪽 언덕 사이 골짜기에 한 자락 비옥한 땅과 함께 오아시스가 자리 잡고 있었는데, 거기에는 물이 풍부하여 모든 풀들이 향기롭고 다양한 색깔의 꽃을 피우고 있어서 서로 탐을 낸 거지. 그 땅을 서로 차지하려고 싸움이 일어난 거였어.

어쨌거나, 그날 밤에는 심판의 날의 나팔 소리가 천둥처럼 울리고 횃불이 불타는 가운데 반월도가 번쩍거리고, 춤을 추고, 쇠붙이가 날카롭게 부딪치고, 검붉은 피가 모래를 적셨지. 증오에 찬 검이 부딪치는 소리가 사막에 울려 퍼질 때마다 사랑과 증오가 함께 폭발하였지. 서로 간에 수많은 살육이 일어났어. 낙타들은 오금이 잘린 채 사막에 널브러져 있었고 전사들은 피를 흘리며 신음을 하고 있었지. 그때 죽은 사람의 육체는 파괴되고 영혼은 모래바람에 흩날려 사라져버렸겠지. 바위마다 정령과 마귀와 사막의 온갖 괴물들 ―사람의 머리와 사자의 몸뚱아리, 용 또는 전갈의 꼬리와 세 줄로 된 수많은 이빨을 가진 멘티코어, 상반신은 독수리이고 하반신은 사자인 괴수 그리핀, 불도마뱀인 샐러맨더, 하마를 닮은 거대한 괴수 비히머스, 사자의 머리, 염소의 몸, 뱀의 꼬리를 한 키메라, 상반신은 그리폰이고 하반신은 말인 괴물 히포크리프, 거대한 새인 시무르그, 머리가 백 개 달린 독사— 이 앉아서 인간들이 서로 칼부림을 하니까 하도 기가 막혀서 그 싸움을 즐거운 마음으로 구경하고 있었던 거야. 하여간에 살아남은 일부가 이동을 시작한 거야. 승리한 부족은 거들먹거리며 땅과 가축을 빼앗고, 선심을 베푸는 척 하면서 이동을 허락해준 거지. 멀리 꺼져버리라는 의미에서. 그때 대부분의 남자들이 학살되었지만 살아남은 일부가 여자와 어린 아이들을 데리고 이동을 시작한 거였어. 조상의 묘소를 버리고 거칠고 무서운 세상으로 길을 떠난 것이지. 가슴을 찢는 슬픔을 안고 말이야. 다시 돌아온다는 희망은 없었지. 그러나 그건 위대한 알라 신이 이미 예정한 일이었지. 알라 신이 말이야.

　처음에는 지중해를 향하여 시나이 반도를 북상하여 지금의 포트사이트 근처에 이르자 오른쪽으로 북상하여 예루살렘이나 다마스쿠스 쪽으로 갈 것인지, 아니면 남쪽 이집트 쪽으로 내려갈 것인지 갈림길에서 혼란을 겪었던 것 같아. 그때 무슨 이유인지 모르지만 결국 남쪽을 택했지. 아주 옛날부터 '남쪽은 아랍인의 요람이고, 북쪽은 그들의 무덤'이라는 아랍 속담이 있었는데…… 우리 부족은 아라비아 반도의 남쪽에서 쫓겨나서 '순례자의 길'을 따라 북쪽으로 올라갔고, 북쪽에서는 지중해성 기후 덕분에 부드럽고 따스한 해안가를 걸어서 남쪽으로 이동한 거야. 남쪽에서 희망을 발견한 거겠지. 조상들은 유목 생활을 계속하면서 서쪽으로 조금씩 이동하던 중 엘 우드 근처의 옛 마을에 자리를 잡은 거야. 처음에는 엘 우드에서도 역시 유목생활을 하였겠지. 그러다가 살기 좋은 계곡을 발견하고 그만 정착한 것이지. 그래서 엘 우드가 종착지가 된 거야…….

그리고…… 아름다운 투아레그 여인들을 만나 결혼을 하면서 그들 부족에게 동화되어 흡수되어 버린 거지. 우리 부족이나 그들 부족이나 같은 사막의 유목민으로서 생활방식이 아주 비슷했거든. 그래서 쉽게 동화된 거야. 사막에서는 결혼을 통해 부족 간에 결합이 이루어지지."

그러나 그들 부족은 속수무책으로 마을에서 쫓겨날 수밖에 없었다. 그것도 아주 멀리 떠나지 않으면 안 되었다. 가까운 곳에 있는 우물이나 오아시스마다 군인들이 진지를 만들어 그들의 접근을 막고 있었다. 그들 부족은 애스카라 제복을 입고 거들먹거리는 파시스트들에게 쫓긴 나머지 대충 짐을 꾸리고, 가축들을 모아서, 모두 함께 알제리 북쪽, 동부 그랑데르그의 중심 도시인 엘우에드 근처의 옛 마을을 황망히 떠나지 않으면 안 되었다. 그 후 투구르트, 우아르글라, 엘골레아, 인살라, 아라크, 타만라세트 등 알제리의 사막 도시들 주변을 지나쳐 남쪽으로 내려오면서 다른 부족의 땅이 아닌,

주인 없는 오아시스를 찾아 끝 모를 방랑을 시작한 것이다.

"우린 별자리를 따라 무작정 남쪽을 향하여 걸었어. 밤하늘에서 큰곰자리처럼 쉽게 알아볼 수 있는 별자리는 없어. 큰곰자리 별들을 따라 내려가면 작은곰자리별들 중 하나가 바로 북극성이야. 그 별이 이정표이지. 하늘에 남극성은 없거든.

사막에서는 지도를 따라가지 말고, 별을 따라가야 하는 거야 ……. 낙타에 짐을 싣고 염소와 양떼를 이끌면서 말이야. 그러나 염소와 양들은 내려오는 도중에 갈증과 병으로 대부분 죽었지. 우리는 죽은 동물들을 양식으로 삼았어. 우물이 있는 곳에서 밤이면 텐트를 치고 야영을 하였지. 밤은 너무 추웠어. 여자들과 아이들은 텐트 속에서 잠을 자고 남자들은 꺼져가는 모닥불 주위에서 옆에 긴 칼을 놓고 쭈그리고 앉아 겨우 잠을 잘 수 있었어. 주위에는 타마지트 어를 쓰는 베르베르족 강도들이 따라 다녔거든……."

"……신이 우릴 인도한 거야. 여기까지 오는데 1년하고 몇 개월이 더 걸렸지. 그때 우리는 맨발에 누더기 옷을 걸치고 우물과 오아시스, 목초지를 찾아 떠도는 사막의 유랑민이었어. 사막 중의 사막인 이곳에 도착하였을 때 사람은 없었어. 베두인 대상들이 가끔 낙타 무리를 이끌고 지나갈 뿐이었어……."

"……사막이 아름다운 것은 그곳 어딘가에 우물이 숨겨져 있기 때문이야……. 우리는 날마다 동이 트는 첫 새벽부터 걷기 시작했어. 배가 고픈 것은 별것 아니야. 입술과 혀가 굳어지는 갈증은 너무 고통스러웠어.

그때 남은 양식이라곤 얼마간의 말린 대추야자와 종려나무 열매, 밀가루가 전부였어. 꿀은 진즉 떨어졌고, 절뚝거리며 힘겹게 걷던 염소들이 죽은 후에는 우유도 더 이상 마실 수 없었지. 어린 아이들과 늙은이들의 고통이 심했지. 그때, 가엾게도 몇 사람이 열사병과 괴혈병으로 죽기도 했어……."

공기는 무겁게 가라앉아 있었다. 그들은 그때 모래에 반사되는 무서운 햇빛 때문에 반쯤 눈을 감고서 끝없이 사막을 걸으면서 지칠 대로 지쳐 있었다. 때로는 햇빛은 강렬한데 사막의 바람이 불어와 모래먼지가 마구 휘날리는 가운데 그늘 한 점 없는 사막을 몇 시간씩 걷기도 하였다. 그러나 밤이 오면 그들의 몸은 추위 때문에 얼어붙었다. 그들은 어른이나 어린애, 남자나 여자 할 것 없이 맨발에다 다 찢어진 누더기 옷을 걸치고 있었고, 몇몇 사람만이 겉옷을 찢어서 만든 걸레조각으로 발을 칭칭 동여매고 걸었다. 꼬마 아이들은 완전히 벌거숭이였다. 모두 한결같이 사막의 햇볕에 얼굴이 그을려서 숯 조각보다 더 검게 탔고, 눈은 충혈 되고, 입술이 갈라져 피가 났으며, 허기와 갈증 때문에 입술과 혀가 말라서 굳어지고, 뼈만 앙상할 정도로 삐쩍 말라 있었다. 상처 자국과 벌레 문 자국이 온몸을 뒤덮고 있었다.

그리고 쇠약한 사람들은 무참하게 쓰러졌고, 남자들이 죽은 시체를 모래무덤 속에 묻었다. 그들 모두에게 죽음의 순간이 점점 다가

오고 있었다. 그들은 사막의 잔혹한 침묵 속에서 고독하였고 아무
도 말을 하지 않았다.

이야기가 점점 길어지고 있었다. 족장은 그때 무성한 회색 턱수
염을 쓰다듬었다. 그는 어두운 하늘을 향해 한동안 합장했다가 다
시 두 손을 풀었다. 그러고 나서 그는 다시 담배에 불을 붙였다. 파
란 연기가 회색 털투성이 콧구멍으로 뿜어져 나왔다. 연기가 허공
속에서 말렸다가 풀렸다. 그는 여전히 엄숙한 태도로 말을 이어갔
다. 마을 사람들은 여전히 하나 같이 꼼짝없이 앉아서 경청을 하였
다. 밤은 춥고 고요했고 별은 빛나고 있었다. 이브라함은 아버지 곁
을 떠나지 않았다.

"그래도 우리는 **지도자**의 지시에 따라 매일, 매순간 끊임없이 신
께 기도했어. 어린 나도 어른들이 시키는 대로 열심히 기도했지. 신
이시여 도와주소서. 저희가 왔습니다. 우린 절망 속에서 기진맥진했
지. 아주 어려운 시기였어. 그때 지도자가 끊임없이 용기를 불어넣
어 주었지. 그분이 없었더라면 우린 결코 살아남지 못했을 거야. 그
분은 족장이 아니라 사막에서 종족을 이끌고 가는 모세라고 할 수
있었지"

지도자의 움푹 들어간 뺨이며 깊은 주름살은 지나간 삶의 흔적을
고스란히 보여주고 있었다. 그의 눈은 항상 먼 곳을 바라보고 있었
다. 그러나 여전히 그의 목소리는 음색이 풍부하였다. 검은 수염으

로 뒤덮인 부드러운 입은 항상 농담을 잘 했다. 아무리 어렵고 힘들어도 내색을 하지 않았다. 다만 그 지도자는 보기 드문 골초여서 담배가 한시도 입에서 떨어지지 않았다.

달이 없는 캄캄한 밤하늘에 무수한 별들이 총총히 빛날 때면 그는 어김없이 아름다운 밤하늘의 별자리 이야기를 하였다. 별빛이 그 종족의 핼쑥하게 야윈 얼굴들을 희미하게 비추고 있었다. 그는 점성술사이면서 천문가이어서 하늘에서 반짝거리는 별들을 모두 알고 있었다.

"신이…… 위대한 신께서 우리에게 별이 빛나는 밤하늘을 선물한 거지. 사막에서는 다른 걸 줄 게 없었겠지. 그래서 기나긴 어둠의 시간 동안 무수한 별을 쳐다보며 경탄한 거야. 별들은 우리에게 희망을 속삭여 주었지. 밤의 공포를 잊게 해 주었지. 비는 별들의 움직임에 맞춰 오고 그쳤지. 별 때문에 인간은 기하학과 공간, 시간과 수를 발견하게 된 거야.

그런데, 별마다 각기 자신만의 특징과 고유 공간이 있어서 우주에 넓게 퍼져 있지. 어떤 신도 빗자루로 쓰레기를 모으듯 모든 별을 한 곳으로 모을 수는 없는 거야. 만약 그렇게 할 수 있다면, 우주는 거대한 빈 공간으로 변해 버리겠지. 그러면 우주는 존재 이유가 없는 거야…….

우리 부족에게 오래되고 친숙한 별자리는 사냥꾼 오리온자리이지. 그 사냥꾼은 큰개와 작은개를 거느리고 있지. 그리고 저기 보이는 마차부자리의 천정 부근에 노란빛의 카펠라가 있지. 카펠라는 어미 염소를 의미하고 그 별은 세 마리의 아기 염소들을 데리고 있어. 우린 염소를 많이 키우니깐 이 카펠라 별자리가 우리 부족에게는 아주 중요한 의미가 있어. 그 별이 매일 밤 빛나야만 염소가 탈 없이 자라고 젖을 많이 생산하거든."

그런데 철새들이 천천히 허공을 가로질러 날아가는 것이 보였다. 지도자는 철새들을 좋은 징조로 받아들였다. 이것은 필시 신이 기적을 선물한 것이라고 생각하였다.

"신이시여, 전지전능한 신께서 우릴 버리지 마시옵소서. 굽어 살피소서. 신의 은총을 내려주십시오. 신이시여, 영원하시길……" 지도자가 신께 간절하게 기도를 올렸다.

"그때, 절체절명의 순간에 낙타를 몰고 오아시스를 찾아다니는 우아한 부족인 베두인족 대상을 사막의 길에서 우연히 만난 것은, 틀림없이 신의 계시였지. 기적이 일어난 거야. 정말 행운이었어. 지도자가 나서서 그들에게 울면서 호소하였지.

'형제들이여…… 우선 먹을 것을 좀 주십시오. 우린…… 배고픔과 목마름, 질병에 시달리며 일 년이 넘게 사막을 헤매고 있소이다. 도중에 죽은 사람들은 사막에다 묻고 계속 남쪽으로 걸었습니다. 우리 생존자들도 지칠 대로 지쳐 있습니다. 그리고 뿌리를 내릴 땅이 필요합니다. 우물이 있어야 합니다. 가르쳐 주십시오 우리의 요구가 너무 지나치다 생각지 말아 주십시오……'

그리고 지도자는 대상들에게 또다시 간절하게 말하였었지. 그 위대한 지도자는 나의 아버지이니라. 나는 지금도 똑똑히 기억하고 있는 거야.

'그대들에게 알라신의 축복이 있을진저! 그대들의 종착지인 튀니지까지 신이 축복을 내려 안전하게 인도하길……

이 늙은이는 더 이상 두렵지 않소 신의 명령을 따르면 그만이요 죽으면 그뿐이니까요. 그러나 아이들이…… 젊은이들이 정말 안쓰럽습니다. 어떻게 해서든지 우리 부족을 지켜야 합니다. 저들이 아무리 종족의 뿌리를 뽑아내고 목을 자르고 집을 불태워도 말입니다. 이탈리아인들이 아름다운 마을을 불태우고 우리 땅에서 우릴 내쫓았습니다. 또, 무서운 사막이 우릴 끝까지 시험했습니다.'

그들이 우릴 구원했지, 물과 말린 대추야자 열매와 무화과 열매를 나눠 주고, 이곳으로 안내해 주었어. 사막의 부족인 베두인의 신조란 역경에서는 인내, 복수에 있어서는 집념, 강자에게는 경계, 약자에게는 보호이거든. 그들이 우릴 살려 주었어.

그 대상들은 신이 우리에게 보내준 신의 사자였어. 신이 우릴 이곳으로 인도한 거야. 여기는 신이 소유한 땅이거든. 자생한 대추야자나무가 수백 그루나 자라고 있었고, 염소가 뜯을 덩굴식물과 풀이 계곡에 제법 무성하였지. 와디에서는 우리가 필요한 만큼 소금덩어리도 나왔어. 무엇보다도 물이 콸콸 넘치는 우물이 세 개나 있었지. 우리의 생명줄인 이 와디는 타만라세트 와디의 작은 지류임에 틀림없어. 이 오아시스는 우릴 위해 기다리고 있던 천국이었던 셈이야.

우리는 마침내 신이 내려준 이 천국에 완전히 정착했지. 더 이상 옮겨 다닐 필요가 없었어. 우린, 와바르 (천막을 가진 자)에서 마다르 (집을 가진 자)로 바뀌었지.

우리는 그때 신의 은총에 한없이 감사드렸지. 지도자께서 정성껏 하늘의 신께 기도하였지. '우리 종족의 보호자이신 신이시여! 이곳에 마을을 세우도록 허락해주신 신이시여! 우리 아이들과 염소와 양들이 번성케 하시고…… 우리가 생명과 육체를 보존하도록 굽어 살펴 주소서! 신이시여 감사합니다.'라고 말이지."

밤이 더욱 깊어가고 있었다. 그러나 그날 밤 하늘에 떠오른 달이 은색 달빛을 사막에 드리웠는지는 기억할 수 없다. 그가 잠시 동안 말을 멈추고서 좌중을 눈여겨 살펴보고 난 후 새로 담배를 태워 물고 구름처럼 피어오르는 담배 연기를 어두운 허공 속으로 내뿜었다. 벌써 연속해서 열 번째 담배였다. 그걸 이브라함은 기억하고 있다.

"지금은 또다시 고난의 시대이지. 하늘은 우리의 믿음을 시험하고 있어. 그런데, 말리의 무사 트라오데 흑인 집권당에 저항하는 베르베르계 투아레그족 분리주의자들이 우물 근처마다 진을 치고 있어. 분리주의자들도 파벌 대립이 심하지. 그래서 파벌 간 전쟁이 정부군과의 전쟁만큼이나 치열하지. 어떤 파벌은 정부군으로부터 몰래 자금과 무기를 지원받고 있다고 해. 그 파벌이야말로 더욱 설쳐

대면서 살육을 자행하고 있지. 이탈하는 동족들에게는 무자비하게 대응하고 있어. 투아레그는 항상 서로 뜻이 안 맞지. 그게 우리 민족의 치명적인 약점인 게야.

리비아 쪽에서 공급한 자동소총과 기관총, 로켓발사수류탄으로 무장한 반군들이 또는 정부군 쪽에서 곳곳에 서로 대인지뢰를 묻었고, 부비트랩도 숨겨놨다는, 믿을 만한 소식도 있어. 그런데 말이지, 멍청하게도 그 지뢰가 너무 깊이 묻혀 있어서 사람이 밟아도 터지지 않을 수도 있다는군.

우리 부족은 지금 알제리, 말리, 니제르 정부군에 쫓기고 있어. 우리는 포위된 거나 마찬가지야. 이쪽에는 알제리 사회주의 정권의 힘이 미치지 못하고 있어. 이 정부는 우리에게 해주는 게 하나도 없지……. 마른 대추야자와 밀가루가 아직 많이 남아 있고, 세 번째 우물은 당분간 마르지 않을 거야. 그런데 말이지, 떠날 가족은 막지 않겠어. 언제든지 떠나도 좋아. 다만, 조건이 있어. 매일 신께 감사의 기도를 드려야 해. 그러면 말이야, 신이 안전한 곳으로 데려다 줄 거야."

"신께서…… 또다시 여기까지 찾아오실까요?" 그 순간, 누구인지, 족장에게 물었다. "족장님…… 신이 우릴 버리신 것은 아닐까요? 어쩌면…… 벌써…… 잊어버릴 수도 있겠지요?" 그 말을 한 것은 분명 아버지는 아니었다. 그때 햇빛과 바람에 시달린 탓으로 거북 등짝처럼 잔주름이 잡혀 있던 아버지의 얼굴을 새삼스럽게 쳐다보았던 기억이 새롭다. 다시 생각해보면 사촌형의 아버지로 기억된다. 그는 앞니 두세 개가 빠져 있어서 혀 짧은 소릴 냈기 때문이다.

"그건, 그 말은 전지전능하신 우리 신을 모독하는 거야. 누가 감히 신을 비난할 수 있을 것인가? 그분이 모든 걸 예비하셨던 것이니라. 모든 일은 그분의 의지에 따라 일어나느니라. 신께 교만하고 무례하게 굴지 말지어다.

이 모든 것이 신의 섭리요, 뜻인 게야. 우리는 여기 사막을 떠날 수 없어. 우리는 사막의 일부이고 사막은 우리의 일부일 뿐이야. 신이 곧 구원하려 오실 거야. 물과 식량을 보내주실 거야."

모하메드의 목소리는 명쾌하고 힘이 있어 좌중을 설득하고 있었다. 불가사의한 신의 대리인은 열에 들떠 계속 반복하여 엄숙하게 외쳤다.

"비스밀라 (알라의 이름으로 자비를 베푸소서)."

"알라후 아크바르 (알라 신은 가장 위대하시다)."

"인샬라 (신의 뜻대로)."

"우리의 위대한 신은 전지전능하고 완벽하다. 결단코, 그분 말고 또 다른 신은 존재하지 않는다. 알라 이외에는 신이 없느니라. 그분과 대등한 자도, 경쟁자도 없다. 지혜롭고 높은 자비심을 가지신 분이며, 우리 가까이에서 무한히 베푸시고 유일하게 무한정 관대하신 분이다. 완벽하고, 사랑이 가득한 분이시다. 알라만이 위대하시도다. 우리의 주인인 신에게 모든 영광과 찬양이 있을지어다. 무하마드는

알라의 위대한 예언자이시다! 기도하라! 마음의 평화를 얻으리라!"

마을 사람들에게는 신만이 절망적인 문제를, 모든 시련과 근심 걱정을 풀어주는 유일한 해답이었다. 전지전능한 신만이 이 사태를 알고 있었고, 신만이 이 어려운 문제를 해결할 수 있었다. 그들은 그렇게 믿었다. 어떤 희망을 보았던 것일까? 그들은 이구동성으로 중얼거렸다. "저흰…… 오직 신만을 믿겠사옵니다. 신만을…… 믿겠사옵니다. 오 주여! 오 하나님!"

사막에 밤이 깊어갔다. 밤의 색깔은 암청색으로 변했다. 사막은 죽은 듯 고요하였다. 사막을 짓누르고 있는 것은 정적뿐이었다. 춥고 매서운 바람이 모래를 휩쓸고 지나갔다. 별들이 하늘에서 쏟아져 내렸다. 멀리 사막의 모래언덕들이 어두침침한 땅거미 속으로 스러졌다. 이브라함은 흔들거리는 등불 속에서 홀로 빛나는 족장의, 신의 대리인의 위대한 얼굴을 새삼스럽게 쳐다보았다.

그러나 아무런 소용이 없었다. 마을의 성소에서 알라에게, 사막의 전통 신에게, 다음에는 부족 신에게 양을 통째로 제물로 바치면서 비를 내려달라고 간청해도 소용이 없었다. 무서운 가뭄은 무려 4년 간에 걸쳐 계속되었고, 엎친 데 덮친 격으로 정체를 알 수 없는 역병까지 번졌기 때문에 마을 사람들은 신의 구원을 간절히 기다리다 지쳐 차례로 굶어 죽고, 병들어 죽어갔다. 신은 참을성이 많아서인지 끝까지 나타나지 않았다.

그들은 잠시 동안이나마 고통을 잊기 위하여 중독성이 강한 각성

제인 캇의 잎을 질근질근 씹으며 마지막까지 버텼을 것이다. 그걸 씹으면 입 안에 걸쭉한 초록색 침이 가득 돌고 코를 찌르는 독한 냄새가 고통을 일시 마비시켰다.

그때 그의 부모님과 다섯 동생들도 다 죽은 것으로 보인다. 그들의 피곤에 지친 꿈과 하얀 평화는 흙벽돌집 뒷마당을 지나 황량한 사막의 모래 속에 파묻혔을 것이다.

그가 2년 전 사막으로 막 귀환하였을 당시, 고향 마을과는 오랫동안 직접 전통적인 교역방식 대로 물물거래를 하였던 타만라세트 수크(시장)의 투아레그족 노인이, 그가 마을을 떠나온 이후 불과 2년여 만에 일어났던 그 비극적 종말에 대하여 자세하게 전해 주었다.

"그때 비는 끝내 내리지 않았어. 우물은 완전히 말라버렸고……. 사람들은 너무 굶주리고 지친 나머지 한 발짝 움직일 힘도 없었는데 설상가상으로 무서운 모래 폭풍이 회오리를 일으키며 계곡을 휩쓸었지. 그때의 바람은 평생 보기 드문 무서운 거였어. 그 바람은 모든 걸 날려버리고 덮어 버렸지. 그러고 나서 사라졌어. 그건 천재지변 같은 거였어. 그게 바로 심술궂은 신의 장난인 거지. 워낙 고립된 마을이어서 타만라세트에서 그 비극적 사건을 알게 된 건 상당히 오랜 시일이 지나서였지."

아랍식의 어두침침한 상점가와 낮은 흙벽돌집들이 뒤섞여 밀집해 있는 수크에는 여전히 열대의 태양이 좁은 골목 안으로 쏟아져 내렸고, 열기로 인해 숨통이 막힐 지경이었다. 어디선가 오줌 냄새, 과일과 쓰레기가 썩는 고약하고 역겨운 냄새가 풍겨왔다. 골목 안에는 채소, 곡물, 망고나 바나나 같은 열대 과일, 담배, 소금, 향신료, 설탕류, 싸구려 장신구, 박제한 코브라, 표범 가죽, 사랑의 묘약, 옷, 양탄자, 어딜 가도 빠지지 않는 콜라 등을 파는 가판대와 작은 가게들이 옹기종기 모여 있었고, 양과 염소 고기, 원숭이 머리, 도마뱀, 영양의 뒷다리와 파리 떼로 뒤덮인 짐승의 내장들이 플라스틱 용기에 담긴 채 또는 방수포 위에 그대로 놓인 채 길바닥에 널려 있었다.

날씨는 찌는 듯이 무덥고 냉장시설도 없었지만 파는 사람이나 사는 사람 누구도 그것에 신경 쓰는 사람은 없었다.

그러나 그가 찾아갔을 때는 한낮이어서 골목 안은 한산하였다. **마흐마드**는 옛날 그대로인 자신의 좁은 상점에서 낡은 나무의자에 앉아 무슬림들의 물담배인 시샤를 입에 물고 꾸벅꾸벅 졸고 있었다. 얼굴이 온통 주름투성이였지만 한없이 인자한 마흐마드가 찻주전자에 담긴 차를 가득 따라주면서 아주 천천히 말했다.

"차를 마시면 마음이 따뜻해질 거야. 많이 마셔도 상관없어. 물론, 네 아버지를 잘 알지. 여러 차례 우리 가게에 왔으니까. 난 들어본 적이 없었지만, 임자드를 잘 켠다고 소문이 자자하였지. 아버지는 참으로 멋있는 사람이었어.

신이 하늘나라로 일찍 데리고 간 거야. 모든 게 신의 뜻이지. 네가 가족들을 여전히 사랑하고, 마음속에 기억하고 있는 한, 죽은 게 아니란 말이지. 그들은 계속 살아 있는 거야. 무슨 말인지 잘 알겠지…… 네 아버지는 언제나 너의 마음속에도 너의 마음 밖에도 살아있는 거야. 그러니까, 여기에도 있고 저기에도 있는 거지. 아버지는 하늘나라 자기 별에 앉아서 널 내려다보고 있겠지. 네 엄마도, 동생들도 마찬가지일 거야. 네가 이렇게 훌륭하게 자란 것을 보고 모두가 자랑스러워할 거야."

이브라함은 망연자실한 상태에서 마흐마드의 말을 듣고 있다.

"고향에 돌아와서 많이 실망했을 거야. 그렇지? 떠날 때보다 나아진 게 하나도 없으니까. 가뭄 때문에…… 또, 무슨 탄광 개발을 한다고 목초지가 얼마 남아있지 않아서 투아레그의 옛날 식 유목민 생활은 더 이상 불가능하게 되었지. 게다가 너희 부족은 다 하늘로 올라가 버렸으니…… 우리 집에서 당분간 지내도 좋아. 그리고 무슨 할 일이 있는지 찾아봐야 할 거야. 사막에 관광객이 몰려오고 있으니까, 그 쪽 일을 하는 것도 괜찮을 거야. 넌 프랑스어를 잘 하니까 말이지……"

그때 마흐마드는 거북이 등처럼 두툼하고 딱딱한 손으로 그의 머리를 쓰다듬고 얼굴을 부드럽게 어루만지며, 서럽게 흐느끼던 그를 위로하였다.

인간 해방 (혹은 에덴동산의 탈출)

인간 해방 (혹은 에덴동산의 탈출)

노예는 더 이상 노예가 되지 않겠다고
결심하는 순간 스스로 해방된다.
— 간디

메소포타미아의 비옥한 초승달 지역에 자리 잡은 에덴동산에는 따스한 햇볕이 알맞게 비추는 가운데 색채가 눈부시게 아름다운 화려한 꽃들이 피는 식물들이 우거져 있고, 얌전한 짐승과 새, 나비와 꿀벌들이 한가롭게 거닐고 춤추고, 대지는 유프라테스 강과 티그리스 강, 은과 금이 지천으로 널려있는 하월라 땅을 휘돌아 흐르는 비손 강과 기혼 강 등 네 강으로부터 흘러나오는 수많은 지류가 실핏줄처럼 흐르면서 검은 흙은 비옥해서 보리와 밀 등 온갖 풍성한 곡식을 제공해주고, 육체적 질병도 걱정할 것이 없다. 사람에게 나쁜 것은 하나도 없고 오직 좋은 것만 있었다.

다만 인간의 죽음에 대해서는 그것이 인간에게 좋은 것인지 나쁜 것인지 전지전능한 신도 판단하기 어려웠으니 그 문제는 그 동산에서도 여전히 해결되지 못한 숙제로 남았다.

그러므로 에덴의 과수원 한복판에는 지혜의 나무가 한 그루 서 있고, 그러나 월계수 나무들이 금방 자라서 무성해지고, 탐스러운 사과와 석류, 오렌지와 무화과, 포도, 올리브 열매가 맺는다. 여름이건 겨울이건 계절을 가리지 않고 열매는 떨어지는 법도 시드는 법도 없다. 그런데 말이 겨울이지 날씨는 늦은 봄 날씨처럼 너무 온화해서 인간이 짐승처럼 나체로 지내는데 아무런 지장이 없다. 오히려 겨울 북풍이 산들산들 불어오는 날에 나무도 열매도 더 빨리 자라고 더 빨리 무르익는다. 석류 속에 석류, 포도송이 위에 포도송이, 한 송이 꽃송이 안에 다른 한 송이, 무화과 열매 위에 새로운 무화과 열매가 매달린다. 사시사철 도처에 꽃망울이 화르르 열리고 꿀맛 같은 과일들이 사람의 키 높이로 또는 까치발로 몸을 뻗으면 닿을 수 있는 나뭇가지에 주렁주렁 매달려 있는 것이다.

에덴동산은 인간이 타락하기 전에는 평화와 기쁨이 넘치고 웃음이 가득한 곳이었으니 자연이기에 앞서 예술 작품이다. 아름답고 웅장하고 매혹적인 것이다. 하늘에 천국이 있다면 이 에덴동산은 천국을 모델로 삼아 그대로 본뜬 것이리라. 그래서 이후 이 세상 모든 정원, 파라다이스, 유토피아의 영원한 모델이 되었으니 인간들은 아주 옛날부터 이 낙원을 재창조하거나 사라진 낙원을 찾기 위해 끊임없이 노력해 왔다.

에덴동산에는 그들만이 살았다. 전지전능한 신을 제외하면 아담과 이브 (또는 하와). 원래는 아담 혼자서 살았는데 (그러므로 그는 최초의 인간이다. 꾸란에 의하면 최초의 무슬림이다) 신께서 아담에게 깊은 잠이 쏟아지게 하여 그를 잠들게 한 다음, 그의 갈빗대 하나를 빼내시고 그 자리는 살로 메웠다. 그리고 신은 그 갈빗대로 여자를 만들어 아담에게 데려다 주었다. (그러나 여자의 아름다움을 보면 신은 남자는 흙으로 대충 만들었지만 여자만은 엄청난 정성을 기울인 것이 확실하다.)

아담이 부르짖었다. "*이야말로 내 뼈에서 나온 뼈요, 내 살에서 나온 살이로구나. 남자에게서 나왔으니 여자라 불리리라.*"

(이에 대해 링컨 대통령은 '하와는 아담의 머리에서 나온 것이 아니다. 그것은 여자가 남자를 지배해서는 안 된다는 것을 보여 주는 것이다.'라고 말했다. 요즘 같으면 여성 차별적 발언이라고 지적될 수도 있을 것이다.

그런데 신은 남자일까? 여자일까? 인간들은 여태껏 신을 본 적이 없으니. 교황 요한 바오로 1세는 신은 어차피 성이 없으니 여자로 재현될 수도 있다고 하였다. 그러면 어떤 유대인 이야기를 들어보자. 에덴동산에서 신은 아담이 아니라 이브를 먼저 만들었다는 것이다. 이브는 너무 따분했으므로 신에게 남자 친구를 만들어 달라고 간곡히 요청하였다. 이브는 신에게 단 한 곳을 빼고 자신을 닮은 남자 친구를 만들어달라고 계속 졸랐던 것이다. 그러면 훨씬 덜 심심할 거라고 하면서. 그래서 신은 아담을 만들었는데, 그러나 이브에게 한 가지 조건을 제시하였다. 남자가 나오면 이브가 먼저 창조되었다는 말을 하지 말라는 조건이었다. 남자의 자존심을 상하게 하면 안 되니까. 그러면서 신은 "*이건 말이야, 여자들만 아는 비밀인 거야. 남자들은 아무리 나이를 먹어도 어린애야, 기껏해야 다 큰 어린애라는 것을 우리 여자들은 알고 있지.*"라고 하였다는 것이다. 신이 남자였으면 먼저 남자를 만들었을 것이고 여자였다면 먼저 여자를 만들었을 거라는 이야기 아니겠는가.)

어쨌거나 남자는 여자를 만나서 결합하고 둘이 한 몸이 된다. 그건 신들도 마찬가지였다. 바빌로니아, 이집트, 그리스와 로마의 신들도 한결같이 여자가 있었고, 야훼도 그의 여자 아세라가 있지 않았던가. 예수 역시 남자이고 그에게도 여자가 있었으니 골고다의 예수 곁에는 세 여자가 있었다. 그들 모두 마리아라는 이름을 갖고 있었는데 예수의 어머니인 마리아 이외에 막달라 마리아와 다른 마리아가 있었던 것이다. 고대 파피루스에는 콥트어로 "*예수가 그들에게 말하기를 '나의 아내'…… 그녀는 나의 제자가 될 수 있을 것이다.*"라고 적혀 있으니까, 그 중에는 예수의 아내도 있었을 것이다.

(왜 사람들은 소설 '다빈치 코드'에 그토록 열광하였는가. 2000년 동안이나 숨겨져 왔던 예수의 봉인된 비밀을 불경스럽게도 폭로했기 때문이었을까. 그러나 남성중심주의의 원조이고 총본산인 교황

청은 펄쩍 뛴다. 예수에게 아내가 있었다는 설을 부정하는 것은 물론이고 여성이 예수의 제자가 된다거나, 여성의 사제 진출을 절대 금기시하고 있다. 중세 시절이라면 댄 브라운은 틀림없이 화형을 당했을 것이고 그 책 역시 금서목록에 오를 뿐만 아니라 회수되어 역시 불태워졌을 것이다.)

그런데 여기에서 커다란 논쟁점이 생긴다. (성서에 의하면) 아담이 최초의 인간이면서 최초의 남자, 이브가 최초의 여자라는 데는, 모든 인류는 그들의 자손이라는 데는 이론이 있을 수 없다.

그렇다면 그들이야말로 인류 최초로 성교라는 신성한 (또는 달콤하고 황홀한) 행위를 하였음에는 이론의 여지가 없다. 문제는 그 시기를 둘러싸고 심각한 논쟁이 일어났던 것이다. 전통적 견해는 그들이 에덴동산에서는 성행위를 한 일이 없었다고 주장한다. 그들은 천사와 다름없는 존재였으니 천사가 어떻게 성행위를 할 수 있었겠느냐고 주장한 것이다. 또는 예수님은 신이 인류에게 보낸 두 번째 아담인데 예수님이 어떻게 그런 천박하고 불경스러운 행위를 할 수 있었겠는가라고 주장했다. 그들이 교활한 뱀의 유혹에 넘어가 지혜의 나무에 열린 선악과를 따먹고 에덴동산을 추방당한 뒤 (더욱이 신은 에덴동산에서 축출된 아담과 이브가 다시는 돌아오지 못하도록 신의 명령에 따라 불 칼을 들고 에덴을 지키는 무시무시한 케루빔을 입구에 세워 놓았다고 한다.) 비로소 인간이 되면서 동침했고 이브는 임신을 해서 차례로 첫째, 카인과 아벨, 셋을 낳았다는 것이다. 다만 창세기에 의하면 아담에게도 죽은 아들이 한 명이 있었는데 그게 첫째였다는 것이다.

그러나 긍정하는 견해도 유력하였으니 그들은 '*그렇지 않다면 어떻게 해서 에덴을 낙원이라고 부를 수 있겠는가*'라고 반문했다.

(마크 트웨인은 말했다. '이브는 사과 자체 때문에 사과를 원한 것이 아니라 그것이 금지된 것이기 때문에 원했다.') 그러나 그 열매에 대해서는 사과가 아니라 석류 아니면 무화과라는 강력한 주장도 있다. 아열대인 메소포타미아에서는 사과나무가 자라지 않는다는 것이다.

그런데, 널리 알려진 대로 (이즈러지는 조각달이고 대장장이고 음악가인) 카인은 순전히 질투심에서 동생 (차오르는 조각달이고 양치기인) 아벨을 죽였다. 그는 인류 최초로 살인죄를 저지른 자이고, 가족을 배신한 배신자였으며, 또한 신에게까지 거짓말을 한 위선자였다. 그러니, 인류의 역사는 애초부터 유혹과 타락, 살인과 배신 등 범죄로 얼룩진 채로 시작된 것이다. 인간의 소외와 시기에 따른 갈등 관계는 원초적이기 때문에 죄악은 피할 수 없는 인간의 본성이 되어버렸다.

그러나 카인은 아버지 아담의 진정한 아들이라고 할 수 있다. 카인은 질투라는 인간 본성을 가진 자연스러운 인간이기 때문이다.

카인은 인간의 원형으로 이 세상에 뿌리를 내리고 이 세상을 자신의 집으로 삼은 것이다. 신은 그에게 살인죄의 유죄판결을 내리고 그 벌로 영원히 떠돌아다니라고 명령했던 것이다. (카인은 옳고 그름을 떠나서 무섭고 험하게 생겼으나 늠름한 젊은이였고, 그의 시선에 담긴 비범한 정신과 담력을 소유하고 있었다. 그래서 예수가 탄생하기 이전부터 그의 용기와 담대함을 찬양하고 경외하는 한 무리 카인교도들이 있었으니…… 모진 고문을 이겨내고 끝내 공범자의 이름을 밝히지 않는 범죄자들은 그들이 사랑할 수 있는 거대한 능력을 갖고 있지 않다면 어떻게 가능했을 것인가, 마지막 순간에 회개한 도둑보다 자신의 길을 간 간 큰 도둑이 용기 있는 도둑이라고 할 수 있으니 그들이야 말로 인간의 진정한 선조인 카인의 후예라고 할 수 있을 것이다. 그들 도둑은 영웅이다. 그러므로 카인에게는 많은 숭배자들이 있었던 것이다.)

하지만 나는 전통적인 견해에 대해 반론을 제기하고 싶다. (물론 내가 최초로 반론을 제기한 것은 아니다. 벌써, 4세기 때 히포의 주교 아우구스티누스는 아담을 자신과 같이 피와 살을 가진 인간이고, 그래서 음식을 먹고, 세상의 풍경을 즐겼으며, 여자와는 성교를 하여 가족을 이루었다고 하였다.)

그렇다. 신은 남자에게 짝을 지어주기 위해 여자를 만들었고 남자와 여자는 결합해서 둘이 한 몸으로 되도록 하지 않았는가. (만약 아담이 살면서 대화를 나눌 좋은 상대가 필요하였다면 여자를 만드는 대신 남자를 만들어 두 명의 남자가 서로 친구가 되게 하는 것이 훨씬 좋았을 것이다.)

그들은 신이 만들어준 대로 에덴동산에서도 각기 고유의 성기를 달고 있었다. 성기도 하나님이 만든 것이다. 전지전능한 하나님이 왜 어찌해서 수고스럽게도 쓸데없는 것을 만들었겠는가. 모두가 요긴하게 쓰일 용도가 있는 것이다. 그러므로 전통적인 견해는 성기의 기능을 완전히 무시한 것이 아닌가. 하지만 그들은 금지된 열매를 먹고 신께 불복종하였을 때 난생 처음 부끄러움을 알게 되었다. 그들은 무화과나무 이파리로 거길 가렸다. 그때 이후 인간들이 거길 가리는 유구한 관습이 시작되었던 것이다. 아우구스티누스는 말했다. '*저곳이 바로 그곳이다. 저곳이 인간의 원죄가 전해지는 바로 그곳이다.*'

그럴 것이다. 아담과 이브가 에덴동산의 여기저기를 거닐 때면 얼마나 심하게 봄 입덧을 했을 것인가. 그들은 형형색색 꽃들의 관능적인 향기에 가슴이 터질듯이 들뜨고 얼마나 야릇한 기분에 휩싸였을 것인가. 그리고 하루 종일, 몇 날, 몇 달씩 얼마나 심심했겠는가. 그래서 그들은 가끔 산뜻한 기분을 맛보기 위해서 실개천의 맑은 물에 몸을 담갔고 목욕을 마치고나면 그윽한 햇빛에 몸을 말리기도 했다. 더욱이 실오라기 하나 걸치지 않은 나체인 상태에서 성인 남녀가 붙어있으니 그들도 인간인데 도대체 할 수 있는 게 무어란 말인가. 아담은 안식일 저녁에 만물 중에서 제일 마지막에 창조되었고 신은 인간으로 하여금 이 세상을 즐기게 하기 위해 인간을 세상에 보냈다는데 말이다.

그들은 동물처럼 천진하게 사랑을 나누지 않았을까. 다른 포유동물처럼 여자의 뒤에서 말이다.

그런데 지상낙원에 술이 있어야 할까, 없어야 할까. 술을 마약이나 독이라고 여기는 편협한 인간들에게는 술은 악마이어서 없어야 마땅할 것이다. 그러나 삶의 기쁨이고 일종의 치료약이라고 여기는 사람에게는 반드시 있어야 할 박카스의 여신일 터이다. 하지만 인간이 사는데 귀중한 술이 빠질 수 있겠는가. 신은 인간을 만들었고 인간은 술을 만들었던 것이다. 에덴동산에서는 지천으로 널려있는 과일이 저절로 익어서 술이 되었다. 과일주가 지천이었다. 특히 포도주가 그러하였다. 1504년 아메리고 베스푸치의 아메리카 원정 대원들이 발견했던 팡타그뤼엘의 유토피아는 15세기의 에덴동산이라고 할 수 있다. 유토피아에서는 음료로 포도주와 사과주, 배주를 마셨고 그리고 물에는 가끔 꿀과 감초를 넣어 맛을 냈다. 그러므로 에덴동산에는 처음부터 술이 있었던 것이다.

그래서 진실을 말하자면, 아담은 무미건조하고 생기가 없는 생활에 싫증이 나고 너무 심심한 나머지 그 권태를 이기지 못하고 매일 술에 쩔어 술배가 튀어나온 데다 코마저 딸기코인 사내가 되었을 가능성도 있다. 이브 역시 매우 섬세한 여자이기는 하나 운동부족으로 몸은 살이 쪄 통통하고 다리에 관절염이 있을 가능성이 크다. 그들은 늘 술에 얼큰히 취해 있었을 것이다. 술에 취하면 그 뒤에 무슨 일이 벌어질지 아무도 모르는 것이 아닌가.

특히 유혹자인 이브는 '순결한' 마리아가 아니었으니 어떻게 참고 견딜 수 있었겠는가. 요컨대 아담에게서 수컷 냄새가 풀풀거렸는데 말이다. 그리고 이브는 여자이니까 아담을 등 뒤에서 비웃기도 했을 것이다. 그러므로 이집트에서 요셉을 끈질기게 유혹했던 포티파르는 이브의 뜨거운 피를 이어받은 직계였던 것이다.

남자들이 여자들에 대해 관심을 갖는 것보다 여자들이 남자들에게 더 많은 관심을 가지는 이유는 무엇인가? (버지니아 울프) 그리고 신이 여자를 창조하는 순간 권태가 사라졌다. (니체)

또한, 그 전통적인 견해의 치명적 결함인즉, 그들이 에덴동산에서 추방된 뒤 아담과 이브가 비로소 동침했고 이브는 임신을 해서 고통 속에 첫째를 낳고 카인을 낳고 그 다음에 아벨, 셋을 낳았다는 것이다. 그러나 아담과 하와는 에덴동산에서 자식을 낳은 후 추방되었는지, 그것도 네 명의 자식 가운데 전부를 또는 일부만 낳았는지, 아니면 에덴동산에서 그들이 선악과를 따 먹은 후 추방되기 전 몇 년 혹은 몇십 년의 기간 중에 낳았는지, 추방되고 나서야 하와가 임신하고 출산을 하였는지는 알 수 없다. 다만, 창세기에 의하면, 첫째는 원인을 알 수 없으나 하여간에 이름도 남기지 않은 채 일찍

죽었고, 아담과 하와는 아벨이 죽은 후 셋을 낳았는데 노아의 족보
(즉 인류의 족보)가 셋을 통해 시작되었다고 한다.

또 다른 설은 에덴동산에서 쫓겨난 뒤 두 사람은 신의 훼방으로
헤어져 아담은 인도에까지 유랑하여 결국 대장장이로 평생을 고생
하다가 죽었고, 이브는 아담과 헤어진 후 아라비아 반도 남쪽으로
내려가서 평생 농사일을 하며 고단한 삶을 살다 죽었는데, 그 무덤
이 지금까지도 메카를 순례하는 무슬림들이 지나다녔던 헤자즈의
순례 길에 있는 지다Jidda의 도시 성곽 바로 밑에 있다고 한다. 그
러므로 그들이 에덴동산을 떠나온 후 동침할 기회는 없었던 것이다.
일설에 의하면, 그들은 헤어진 후 너무 멀리 떨어져 살았기 때문에
다시는 만나지 못했다고 하고, 또 다른 설에 의하면 딱 한 번 길에
서 서로 엇갈리면서 만난 일이 있었는데 그때 하와는 늙어서 꾀죄
죄하고 거의 생기가 다한 주름살투성이인 아담을 처음에는 알아보
지 못했으나 그냥 살짝 미소를 지으며 지나쳤다는 것이다.

어쨌거나 그들은 원래 흙으로 만들어졌으니 죽은 후에는 다시 흙
으로 돌아가야 했다.

그러므로 결론은 그들은 에덴동산에서 이미 성교를 하였다고 보
아야할 것이다. 다음 이야기를 들어보면 그건 확실하다.

어느 날 아침 에덴동산에서 신이 아담과 이브를 찾았으나 그들이
한동안 보이지 않았다. 나중에 아담을 만나자 신은 두 사람이 어디
에 있었느냐고 물었다. "오늘 오후에 둘은 처음으로 사랑을 했습니

다. 그렇게 즐거울 수가 없었지요. 신께 감사드립니다." "너희가 결국 죄를 짓고 말았구나. 네 그럴 줄 알았다. 그런데 이브는 어디에 있느냐?" "저쪽 강에서 몸을 씻고 있습니다." "이런 젠장, 이제 물고기들이 온통 비린내를 풍기게 생겼구나."

그런데 에덴동산에서 대담하게도 금단의 열매를 따서 아담에게 준 것은 바로 이브였다. '더 연약한 그릇'이었던 여자에게 뱀이 먼저 접근하여 유혹하였던 것이다. 이브는 아담에게 사과를 먹으라고 권하였으니 아담은 여자의 청을 거절할 수 없었다. 아담은 이브가 준 사과를 신 모르게 허겁지겁 급히 먹다가 한 조각이 목구멍에 걸려 혹을 만들었으니, 그게 바로 남자의 목 가운데 있는 목젖이다. 그때부터 목젖은 일명 아담의 사과 (Adam's apple)가 되었다. 어쨌거나 이브야말로 인류 최초의 여자였고 유혹자였던 것이다.

(그렇다면 이브의 또 다른 이름은 '릴리스'가 아니었을까. 일설에 의하면 릴리스는 아담의 배필로 몹시 반항적인 성격의 소유자였다고 한다. 그녀는 아담을 매력 없는 남자라고 생각해서 버리고 떠나 잔인한 독부가 되었으니 신 자신과도 죄를 지었다고 한다. 그러므로 릴리스는 온 세상에 고통을 가져다준 장본인이고 그녀의 죄로 인해 인간은 천국을 떠날 수밖에 없었다는 것이다.)

그런데, 진실은 무엇인가. 신은 인간들이 선악과를 따먹기를 바랐던 것일까. 그 교활한 뱀이야말로 신이 변장한 것이었을까. 아니면 누구의 화신이었을까. 천국에 어떻게 사악한 뱀이 살 수 있었을까. 그러면 신은 완벽했던 세상에 죄악이 들어오면서 인간이 타락하기를 바랐던 것일까. 신 역시 심심했던 것일까. 그래서 장난을 치고 싶었던 것일까.

신의 장난.

그러나 신의 의지와 반대로 인간은 선악과를 따먹고 타락하면서 지혜를 얻었고 창조의 힘을 사용하면서 신의 전능함에 도전하였다. (그래서 그노시스 교도 중에서 오파이트 종파는 뱀이 완전한 지혜의 상징물이라고 여기는 뱀 숭배자들이었고, 에덴동산에 살던 뱀을 인간에게 선과 악에 대한 지식을 가르쳐준 인간의 위대한 스승으로 섬겼다.)

그리고 인간은 위선적인 신의 보호로부터 해방되면서 자유의지를 획득했다. 그러므로 이제부터 인간에게 자유는 삶의 필수적인 조건이 되었고, 인간 실존의 본질이 된 것이다. 이제부터 자유는 자유 그 자신을 위해서 필요한 것이 되었다.

그러니 인간은 점점 낙원에 만족할 수가 없었다. 에덴동산에서 인간은 오직 주인이 규정한 대로 살아가기만 하면 되었다. 그렇게 길들여져 있었다. 그러므로 삶의 번뇌와 걱정거리는 도대체 존재하지 않았다. 그러나 너무 지루했던 것이다. 에덴동산의 풍성한 식탁도 찬란한 햇빛도 더 이상 소용이 없었다. 그들이 천진난만한 유아기적 상태로 남아서 고통을 모르기 때문에 즐거움도 모르고, 죄를 모르기 때문에 악과 선을 모르고, 추함과 아름다움을 구별할 줄도 몰랐던 철없던 시기는 지나간 일이 되었다.

그들은 에덴동산에서 권태감을 느꼈고 변화와 모험이 필요함을 느끼기 시작했다. 바깥세상이 궁금했던 것이다. 에덴은 더 이상 천국이 아니라 지긋지긋한 감옥이었다. 그래서 인간은 결국 신의 노예가 아닌가하는 의구심을 떨칠 수가 없었다. 그들은 자유를 찾아 탈출해야만 했다. 이브의 뜨거운 핏속에서 무언가 모를 반항의 기운이 격렬하게 꿈틀거렸다. 자유를 찾아 살고 싶은 강렬한 욕망 때문에 고함을 마구 지르며 뛰쳐나가고 싶었던 것이다. 그녀는 아담의 등을 떠밀며 충동질을 하였다. 그들은 스스로 고난의 길을 선택했다. 인간들은 스스로 에덴의 문을 열고 떠났던 것이다.

그러니까 인간은 살아남기 위해 떠난 것이 아니라 해방과 자유를 찾아서, 그것에 대한 열망 때문에 떠난 것이다. 이것이 진실이다.

(그런데 우리가 잃어버렸다는 낙원의 이름은 에덴동산 garden of Eden이다. 그런 것이다. 그것은 야생의 숲이나 들판이 아니다. 정원이란 의도적으로 계획하고 적극적으로 개발하고 인공적으로 가꾼 것이다. 그러므로 에덴동산은 자연 상태에서 그대로 존재하는 것이 아니라 신이 인간을 가두어 놓고 기르기 위해 만들어 놓은 것이다. 새장이나 어항처럼 말이다. 달리 말하면 에덴동산은 지독한 감옥이었고 신은 그 감옥을 지키는 수석 옥리였던 것이다.)

그러나 인간은 자유를 얻은 대신 황야에 내던져졌다. 에덴동산밖은 가시덤불과 엉겅퀴로 뒤덮인 황무지였다. 인간은 스스로 먹고 살아야 했으니 식량을 획득할 땅이 필요했다. 아담은 땀을 흘려 그 땅을 개간하였다. 그러나 땅을 얻으면 다시 소유권을 확보해야만 했으니, 인류의 역사란 실은 에덴을 떠나온 이후 인간들 간 빼앗고 빼앗기는 토지의 소유권에 관한 지루한 연대기인 것이다.

그런데 아담과 이브가 떠난 다음 에덴동산은 어찌 되었을까. 그들이 떠난 이후로 지상낙원은 다른 모든 존재들처럼 폐허가 되어 사라져 버렸을까, 아니면 지금까지도 이 세상 어딘가에 숨겨져 있을까. 이에 대해 누구는 노아의 홍수가 지구를 덮쳤을 때 완전히 파괴되었기 때문에 더 이상 찾을 수 없게 되었다고 하였고, 누구는 강물에 휩쓸리기는 했으나 완전히 가라앉지는 않고 높은 산꼭대기에 걸려있다고 주장했다. 그래서 중세의 지도에는 한결같이 세계의 동쪽 끝에 위치한 것으로 그려져 있었다. 그랬으니 종말론적 근본주의자였던 콜럼버스는 그것을 찾아서 동쪽으로 힘겨운 항해에 나섰던 것이다.

에덴동산의 이야기는 종교적인 것이고 또한 상징적인 것이다. 그 이야기는 역사적으로 아무런 근거가 없는 신화에 불과하지만 말이다. 그런데 유대교 또는 그리스도교 근본주의자들은 인간이 신으로부터 해방되고 마침내 신을 극복하게 된 21세기에도 여전히 성경을 문자 그대로 읽고 해석하고 있으니 문제이다.

시인 혹은 영화감독이 되고 싶었던 남자

시인 혹은 영화감독이 되고 싶었던 남자

사이코패스 또는 소시오패스는 누구인가.
내가 혹시? 아니면 우리 주위에서 반사회적 인격장애자가
나를 노리고 있는 건 아닐까.

나는 1980년 서울 공대 건축과를 졸업했다. 바로 그 해 봄에 건축 설계와 감리, 엔지니어링을 전문으로 하는 (주)공간에 입사하였다. 내가 입사할 당시 회사는 아직 중소기업 수준이었으므로 설계부서의 총 인원은 고작 30명 남짓이었다. 그러나 회사는 일취월장 발전하고 있었다. 그 당시 정부가 경제개발에 역량을 집중하면서 공장이나 건물, 항만공사, 도로와 교량 등 건설 경기가 폭발적으로 성장하고 있었기 때문이다.

지금의 박 상무는 나보다 입사가 4년쯤 빨랐는데 같은 설계팀 소속이었고 직급은 과장이어서 나의 바로 위 직속상관이었다. 그는 처음에는, 대략 1년 동안은 겉모습은 온화한 얼굴에 부드럽고 따뜻

하고 친절하였으며, 대학 후배인 나를 남모르게 배려하는 것처럼 보였다.

입사한 지 1년쯤 지나서 어느 날, 내가 3개월어에 걸쳐서 심혈을 기울여 작성한 설계도면을 그에게 들고 가서 자세한 검토를 부탁하였다. 그러나 바로 다음 날 박 과장은 내 책상 위로 그 도면을 내던지더니 갑자기 큰소리로 질러대기 시작하였다.

"이걸 설계도라고 그렸어. 온통 계산착오와 오류투성이야. 도저히 그냥 지나칠 수가 없어. 무능하기 짝이 없는 머저리 같은 자식 같으니라고"

하지만 다시 검토해 보아도 계산착오 같은 것은 없었던 것으로 밝혀졌다. 그 후부터 박 과장은 나를 대하는 태도가 갑자기 표변하였다. 그는 안하무인 식으로 사사건건 흠을 들추어내고 트집을 잡기 시작했다. 그는 쟁쟁한 경쟁 상대를 만났다고 의식하기 시작했으며, 경쟁의 싹수를 미리부터 차단해야 할 필요성 때문에 이제부터는 인정사정없이 짓밟아버려야 한다고 생각했던 모양이다.

그는 입사 당시부터 명문고, 명문대 출신이라는 자부심에다 깔끔하고 세련된 도시적 이미지에 상사들로부터는 최고로 능력을 인정받고 있었다. 그러나 그는 항상 부하 직원들에게는 바늘 하나 들어갈 것 같지 않을 만큼 뻣뻣하고 불친절했으며, 힐끔힐끔 자신을 몰래 쳐다보는 직원들을 마치 벌레 보듯이 무시하였다. 그리고 한 치의 오차도 용납하지 않았고 그 누구도 불만을 토로하면 안 되었다.

어쩔 수 없이 그의 오만하고 이기적이며 자기본위적인 본성이 차츰 드러나기 시작하였다. 자신의 이익과 목적 달성을 위해서라면 물불을 가리지 않았고 자신에게 조금이라도 불리하면 철저히 책임회피를 했다. 가끔 거짓말을 하는 것을 전혀 개의치 않았다. 그는 지능적이었다.

그는 소위 좋은 부서로의 이동과 승진을 하기 위해서라면 상사에게는 끊임없이 아부하고 경쟁 상대가 되는 동료, 후배들과는 싸우고 도전하며 투쟁을 벌이는 데 병적인 도취감을 느끼고, 질투심과 시샘이 많았던 것이다. 그는 동료나 후배가 어느새 부쩍 자라 자기 위치로 치고 올라오는 것에 대해 선두 주자로서 느끼는 불안감이 격렬한 적개심으로 변하는 경우였다.

박 과장은 어느 날 또다시 무슨 일인지 악이 바짝 올라서 무턱대고 퍼붓기 시작하였다.

"이봐, 너는 말이지 실제로는 일다운 일 하나 제대로 못하면서 우리를 속이고 있단 말이야. 다른 사람은 속여도 내 눈만은 절대로 못 속이지. 네가 이 부서를 떠나주는 것이 피차간에 좋겠지. 내가 떠날 이유가 없으니까, 네가 다른 곳으로 가주어야겠지. 빨리 인사팀과 상의하는 것이 좋을 거야. 설계는 아무나 하는 게 아니야. 미적분도 할 줄 알고 기하학도 잘해야 되지. 네가 공고 출신이니까 그걸 제대로 배웠겠어. 난 말이야, 네가 어떻게 우리 대학에 들어왔는지 도대체 알다가도 모를 일이야. 난 이래 봬도 우리나라 최고의 명문고 이과 반에서 항상 상위권이었어."

그때는 나도 도저히 참을 수가 없어서 박 과장을 똑바로 쳐다보며 말했다.

"제발이지, 그만 두십시오. 과장님은 아랫사람을 깔아뭉개고, 험담을 하고, 무척 괴롭히고 있습니다. 상사로서 권력을 휘두르는데 쾌감을 느끼고 있어요. 그렇게 하는 것은 과장님 주위의 모든 사람을 무척 힘들게 합니다. 과장님도 자신의 행동이 잘못된 것이라는 사실을 잘 알고 있을 것이고, 이러한 행동은 과장님의 경력에도 큰 결점이 될 것입니다."

박 과장은 그때 쓸데없는 소릴 집어치우라는, 성난 표정으로 나를 한참 동안이나 집어삼킬 것처럼 쏘아 보았다.

그 무렵 나는 묵묵히 자신의 업무를 수행하였고, 언제나 겸손했고 소탈하였다. 그러나 박 과장에 대해서는 내버려두는 수밖에 다른 뾰족한 수가 없었다.

내가 회사의 배려로 프랑스 유학을 다녀오고 차장, 부장, 상무로 승진하는 동안 박 상무와의 근무 경력 상 격차는 차츰 좁혀지기 시작해서 결국 없어졌다. 나와 박 상무가 같은 해, 같은 날에 상무 승진을 하였기 때문이다.

나는 원래 승진에는 별 관심이 없었다. 나는 오직 혼신의 힘을 다해 설계도를 그리는 데만 관심이 있었던 것이다. 몰입과 열정. 그랬으니 높은 직책이 주어지면 당혹해 하고 심지어 두려움마저 느꼈지만, 내가 매우 근면하고 특히 설계 분야에서 탁월한 실력을 발휘했기 때문인지 회사는 아주 빠르게 승진을 시켜주었다. 그 회사는 협조와 원칙을 중요시하는 정상적인 기업문화를 가지고 있었다.

이번에 한 자리 남은 전무 승진을 위해 박 상무는 무척이나 노심초사할 것이다. 그는 그 사악한 성격에도 불구하고, 회사 내에서 나름 철저하게 인맥 관리를 하였고, 또 입찰 과정에서 경쟁 회사의 정보 빼오기나 학벌과 인맥을 이용한 대형 건설회사와의 관계 유지, 특유의 술수부리기와 협상 기술 등 특정 분야의 업무 처리에 있어서 독특한 그만의 역량을 가지고 있어서 낙오되지 않고 승진을 계속할 수 있었다. 그는 무엇보다도 수단과 방법을 가리지 않고 뒷거래를 할 수 있는 강점이 있었다.

오히려 그는 계속해서 승진할 것이다. 업무처리와 출세에 관한한 무자비했고 양심의 가책도 느끼지 않았으며 사이코패스와 같이 번득이는 광기와 천재적인 연기력이 있으니까.

그러므로 내가 같은 날 함께 상무로 승진할 당시 박 상무는 질투와 시샘에 사로잡혀서 거의 정신이 나갈 만큼 나에게 큰 앙심까지 품고 있었다. 지금, 박 상무만큼은 전무 승진을 앞두고 두 사람이 경쟁 관계에 있으니 내가 사막 여행에서 어서 죽어 없어져주기를 매일 하나님께 간절히 기도드리고 있을 터이다. 그는 언제부터인가 독실한 크리스천이었고 그 당시에는 강남 대치동의 한 교회에서 장로로 있었다. 그는 내가 살아서 돌아오는 것을 결코 바라지 않을 것이다. 그 사악한 인간은 혼자 있을 때면 남몰래 기도할 것이다.

'하나님, 하나님. 그 놈은…… 사막에 미친놈입니다. 사디스트 아니면 마조히스트, 사이코, 여성공포증에 걸린 성불구자이고, 변태입니다. 그 자식이 사막에 가는 것은 은밀한 오르가즘의 절정에 빠지기 위해서겠지요. 옷을 입은 채 몸을 남의 몸이나 물건에 문질러 성적 쾌감을 얻는 변태 성욕자인 프로타주일 거예요. 누가 알겠습니까? 그러나, 결국 사막에서 죽게 되겠지요. 그렇지요. 나는 그를 알 만큼은 알고 있지요. 그놈은 의외로 민감한 사람이고 불안증에 떠는 사람이니까 자살하고 싶은 충동을 느끼게 될 거란 말입니다. 그렇지요. 그렇다니까요. 그렇게 죽으라고 말릴 사람은 없으니까. 그냥 옷을 벗고 사막으로 들어가서 뜨거운 태양에 몸을 태워버리리고 운명이란 그런 거지요. 그 자식만은 사막의 태양이 태워서 없애버려야 할 거에요. 아니면 아프리카의 식인종에게 잡혀 먹거나 또는 하이에나 떼들이 물어뜯어서 살점 하나, 뼈다귀 하나 안 남기고 먹어 치워야 되겠지요……. 나에게는 평생 도움이 안 되는 인간입니다. 아멘, 아멘.'

내가 왜 그토록 사막에 열광하였는지 그 이유를 아는 사람은 아무도 없었다. 나는 언제든지 자신의 속내나 감정을 드러내는 일을 의식적으로 피하였다. 사실은 나 자신도 고개를 갸우뚱한다. 그렇다면 어디선가 사막의 정령이 나를 유혹한 것이라고 볼 수밖에 없을 것이다. 사막의 정령이 나에게 마법을 걸은 것이다. 사막에는 항상 꿈과 전설, 환상이 있었다.

그래도 나와 절친하였던 몇몇 옛 친구들만큼은 어느 정도 나를 이해할 수 있을 것이다. 나의 유일한 취미는 오지 여행이었다. 그러므로 남들이 흔히 가는 이름난 관광지에는 아무런 관심이 없어서 가본 곳이 별로 없었다. 나는 관광이란 빡빡한 일정에 얽매여 괜히 바쁘기만 한 것인데 반하여, 여행이란 마음만은 한껏 한가한 것이어서, 낯선 곳에서 자유를 만끽하면서 자기의 먼 미래와 꿈을 스스로 더듬어가듯 자신의 상처를 천천히 치유할 수 있는 것이라고, 생각하고 있었다.

나는 지금 (2000년 7월이다.) 여름휴가 중에 사하라 사막 남쪽에서 사막 여행을 하는 중에 있다. 그러나 고장 난 고물차는 꼼짝없이 사막의 모래언덕 계곡 사이에 갇혀있고 식수와 식량은 바닥을 드러내고 있다. 절망적인 상황이다.

오늘밤은 심신은 지칠 대로 지쳐 있었지만 잠은 좀처럼 오지 않는다. 잠을 자려고 애쓸수록 더욱 잠을 이룰 수 없다. 암청색 밤이 흘러가고 있다. 사그라져 가는 모닥불에서 회색 연기가 피어올랐다. 독약같이 검고 쓰디쓴 아랍 커피가 목구멍을 타고 내려가면서 깊은 여운을 남긴다. 나는 하염없이 상념에 잠겨 옛날 일을 되새기고 있다.

지금, 여기 사막에서 죽는다는 것은 무의미한 일로 생각되었다.

자신의 현재 처지가 너무 한심스러워서 이런저런 조각난 상념들이 끊임없이 나의 머릿속을 오락가락하였던 것이다. 그런데, 그런데 말이지, 사람들은 이 한심한 상황에 대하여 뭐라고들 입방아를 찧을 것인가? 사람들은 이 불행한 사태를 슬퍼하기보다는 오히려 내심 비웃을 지도 모른다. 도대체 그 뜨거운 사막에는 왜 간 거야, 미친 짓이지, 어처구니없는 일이야, 인간이 그런 식으로 멍청하게 죽다니 안타깝군, 하고 말이야. 기껏 동정하는 축은 그렇게도 사막을 좋아하더니 사하라가 그를 홀린 거야, 운명이지, 운명이야, 라고 말할 것이다. 특히 회사 사람들은 안타까운 마음에 너도나도 한마디씩 말할 것이다. 그러나 **박상길** 상무만은 나를 마음껏 비웃으면서, 아주 잘된 일이라고, 자신의 기도 소리를 듣고 하늘이 도왔다고 마음 속으로 쾌재를 부를 것이다.

나는 대학졸업 후 방위 제대를 하고 나서 동기들처럼 유명한 건설 회사에 입사하고 싶었으나 여의치 않았다. 그래서 궁여지책으로 작은 회사에 들어간 것이다. 그러니까 **김규현** 상무는 나보다 4년 후배이다. 그는 건축 설계에 미쳐 있었기 때문에 우리 회사에 입사한 것으로 알고 있다. 그러나 김 상무는 2000년 여름 사하라 사막 남쪽에서 죽었다. 벌써 10년 전 일이다.

그때 그와 나는 전무 승진을 앞두고 경합 중에 있었다. 그러나 회장님은 그를 편애하고 있었으니까 그가 한결 유리한 위치에 있었다고 할 수 있다. 그가 사하라에서 비명횡사하였기 때문에 나는 어부지리로 승진할 수 있었다.

어쨌거나 전무까지 승진했으나 여자 비서와 관련된 모종의 불미스러운 일이 있었다. 그녀가 그 일을 마침내 회장님에게 폭로해 버렸던 것이다. 그걸 꼭 여기에서 자세히 밝혀야만 할까. 그러나 중대한 결심을 한 마당에 이판사판인데 못 할 것도 없다.

내가 그녀를 볼 때마다 그녀는 강박증을 불러 일으켰다. 그녀의 엉덩이가 너무 섹시하였기 때문에 항문 성교를 하고 싶었던 것이다. 나는 그날 주저하는 그녀에게 교묘한 회유와 노골적인 협박, 약간의 경제적 이익을 제공하기로 약속했다. 그녀는 조금 망설인 끝에 결국 무릎을 꿇고 엉덩이를 대주었다. 나는 집게손가락과 가운뎃손가락을 붙여서 그녀의 항문으로 미끄러져 들어가 괄약근을 부드럽게 문질러 주었다. 그때 그녀는 눈을 스르르 감고 입을 벌렸다 오무렸다를 반복했다. 그녀가 흥분하기 시작한 것이다. 나는 자신감을 가지고 손가락을 뺏다가 넣기를 계속 반복했다. 그녀의 항문은 질퍽하게 젖었고 그녀는 몸을 부르르 떨었다. 나는 축 늘어진 성기를 그녀의 엉덩이에 문질렀을 뿐 삽입할 수는 없었다. 그래서 펠라티오를 요구했다.

그 후 상당한 기간 그 짓을 계속적으로 반복하였다.

그런데 오랫동안 거래했던 하청 회사는, 더 좋은 거래 조건을 제시하는 회사와 새로 계약을 체결하면서 어느 순간 거래가 끊기자마자(솔직히 말하면 더 좋은 거래 조건이란 더 많은 돈을 상납한다는 것이었다.), 내가 몇 년 동안 정기적으로 상납을 받았다고, 회사 고위층에 투서하였다.

그러한 일이 겹쳤기 때문에 나는 중간에 강제 퇴직을 당할 수밖에 없었다. 그 즈음에서 양떼 틈에 섞여 있는 양의 탈을 쓴 한 마리 늑대라는, 나의 실체가 발가벗겨진 것이다.

나는 회사 생활을 오래 하면서부터, 대략 5, 6년 지나면서 내가, 특히 내 성격에 문제가 있다는 것을 인지하기 시작했다. 그러니 누가 귀띔을 해준 것이 아니다. 그때부터 서서히 스스로 깨달았다고 할 수 있다. 나쁜 행동, 비양심적인 행동이라는 사실을 잘 알면서도 자신의 이익을 위해 서슴없이 잘못된 행동을 사행했던 것이다. 그러나 후회하거나 양심의 가책을 느끼지 않았다. 그때는 적자생존의 원리가 지배하는 조직사회를 살아가면서 어쩔 수 없이 획득한 나의 독특한 성격 때문이라고 생각했다.

그러나 훨씬 나중에서야 자신이 혹시나 사이코패스 또는 소시오패스가 아닌가 약간 의심하였다. 그 전에는 그런 용어조차 알지 못했다. 다만 사이코라는 말은 그 부정적 인식 때문에 그 사용이 꺼려진다. 나는 어떤 정신적 장애가 있을지언정 미치지는 않았지 않는가. 내가 잔인한 범죄형 사이코패스는 아닐 것이다. 그렇게 위안을 삼았다. 공감 능력이나 죄책감이 전혀 없고 잔인한 충동성을 억제하지 못하는 괴물 인간들인, 연쇄살인범이나 방화범, 가학적이거나 변태스러운 성폭행범 같은 중범죄자 말이다. 나는 회사를 다니던 시절에는 약물이나 알코올 중독자도 아니었다. 철저히 자기 관리를 하였기 때문에 그런 것과는 거리가 멀었다.

오히려, 솔직히 말하자면, 사회적 지위나 카리스마를 교묘하게 이용하고 양심도 죄책감도 없이 자신의 이익만을 위해 일하는 지능적인 소시오패스가 아닐까. 그렇지만 나는 소시오패스의 가장 일관성 있는 특징 중 하나인 약간 모호한 성 정체성, 즉 동성애적 경향은 없다. 나는 단연코 동성애자이거나 양성애자는 아니다. 물론 지금 새삼스럽게 내 자신이 소시오패스라고 커밍아웃하는 것은 아니다. 어디 나뿐이겠는가. 우리 사회의 지도층에는 의외로 이런 유형의 인간들이 많이 있다는 사실을 어떻게 도외시 할 수 있겠는가. 그들은 나처럼 교묘하게 정체를 숨기고 살아갈 뿐이다.

그러므로 요즈음 인기를 끌고 있는 막장 드라마에는 어김없이 소시오패스 캐릭터들이 주인공 또는 조연급으로 등장한다. 이러한 현상을 어떻게 분석해야할까. 실력 없는 작가들이 스토리텔링과 인물 창조에 한계에 부딪치게 되자 시청자의 눈길을 끌고 드라마의 인기를 위해 극단적 성격의 인간을 내세우는 면도 있겠지만, 어쨌거나 이들 드라마는 현실을 어느 정도 반영한다고 봐도 무방할 것이다. 그런데 얼마나 소름끼치는 일인가. 우리 주변 곳곳에 드라마에서처럼 소시오패스들이 숨어서 횡행하고 있다는 사실 말이다.

그렇다고, 내가 정신병자라고 할 수 있을까. 확실하게 단정적으로 말할 수 있을까. 약간의 인격장애가 있을지도 모르겠다. 나는 집 밖에서는 괜찮아 보이지만 집 안에만 들어오면 기고만장해서 난리를 피우는 그런 유형이기 때문이다. 나는 자신이 너무 잘났다고 생각하고 사람들이 나를 우러러보고 복종해주길 원하지만 내면엔 열등감이 깔려있는 것이다. 그래서 그것을 건드리면 폭력적인 성향을 보이게 된다. 또 인정하고 싶지는 않지만 상당한 의처증이 있었다. 나는 술만 마시면 또는 술을 안마시고도 난폭하게 구는 배우자이고 아버지였다. 그랬으니 내 아내는 나의 자기애성 인격장애 성향과 의처증을 견디지 못하고 집을 나가 행방불명이 된 지 오래되었다.

그러나, 나의 경우 선천적인 요인은 없다고 단정한다. 우리 외할아버지의 아버지는 대학병원 의사로 병원장까지 지냈고 외할아버지 역시 종로 2가에서 잘나가는 안과 개원의였으며, 본가의 경우 할아버지는 지방법원 법원장까지 지낸 훌륭한 변호사였으니 말이다. 다만 아버지는 그 옛날에 명문대를 나왔지만 고등고시를 여러 차례 계속 떨어지고 결국 대기업에 입사해서 임원까지 지냈다. 그랬으니 아버지는 판검사가 된 법대 동기들에 대해 상당한 콤플렉스를 느끼고 있었다. 하여간에 나에게 갑자기 돌연변이가 생겼다고 단정하기는 그렇다.

나는 어린 시절부터, 그때가 중학교 시절이라고 할 수 있는데 그때부터 벌써 부모님으로부터 문과 계통이면 법대에 가서 판검사가 되어야 하고, 이과 계통이면 의대에 가서 의사가 되어야 한다고 귀에 못이 박히도록 들어야 했다. 그건 아버지보다 어머니가 한술 더 떴다. 어머니는 오직 공부 얘기만 했던 것이다. 아침부터 밤늦게까지 꼼짝 말고 죽은 듯이 공부만 하라고 강요한 것이다. 다시 말하면 공부 기계가 될 것을 강요한 것이다. 고등학교 시절 아버지는 나를 볼 때마다 항상 '왜 더 노력하지 않느냐, 그러다가 서울대 떨어진다.'고 다그쳤고, 어머니는 덩달아 '성적이 왜 그 모양이냐.'고 끊임없이 잔소리를 해댔다. 엄부자모라는 그 당시 전통적인 역할 분담이 우리 집에는 해당되지 않았다.

엄마가 오히려 두려움과 공포의 대상이었다. 엄마는 명문 여대 영문과 출신으로 한때 여고에서 영어 선생님으로 근무한 적이 있었으나 아주 일찍부터 아버지와는 사이가 좋지 않아 각기 방을 따로 쓸 만큼 소원했고 대화도 거의 없었다. 어머니는 우리 두 형제의 성공에 자신의 인생 목표를 걸고 있었다. 그처럼 극성이었으나 나는 물론이고 동생 역시 부모님의 기대에는 훨씬 못 미쳤다.

오로지 법대 아니면 의대. 판검사 아니면 의사. 그랬으니 공부는 오직 국·영·수 위주였다. 스포츠나 예술 등 다른 분야는 엄격히 금지되었다. 그것들은 잡 과목으로 입시공부에 전혀 도움이 되지 않기 때문이었다. 나는 숨이 턱턱 막혔다. 부모님은 장남인 나에게 지나친 기대를 하고 있었고 나는 과중한 스트레스를 해소할 길이 없어서 심한 갈등을 겪고 있었다.

나는 원래 음악과 시 등 예술 분야에 관심이 많았다. 그래서 서울예고에 진학하고 싶었다. 가수 송창식 선배처럼 말이다. 그러나 내가 중학교 3학년 때 아버지에게 넌지시 예고에 가고 싶다고 말했다가 골프채로 여기저기 죽도록 얻어맞았다. 예술 좋아하네. 딴따라가 되고 싶은 거야. 병신 머저리야, 그러다가 굶어 죽어. 그건 상놈, 하층민이나 하는 거야. 그 이후에도 자주 아버지는 골프채로 배를 쿡쿡 찌르고 뺨까지 때렸다. 물론 어머니는 그때만은 역성을 내며 그 자식 더 맞아야 한다고 아버지를 거들었다.

　아버지의 폭력과 어머니의 폭언이 끊임없이 계속되었다. 그들의 행동은 부모의 특권인 훈계와 그에 따른 처벌이기 때문에 정당화되었다. 그랬으니 나는 더욱 순종적이고 내향적이며, 소극적이고 극히 예민하게 되었다. 한때 야뇨증과 대인기피증까지 생기게 되었다. 그리고, 그때부터 나의 내면에서 자아 정체성은 회복이 불가능하게 철저히 파괴되었다. 그 대신 악의 씨가 심어졌던 것이다.

　하지만 내가 고3일 때 이과 성적은 도저히 의대에 갈 성적이 아니었다. 담임은 아버지에게 솔직하게 알려주고 순리적으로 공대로 진학할 것을 권고하였다. 그러나 아버지는 담임과 몇 번씩이나 충돌하고 싸우면서까지 의대에 지원서를 내도록 하였다. 그것도 반드시 서울대 의대여야 했다. 그러나 역시 낙방하였고 4수까지 가게 되었다. 나는 그때 너무 지쳐서 대학입시 공부는 진력이 나 있었다. 자포자기했고 그래서 종로의 유명한 입시학원에 다니기는 했지만 설렁설렁 그러나 잔뜩 의기소침해서 웅크린 채 그 시절을 보냈다. 그리고 어쩔 수 없이 공대로 가게 된 것이다.

지금 돌이켜 보면, 쓸데없는 짓이긴 하지만, 내 어린 시절 부모님은 너무 간섭해서는 안 되었다. 그것이야말로 내 예술적 창의력과 인간으로서 자율성을 말살시키는 행위였다. 나를 마음껏 풀어 놓아야 했다. 나는 그때 맹목적 사랑이 필요했던 것이다. 내 모험심과 호기심, 창의력, 내 마음의 여유로움과 긍정적인 힘이 내 꿈과 끼를 하늘 높이 날게 할 수 있도록 말이다.

내가 어린 시절, 부모 모르게 마음 졸이며 하모니카와 기타, 바이올린 등 악기를 얼마나 좋아했던가. 고등학교 1학년 시절, 벌써 펑크나 포크, 사이키델릭 같은 외국 대중음악과 그랜드펑크데일로드, C.C.R 같은 외국 밴드 음악을 들었다. 그때는 로커들이 머리를 풀어 헤치고 헤드뱅잉 하던 시절은 아니었다.

나는 감성적이고 음악적 감수성이 풍부했다. 그리고 시집과 소설 책을 닥치는 대로 읽기를, 영화관에 몰래 숨어들어가기를 얼마나 좋아했던가. 온몸을 마구 흔들어 대며 춤추기도 좋아했다. 신이 나서 춤을 추면 나는 진정 살아났다. 얼마나 상상력이 풍부했던가. 어딘가 깊고도 아득한 원천에서 솟아나는 상상력으로 싱싱한 언어를 조립해서 시를 썼다. 기타 교본을 탐독했고, 멜로디와 화성, 대위법에 맞춰 내 시를 작곡하려고 얼마나 머리를 싸매고 낑낑거렸던가. 나는 그때 가사의 아련한 서정성에 사로잡혀 있었다.

나는 틀림없이 시인, 작곡가, 심지어 밴드마스터나 기타리스트, 아니면 영화감독이 되어야만 했다.

그러나 부모는 그 모두가 공부에 장애가 될 뿐이라고 하면서 엄격히 금지하였다. 금지하고 또 금지하였다. 나는 그것들 모두하고 완벽하게 작별을 하였다. 어린 나는 도저히 부모의 과도한 욕망에 맞서 저항할 수 없었다. 내겐 힘이 없었다. 철저히 순응할 수밖에 없었다.

그러나 부모는 그걸 끝내 깨닫지 못했다. 어머니는 몇 해 전 임종의 순간에도 "네가 의사가 되었더라면……"라고 말했다. 그 말은 나의 따귀를 후려치는 것처럼 날아들었다. 나는 참담한 심정으로 잠시 멈칫거렸다. 울부짖고 싶었다. '그래, 그래. 당신이 나를 괴물로…… 인간 괴물로 만들었지. 아직도 모르고 있나. 왜 미안하다고 그 말 한마디를 하지 못하지.' 그러나 나는 꿀꺽 삼켜 버렸다. 그리고 그때 그 여자의 목을 조르고 싶은 충동을 숨을 깊이 들이마시고 가까스로 억제하였다.

지금 나는 '한강 잠두동 선착장'에 나와 있다. 어린 시절 우리 이 층집이 근처 합정동에 있었다. 밤이 점점 깊어가고 있다. 몇 시간째 흐르는 강물을 바라보며 이런저런 생각에 잠겨 앉아있다.

암청색 강물이 유유히 흐르고 있다.

하딤 마흐메드

하딤 마흐메드

마르세유는 항구다.

BC 600년경에 생긴 이 항구 도시는 여전히 낡은 도시의 은밀한 뒷골목을 숨기고 있다. 노아유 구역의 가장 오래된 구시가지 쪽으로 올라가면 부서진 계단의 층계를 따라 썩은 냄새가 코를 막히게 하는 하수구 물이 넘쳐흐르고, 길가에는 산더미처럼 쌓인 쓰레기들이 썩고 있었다. 그곳에는 5, 6층 높이의 집들이 다닥다닥 붙어있기 때문에 골목에서는 하늘이 잘 보이지 않았고, 바닥의 공기는 온갖 악취로 가득 차 있었다. 이 냄새는 가끔 바람이 골목을 스며들 때만 골목의 좁은 하늘로 날아갈 뿐 밑바닥에는 냄새가 그대로 고여 있었다.

수많은 북아프리카 이민자들과 아랍 이민자들, 피에 누아르들이 모여 사는 그 거리의 건물들은 한결같이 오래되어 칠이 벗겨진 외벽에 두껍게 때가 끼어 거무칙칙하였고, 일부 건물은 곧 무너질 것처럼 퇴락했다. 길가 쪽에 붙어 서있는 낡은 건물의 창문들은 유리창 대부분이 깨어져 있거나 철망이나 쇠창살로 막혀 있다. 햇빛이 겨우 건물 꼭대기에 있는 굴뚝의 검은 연통만 잠깐 비추다 사라지기 때문인지 뒷골목 쪽 건물의 맨 아랫부분은 항상 눅눅하고 더럽게 얼룩져 있었다. 그 골목에는 깡마른 고양이들이 서로를 갈기갈기 찢을 듯이 증오에 가득 찬, 또는 애원하고 호소하는 듯한 목소리로 울어대며 어슬렁거리고 있었고, 털이 보기 흉하게 빠져버린 늙은 개들이 으르렁거리며 뼈다귀를 질근질근 씹고 있었다.

그 구시가지의 북쪽 끄트머리와 구불구불한 좁은 길을 통하여 연결되어 있는 아프리카 거리에는 마그레브 지역의 이민자들이 집단으로 모여 살았다. 그곳에는 얌과 카사바와 같은 아프리카 식품을 파는 작은 가게와 아프리카식 스트레이트파마를 전문으로 하는 미장원, 아랍인들이 주로 입는 품이 넉넉한 젤레바와 이슬람식 베일을 파는 가게, 꿀이 줄줄 떨어지는 사탕류를 내놓고 파는 찻집, 메카 순례만을 전문으로 하는 여행사, 허름한 아프리카 이민자 숙소, 나이지리아 사람이 경영하는 아프리카 바도 있었다.

그 바는 요란한 색칠을 한 내부 장식에 비하면 몹시 어두침침하였다. 등받이가 없는 높고 붉은 의자가 길게 놓여있는 마호가니로 된 스탠드 앞쪽에는 밴드에 맞춰 몸을 비비고 춤을 출수 있도록 좁은 공간의 플로어가 있었다. 아프리카, 서인도 제도, 예멘, 키프로스, 그리스에서 온 선원들로 늘 만원이었고, 선원들은 갈색 피부의 아비시니아 여자들, 옛 프랑스령 서인도제도에서 흘러들어온 두 세계의 혼합물인 물라토들과 함께 자메이카의 레게음악에 맞춰 몸을 한껏 비비꼬며 춤을 추었다. 모두들 고함을 질러대고 제정신인 사람은 없었다.

진한 붉은 립스틱을 립 라인에 덧칠한 윤락 여성들이 단골처럼 드나드는 곳이었다. 그곳은 입구 쪽 덧문이 달린 문이 열릴 때마다 시끄러운 목소리, 음악 소리, 분노와 탄식, 요란한 웃음소리가 터져 나왔고, 함께 지독한 담배 냄새와 압생트 냄새, 마리화나 냄새가 풍겨 나왔다. 그들도 한때는 그곳의 단골손님이었다. 그들은 함께 어울려 알코올 냄새가 역겹게 풍기는 트림을 쏟아내며 자주 술을 마셨고 거리낌 없이 마리화나도 피웠다. 그녀들과 밤늦게까지 히히거리며 어울렸다.

그들은 대개 새벽녘이 되어서야 비틀거리며 술집을 나섰다. 그리고 누군가 굵은 색연필로 풍만한 흑인 여자의 몸을 외설스럽게 그려놓은 낙서 밑에 '이 술집에 들어오려는 자, 모든 희망을 내려두고 가라'라는 글귀가 써진 담벼락에 오줌을 갈기고, 가끔 그곳에서 심하게 토하였다.

그 골목에서 **이브라함**은 몇 달을 잠시 지낸 적이 있었다. 이프 섬 선착장에서 관광객을 상대로 액세서리 노점상을 할 당시 말리의 통북투에서 밀입국한 투아레그족 사람, **하딤 마흐메드**를 알게 되어 그의 지붕 밑 작은 다락방에서 몇 달을 함께 지낸 것이다. 그는 이 브라함보다는 3년쯤 먼저 밀입국해서 자리를 잡고 있었다.

그는 피부가 따뜻하고 깊은 검은 색이었다. 헐렁한 청바지에 검정 티셔츠를 입은 탄탄한 몸에서는 남성미가 물씬 풍겼다. 하딤은 어두컴컴하고 지저분한 그 골목의 비밀스런 구석을 모조리 알고 있었다. 그에게 그 거리는 너무 좁게 느껴졌고 언제나 똑같은 거리였다.

하딤은 사하라 남쪽 사헬지대에서 자랐다. 그러나 한때는 비옥한 사바나였던 곳은 몇 년째 가뭄이 들자 이제 사막으로 변모하였다. 잡목마저 누렇게 시든 채 바람에 바스라졌다.

그곳 투아레그족은 더 이상 유목민이 될 수 없었다. 어디에서도 물과 목초지를 찾을 수 없었던 것이다. 너무 건조한 기후 때문에 오직 땅콩을 재배하여 온 가족이 그 수입으로 겨우 입에 풀칠할 수 있었다. 유목민의 전통적인 삶의 방식을 포기할 수밖에 없었다. 그런데 몇 년 동안 심한 가뭄이 계속되면서 그나마 수확이 급감하자 그의 가족들은 먹고 살기 위해 가장 가까운 도시인 통북투로 이동하였다.

투아레그는 가슴 깊은 곳에서부터 자본주의 문명을 세상의 그 무엇보다도 증오하였지만 그것은 마침내 그 종족의 뿌리까지 침투해 있었다.

　그들은 해골처럼 삐쩍 마른 채로 궁색한 천막과 판잣집들이 다닥 다닥 붙어있는 통북투의 빈민촌으로 몰려들었다. 그들은 영양실조와 각종 질병에 시달리고 있었다. 콜레라와 결핵, 말라리아, 기생충 감염, 에이즈 등이 기승을 부렸다. 도시로 함께 몰려온 염소 떼가 골목을 어슬렁거리면서 모기와 파리 떼가 눌러 붙어있는 쓰레기 더미를 헤집고 다녔다.

　사막의 태양은 먹을거리 또는 일자리를 찾아 길거리를 헤매는 동족들의 머리 위로 무자비한 햇살을 인정사정없이 쏟아 부었다. 그 도시 역시 사막의 모래바람을 피할 수는 없었다. 모래먼지로 뒤덮인 길거리에는 금방이라도 허물어져 버릴 것처럼 보이는 진흙 벽돌로 지은 낡은 집들이 띄엄띄엄 서 있었다. 도시의 주변을 흘렀던 나이저 강의 지류는 완전히 메말라서 모래에 묻힌 채 강의 흔적만 남았다.

　그 도시에는 송가이족과 투아레그족, 사하라 이남 아프리카의 흑인 부족과 아랍 족들이 불안스럽게 뒤섞여 있었고, 테러조직, 반군단체, 밀수꾼, 말리의 정부군들이 프랑스 영토보다 더 넓은 광활한 말리 북부 사막지대에서 활동하고 있었다.

　그에게는 부모님 이외에 5명의 형제와 4명의 여자 형제가 더 있었다. 그는 젊은 시절 혈기가 넘쳐흘렀지만 통북투에서는 어떠한 기회도 붙잡을 수 없었다. 그곳의 삶은 항상 불안정했고 위태위태

하였다.

사하라는 냉정하고 잔인하였다.

그는 가족들을 남겨두고 천신만고 끝에 홀로 프랑스로 온 것이다. 그는 프랑스에서 열심히 일해 모은 돈 대부분을 통북투의 가족에게 정기적으로 송금했다. 그 돈이 가족의 생명줄이었다. 그 역시 통북투에서 식료품 가게를 차릴 수 있을 만큼 어느 정도 목돈이 마련되면 하루빨리 다시 고향으로 돌아갈 생각이었다. 그는 그때 가족들과 사막이 눈앞에 어른거려 거의 병이 날 지경이었다.

그 당시 둘은 처음 만나는 그 순간부터 서로에게서 강렬한 고향의 냄새, 사막의 냄새를 맡을 수 있었다. 사막에서 태어나고 자란 사람들은 어느 곳에 살든지 사막에 대한 강한 애착을 버리지 못하기 때문이다. 그들은 투아레그족의 심장을 가지고 있었다. 그리고 둘 다 오랫동안 잊고 지냈던 투아레그 말을 실컷 재잘거리고 싶었던 것이다. 그들은 더 큰 목소리로 빠르게 투아레그 말을 지껄이며 웃고 떠들었다.

그들은 밤이 이슥해서 그날의 노점상 장사가 끝나면 자주 그 술집으로 갔다. 겨우 쥐꼬리만큼 번 돈을 몽땅 써버리기 위해서.

그날, 술집 안은 후덥지근했다. 사람들은 여느 때처럼 소리치고, 웃음을 터뜨리고, 무슨 노래를 부르고, 춤을 췄다. 귀가 멍멍할 정도로 몹시 시끄러웠다.

그때, 프랑스 해군 수송함의 휴가병 일행이 들어왔고, 술이 들어가기 시작하자 안하무인격으로 그들은 술잔을 거세게 부딪치며 마구 떠들어댔다. 해군의 군가를 합창하면서 반복되는 후렴이 끝날 때마다 폭소를 터뜨리고 떠나갈 듯이 고함을 질렀다. 그런데 늙은 수병이 술에 취하자 공공연히 시빗거리를 찾고 있었다. 그 수병의 팔뚝은 온통 혀를 날름거리는 아프리카 블랙맘바의 문신이 차지하고 있었다. 그 겁 없고 당당해 보이는 짐승은 끊임없이 상대방을 위협하고 있었다.

그때 그 수병이 분명히 그들을 향해 소리쳤다. "더러운 아프리카 개새끼들…… 깜둥이 놈들…… 역겨운 냄새가 나는 놈들. 깜둥이들이 목욕을 해봤자 비누만 닳아 없어지지. 당장 프랑스에서 꺼져버려! 너희 놈들이 백인의 일자리를 빼앗고 있어. 너희 집으로 어서 돌아가란 말이야. 아프리카로……."

필연적으로 거친 말싸움이 시작되었다. 하딤은 결코 밀리지 않았다. 오히려 체셔 고양이처럼 희죽이죽 웃었다. 그러자 그 자식이 하딤의 얼굴에 가래침을 내뱉었다. 그 순간 하딤이 맥주잔을 깨서 그의 얼굴을 길게 그어버렸다. 피가 줄줄 흘렀다. 순식간에 벌어진 일이었다. 그때, 아주 잠깐 동안 술집 안에 쥐죽은 듯한 침묵이 지나갔다. 춤을 추던 사람들이 일제히 동작을 멈췄다. 그리고, 곧 난장판이 벌어졌다. 주먹과 발길질이 격렬하게 오가고, 작은 테이블들이 뒤집어지고, 술잔들이 날아가서 바닥에, 벽에 부딪쳐 파편이 튀었다. 고함 소리, 신음 소리, 치고받는 소리, 알아들을 수 없는 온갖 욕지거리 등이 난무했다. 인간의 광기가 휩쓸고 있었다. 여자들은 몸을 피하기 위해 구석진 곳으로, 문 쪽으로 흩어졌다.

바텐더가 고래고래 소리를 질렀다. "제발 그만두라고! 이제 그만해! 그만……." 그러나 둘은 구석으로 밀리기 시작했다. 하딤은 뒷걸음을 치면서 어느새 잭 나이프를 꺼내들어 휘둘렀다. 그가 씨근덕거렸다. "덤비라고! 덤벼. 칼침을 맛보게 할 테니까!" 그 칼은 손잡이에 이단으로 작동하는 작은 단추가 달려있어서 단추를 한 번 누르면 칼날이 반쯤 튀어나오고 두 번째 누르면 칼날이 전부 튀어나왔다. 수병들이 주춤하였다.

그때 두어 명의 짭새가 들이닥쳤고, 그들은 뒷문을 통해 간신히 빠져나왔다. 그들 역시 온몸과 얼굴을 심하게 얻어맞아서 피멍이 들고 피범벅이 되어있었다.

그날의 사건 이후 그 술집에는 발길을 완전히 끊었다.

하딤은 마르세유에서 살아남기 위해, 또 말리의 가족들에게 돈을 부쳐주기 위해 온갖 궂은일을 마다하지 않았다. 거리의 청소부, 공사장 현장의 경비원, 신축 건물의 도장공, 이삿짐센터 인부, 포르노숍의 점원, 식당 웨이터, 호텔의 벨 보이, 택시 운전사, 노점상 등.

그러나 그는 몸가짐이 항상 단정했다.

그는 한 때 자신이 너무 무력했고 장래에 대한 두려움 역시 몹시 컸지만 엄청난 수치심과 혐오감을 느껴야하는 일들, 가령 자기연민에 빠져서 느껴야하는 말할 수 없는 고통을 잊기 위해서건 또는 돈을 쉽게 벌기 위해서건 마약에 관계한 일도, 좀도둑질도, 자동차 절도, 사기 행각에 가담한 일도 없었고, 사소한 일로도 단 한 번 체포된 적이 없었던 것이다.

그는 특이하게도 한때, 근 1년 동안 지독한 뱃멀미를 무릅쓰고 신 항구에서 연안 여객선의 하급 선원 혹은 잡역부로 일하기도 하였다. 급료도 높았고 무엇보다도 식사와 잠자리를 배 안에서 해결할 수 있었던 것이다.

그가 하는 일이란 바닥이나 화장실을 청소하고 선실의 침대를 정리하고 배의 식당에서 그릇을 닦고 음식을 나르는 일이다. 때로는 때가 눌러 붙은 갑판을 화학물질 세제로 문질러 닦고 가끔 배를 도장할 때는 지독한 페인트 냄새를 맡으며 그 일을 해야 했다. 그는 농땡이 치거나 적당히 꾀를 부릴 줄 몰랐다. 심신이 지칠 대로 지치고 어깨에 통증이 오고 허리가 끊어지게 아플 때까지 일했다.

그 배의 선장이나 고급 선원들은 그리스 또는 스칸디나비아 출신 백인들이었고, 청소부 겸 잡역부였던 하급 선원들은 아프리카 출신의 흑인이 주류였는데, 선원들은 지루할 정도로 함께 일하고, 함께 먹고, 함께 지냈다. 그러나 선원들 사이는 은연중에 또는 노골적으로 인종차별주의적 분위기가 역력했다. 그러나 하딤은 의기소침하거나 자신의 처지를 내색하는 법이 없었다. 그는 조금씩 임기응변의 처세술과 상대를 적당히 다루는 법을 익히기 시작했다.

그러나 배가 부두에 정박하면 그날 밤에는 그와 유독 친했던 스페인의 마요르카 섬 출신의 흑인 선원과 함께 부두 노동자와 하급 선원을 상대로 하는 술집으로 갔다. 항구의 뒷골목 눅눅한 모퉁이에 자리 잡은 지저분하고 어둠침침한 무허가 술집으로 가서 값싼 술을 연거푸 들이켜고 흠뻑 취하곤 했다.

어쨌거나 큰돈이나 목돈을 모을 수는 없었다. 그는 가족을 프랑스로 데려올 수는 없었다. 불법 이민 브로커에게 줄만한 거액의 돈도 없었고, 가령 가족이 마르세유에 도착해도 무슨 일을 할 수 있겠는가. 불법 체류자 신세에 외곽 변두리 판잣집에서 살며 온갖 궂은 일을 해야 할 것이다. 때로는 아주 비합법적인 일까지. 불법 직업 소개업자를 통해서 기껏해야 거리의 청소부나 잡역부가 될 것이고, 아니면 여동생들은 먹고 살기 위해서 성매매에 몰리게 될 게 너무나 뻔했다.

가터벨트와 브래지어만 걸친 채 또는 란제리 차림으로 지나가는 차를 세우고 자동차 뒷좌석이나 클럽의 화장실, 돈을 주고 빌린 뒷방에서 잠깐씩 하고 돈을 받는 일. 거기에서 조금 나은 일이란 바가지를 뒤집어씌우는 술집에서 여급으로 일하는 것이다. 열 명쯤 또는 예닐곱 명의 아가씨들 (하딤은 그 중에는 에이즈 양성 반응을 보이는 아가씨가 숨어 있다는 것을 알고 있다.)이 어두침침한 한쪽 구석에서 잡담을 하면 진을 치고 있다가, 손님이 들어오면 합석을 하여 가짜 위스키, 포도주와 터무니없이 비싼 안주를 주문하고, 그 술 취한 봉이 원하기만 하면 술집의 뒷방에서, 화장실에서 펠라티오를, 또는 바로 옆에 있는 싸구려 호텔 방으로 슬며시 옮기는 것이다. 그래서 몽땅 벗기고 술집 주인과는 5:5로 자기 몫을 챙기는 것이다. 가끔 술이 덜 취한 손님이 술값 시비를 하면 그때는 거구의 흑인 경비원이 그의 목덜미를 낚아채 뒷골목으로 던져 버렸다.

그는 나이를 먹고 늙어 가게 될 것이다. 지금도 매일 늙어가고 있지 않은가. 나이가 점점 들어서 육체노동을 감당할 수 없게 되면 어찌할 것인가.

그가 신경질적인 미소를 지으며 말했었다. "나는 결국 거렁뱅이, 아니면 주정뱅이가 되겠지. 누더기를 걸친 채 온몸이 멍들고 피가 흐르는 얼굴로 발을 질질 끌며 골목을 헤매겠지. 그때는 혼자 떠들어 대거나, 중얼거리거나, 소리를 지르고 욕지거리를 내뱉겠지. 아프리카! 아프리카! 하고 외치겠지. 그리고는 별 수 없이 길바닥에서 굶어 죽을 거야."

그는 사막을 그리워하며 향수에 젖어 말했었다. "난 뼛속 깊이 사하라의 인간이야. 사막이 고향이고 아늑한 집인 거지. 투아레그는 결국 텅 빈 사막으로 돌아가는 거야. 사막에서 태어난 사람은 사막에 대한 애착을 버리지 못하거든. 유목민은 어디를 떠돌든 늘 고향으로 돌아오게 돼 있어. 우리는 더 쉬운 삶을 찾아서 다른 곳으로 떠날 수도 있고, 더 나은 삶을 위해 사막을 버릴 수도 있겠지만 그렇게 못하는 거지. 사막은 아무리 황량해도 우리의 심장이고 영혼이며, 영원한 고향이니까……. 우리들에게 다른 곳에서의 삶은 상상조차 할 수 없는 거야. 우리는 사막을 떠나기보다는 차라리 그 모든 비극과 불행을 떠안고 살아가지……. 평생을 굶주림과 목마름 속에서 살아야 하니까. 나는 우리 종족들로부터 너무 오랫동안 떨어져 있었던 거야. 다시 그들 한복판에서 그들과 몸을 비비고 살고 싶지. 왜 아니겠어.

프랑스를, 마르세유를 그만 떠날 때가 온 거야. 지금 당장 떠나고 싶지……. 벌써부터 이글이글 타오르는 사막의 뜨거운 태양이 너무나 그리워지는군. 하지만 돈을 조금 더 모아야만 되는 거야. 어려워, 어렵지, 더럽게 어렵지."

그래서 그는 얼마간의 돈이 모이자 말리로 돌아가기로 선택하였다. 어렵사리 취득했던 영주권도 사회보장제도의 혜택도 포기하였다.

하딤이 마르세유를 떠나던 날, 한여름 날씨는 아주 지독했다. 찌는 듯이 무덥고 끈적끈적했기 때문에 숨조차 제대로 쉴 수가 없었다. 조금만 몸을 움직여도 온몸이 땀으로 흠뻑 젖었다. 그러나 그의 냉정한 얼굴에 슬프거나 기쁘거나 어떤 기색도 보이지 않는다. 온갖 풍상을 겪으며 15년이나 살았는데. 다만 그의 가슴 속 깊은 곳으로 어떤 불가해한 감정이 일시 스쳐 지나갔을 뿐이다. 먼 길을 지겹도록 걸었던 긴 여행이 마침내 끝났기 때문이었을까. 그리고 몇 년 전에 먼저 사막으로 돌아간 모세하난 이브라함을 떠올렸다.

그는 능통한 프랑스어를 이용해서 팀북투에서 관광객의 가이드 또는 직접 여행사를 차릴 수도 있었지만, 팀북투에는 관광객이 더 이상 오지 않았다. 그도 그럴 것이 오랜 기간 극심한 가뭄으로 황폐해질 대로 황폐해지고, 주류 집단인 투아레그족과 송가이족, 소수계인 아랍인도인들이 아옹다옹 다투고 있는 팀북투에 관광객이 더 이상 오지 않았다. 특히 프랑스 영토보다 더 넓고 광활한 말리 북부 지역은 테러 조직, 반군 단체, 밀수꾼들이 산재해 있어서 위험한 지역으로 미국이나 서방 정부들은 자국민들에게 여행을 자제해 달라고 당부하고 있었다.

그는 말리의 수도 바마코로 가서 상점이나 공예품점이 밀집한 구역인 중심가에 처음에는 작은 식료품점 겸 잡화점을 열었고, 그 상점이 자리를 잡고 확장을 거듭하면서 가족들을 모두 바마코로 데리고 왔다. 그는 결혼해서 아이를 낳았고 그의 대가족은 모두 힘을 합쳐 상점 일을 돌보며 잘 살고 있다.

그는 가슴을 활짝 펴면서 생각했다. '나는…… 이렇게 행복했던 적이 없었던 거야.'

그는 인종적 편견을 이겨냈을 뿐만 아니라 악의 유혹에 굴복하지 않았다. 그리고 기만적인 서구 문화를 뿌리치고 아프리카로 귀향하였으니, 진정으로 성공한 투아레그 또는 아프리카인이다.

신은 누구인가?

신은 누구인가?

― 김규현과 이브라함을 추억하며

신은 누구인가? 왜 우리는 신이 필요한가? 신은 어디에 있는가? 신은 분명히 있는가? 신은 위대하여야만 하는가? 신이 필요하다면 그 신은 꼭 이성과 의지를 가진 인격적인 신이어야 하고, 초자연적이고, 초인간적이며, 전지전능한 위대한 신이어야만 할까? 신은 숭고해야만 하는가? 신은 심오한 것인가, 아니면 무의미한 것인가? 신성이란? 신성모독이란? 신이 없다면 우리는 불안할 것인가? 다시 말하면 인간은 신이 없다고 생각하면 혹은 신이 곁에서 떠났다고 생각하면 불안감을 느끼게 될까? 신의 품 안에서만 편안함을 느낄 수 있을까? 신은 내밀한 고백을 들어주고 진짜 비밀을 털어놓은 사람에게 위로와 영감을 줄 것인가? 신에게는 언제든지 말을 걸 수 있을까? 신은 도덕적 명령, 계명, 준엄한 훈계를 내리는 존재라고 할 수 있을까? 신에 대한 믿음은 여전히 가치 있는 일일까? 인류 역사의 최악의 순간에도 신을 믿지 않는 것보다는 신을 믿어야만 설명될 수 있는 게 더 많다고 할 수 있을까? 신은 심리적 또는 정서적 관점에서 최후의 보호막이 될 수 있는가? 그래서 신이 없다고 믿으면서도 신은 존재할 수밖에 없다고 스스로를 설득시킬 필요가 있을까? 우리는 그 지긋지긋한 신의 관념으로부터 벗어날 수 없을까? 무신론자는 사탄이라고 할 수 있는가? 신 없이도 건강한 마음으로 행복하게 살 수 있을 것 아닌가. 잘 모르겠다. 내가 어떻게 알겠는가?

남들은 하나님도 많고 주님도 많아서 소위 신이라는 것들이 하늘에도 있고 땅에도 있다고들 하지만 우리에게는 아버지가 되시는 하나님 한 분이 계실 뿐입니다. 그분은 만물을 창조하신 분이며 우리는 그분을 위해서 있습니다. (신약성서)

신이 하늘과 땅을 창조한 것이다. 신은 어디로 가든지 언제나 함께 있으며, 알라는 너희 마음속을 들여다본다. (쿠란)

전지전능한 신은 가끔, 괜히 심술이 나면 인간들에게 신의 징벌을 행사한다. 자신의 존재감을 과시하기 위해서일까. 태풍이나 폭풍우, 홍수, 대지진, 화산 폭발 같은 것 말이다. 이것들은 신이 자신의 존재감을 과시하기 위한 것이다. 인간들은 어쩔 수 없이 이를 천재지변Act of God으로 받아들인다. 그래서 신의 존재를 절감하게 된다. (중세 신학자였고 시토 수도회 소속의 수도사였던 체사리오는 그 유명한 '기적에 관한 대화'에서 그 모든 것을 악마 올드 닉Old

Nick의 소행으로 돌렸지만 말이다.)

그러나 격렬한 태풍이나 지진, 홍수 역시 자연의 여정 중에 일어나는 불가피한 순환이라고 생각한다면, 반드시 신의 탓으로 돌릴 일도 아니다.

차라투스트라는 말했다. 신을 가장 극단적으로 부정하는 말인 즉, '신은 하나뿐이다. 나 이외의 신을 섬기지 마라'라는 말이다. (그러나 차라투스트라는 끝내 그 신이 야훼인지, 예수 그리스도인지, 알라인지 그들 모두인지는 특정하지 않았다.) 그는 또 말했다. '신들은 존재하지만 유일신은 존재하지 않는다는 것, 바로 이것이야말로 신성함이 아닌가?' (그러나 차라투스트라가 10년 동안의 칩거를 끝내고 산을 내려오면서 '신은 죽었다'고 선언한 것은 그의 착각 때문이었다. 그 신은 처음부터 존재하지 않았으니까. 그러나 내가 그 말의 진의를 오해했는지도 모른다.)

나는 누군가 위대하고 전지전능한 유일신을 혐오스러워 하고, 부정하고, 믿지 않는다고 하여도, 그렇다고 이 혼란스러운 세상에 다른 신이 존재하지 않는 건 아니라고 믿고 있다. 나는 모든 초자연적인 존재를 비웃고, 배격하고, 오직 인간의 이성이나 지성이 인정하는 것만 믿지는 않는다. 인간의 영혼이나 정신 작용, 사랑까지도 물질로 환원시켜 설명하는 물질적 환원주의에도 결코 동조하지 않는다.

　다만 신은 단수가 아니라 복수이고, 결국 '인간이 신을 믿느냐'가 문제가 되는 것이 아니고 '어떻게 믿느냐'가 근본적인 문제라고 생각한다. (크세노파네스는 기원전 6세기에 벌써 깊이 통찰하고 있었지 않았는가. '트라키아 사람들은 눈이 푸르고 머리색이 붉은 신을, 에티오피아 사람들은 피부가 검고 코가 납작한 신을 이야기 한다. 만약 소와 말, 사자에게도 손이 달려서 인간처럼 그림을 그려 작품을 만들 수 있다면 소는 소의 형상을 한 신을, 말은 말의 형상을 한 신을 그릴 것이다.')

　우리는 생물이건 무생물이건 구별할 것 없이 인간을 둘러싸고 있는 모든 존재 속에 내재해 있는 그런 것은 단지 자연 현상일 뿐이라고 자신 있게 말할 수 있을까? 모든 존재는, 특별히 모든 생물체는 신들이 들어있다는 명제가 성립할 수 있을까? 그렇다고 할 수 있다.

　자연은 눈에 보이지 않는 불가사의한 신비와 경외감을 불러일으키는, (과학과 논리로는 파악할 수 없는)미지의 자연적 혹은 초자연적인 존재들로 채워져 있기 때문에 신은 그것을 믿는 사람들의 마음속에 항상 살아 있는 것이다. 태양이나 천둥번개 속에도, 신성한 바위나 숲속에도, 심지어 무심히 지나치는 바람결에도 신은 그의 동반자인 악마와 함께 살아있다. 낙원과 지옥은 언제나 한 세상에 살고 있는 것이다. *거룩한 신은 곳곳에 있습니다. 빛 속에도 암흑*

속에도 모든 것 속에 신은 있습니다. 물론 우리들 키스 속에도

다만 그 신은 인격신도 아니고 위대하지도, 전지전능하지도 않다. 때론 잔혹하고 야만적이고 무자비하고 유치하고 조잡하다. 그러나 겉으로 드러나지 않는다. 존재를 현현하기 위해 살아 있는 모든 존재의 본질 속에 숨어 있을 뿐이다. (그러므로 그 신은 결코 하느님 또는 하나님이 될 수 없다.)

그 비물질적인, 즉 형이상학적인 본질은 껍데기나 가면이나 단순한 표피적 아름다움이 아니라 불멸의 궁극적 존재이다. 신의 유일무이한 속성인 즉 불가해한 영원성이고 불멸성이다. 그래서 진정한 예술은 사물을 즉물적으로 묘사하는 것이 아니라 눈에 보이지 않는 불멸의 궁극적 존재, 실체, 정수, 바로 가장 깊은 비밀인 신을 표현해야 하는 것이다. 하지만 그 유일한 비밀은 아무리 애를 써도 완벽하게 표현되지 않으며 항상 그대로 남는다. (우리는 그 존재 속의 존재, 특히 생명력의 근원을 신이라고 불러야한다. 신이라는 이름은 가장 신성하여 오랜 옛날부터 인간의 가슴을 후벼 파는 호소력을 갖고 있기 때문이다.)

그런데 신이 존재하는 경우에도 믿음의 문제는 별개이다. 왜 믿는가? 그것은 고단한 삶에 지친 영혼과 그것의 구제에 관한 문제이다. 신은 그것을 경외하는 경우에만 인간의 마음속에 안식처를 찾아 머무는 것이다. 그러므로 누군가 신을 믿지 않고 부정한다고 해도, 그렇다고 해서 신이 존재하지 않는 것은 아니다. 그러나 신을 믿거나 말거나, 그 행위는 주체적 존재인 당해 인간이 선택할 문제인 것이다. 신을 믿지 않는다고 하여도 그건 결코 틀린 것도, 잘못된 것도 아니다. 즉 무신론자가 지옥의 낭떠러지로 떨어질 일은 아닌 것이다. 만약 신을 믿는다면, 어디에, 신은 도대체 어디에 있을까? 그는 신을 절실히 느끼는 곳에서, 신의 모습을 보기를 간절히 원하는 곳에서 신을 만나게 될 것이다. 신은 세상에서 지극히 하찮은 존재인 벌레나 작은 새, 풀이나 나무, 모든 생물과 무생물까지도 불멸의 자연법칙이, 신의 섭리가 미치도록 작용한다. 이 세상은, 그것은 신 자신이다. 그렇기 때문에 이 세상에서 현재의 순간은 영원이고 다른 순간은 존재하지 않는다. 그런데도 사람들은 오랜 세월에 걸쳐 그 신을 찾아다녔다. 그러므로 신은 구름 위 옥좌에 거만하게 앉아있는 것이 아닌 것이다.

인간은 자신을 위무해주는 각자의 종교가 있는 법이고, 그 종교를 스스로 믿으면 되는 것이다. 정말 그렇다. 사람들은 각자 자신의 신을 향하여 열심히 기도하면 될 터이다. 그러므로 신은 어느 한 종족, 한 민족의 독점물이 될 수는 없는 것이다. 유대인만이 선택 받은 백성이어서 유일하게 신과 교통할 수 있고 천국에 가기 위해 유대교도가 되어야 하는 것은 아닐 것이다. 신은 헤브라이어말고도 지구상 모든 언어를 구사할 수 있기 때문이다. 이 세상에는 신을 믿는 사람들만큼 많은 종류의 종교가 있어야만 할 것이다.

나는 이브라함만큼 전지전능한 신의 존재, 인간과 신의 상호 관계에 대하여 냉철한 비판을 가할 자신은 없다. 과연, 그 위대한 신이 존재하여 그 신이 그의 운명을 조작해버린 것일까? 누가, 그 신 때문에 번뇌하여 썩어 문드러져버린 이브라함의 심정을 제대로 헤아릴 수 있을까? 그들은 이브라함에게 이 세상에서, 아프리카에서 왜 그렇게 악이 극성을 부르는지를, 왜 죄 없는 순진무구한 사람들이 고통을 당하는가? 라는 당연한 물음에 대해서 신의 정의를 명쾌하게 설명할 수 있을까.

　사막에도 신들이 존재한다.

　나는 이 고독한 사막 여행자가 그 무엇으로도 해명할 수 없는 자연의 경이 앞에서 불가피하게 겸손한 범신론자, 아니면 존재의 배후에 있는 다른 차원의 존재에 대해 믿음을 가진 유연한 무신론자가 되었다고는 생각하지 않는다. 그는 사막에서 자신만의 유일신을 찾아다니는 유일신 신자이기 때문이다. 이건 순전히 나의 추측일 뿐이지만.

　김규현이 말했었다. "*신은 없다. 불멸성은 있을 수 없다. 종교, 신 같은 것은 인간의 공허한 발명품인거지. 그러나 내가 신을 믿을 수 없었고, 믿으려고 하지 않은 이유가 있었던가? 신은 우주의 어떤 비밀, 불가해한 의미와 가치를 담은 이야기를 들려줄 것이 아닌가. 그러므로 사막에서 신을 만날 수 있을 것인가. 사막이 신이 아닐까. 그렇지만 신은 불가해야하고 역설과 모호함이 아니던가. 그런데 신*

을 만나기를 바라는 이유는 고통 때문인가. 또는 보다 근원적으로 존재론적 차원의 이유가 있는 것인가. 하여간에 신을 만나면 무슨 말을? 우선 고통을 없애 달라고 읍소할 것인가. 또는 내가 원하는 걸 달라고 부탁할 것인가. 용서를 구할 것인가. 아니면 고맙다고 할 것인가. 사막은 악마다. 악마는 나를 호시탐탐 기다리고 있는 것이 아닐까."

나는 하릴없이 생각한다.

'물론, 그들은 오로지 자신들을 위해서 신을 인간적인 너무나 인간적인 척도에 따라 거룩해 보이는 인형을 만들어낸 자들이 아니었던가. 언제부터인가, 신은 종교적 특권계급의 사유재산이 돼버리지 않았던가. 그러면서도, 그들은, 극렬한 우상 파괴주의자들은 나를 용납하지 않을 것이다. 나를 향해 범신론으로 위장한 무신론자라고 맹렬하게 비난할 것이다. 그들은 범신론은 결국 유물론에 도달하게 된다고 주장하니까. 아니면, 우스운 우상 숭배자라고, 불신자라고 죽어서 지옥의 불구덩이에나 떨어질 것이라고, 악담을 퍼붓겠지. 내가, 어떻게 그들과 맞서 싸울 수 있겠는가? 그들과 논쟁을 벌일 만한 능력이 있는가? 이건 달리 생각하면 우주가 신에 의해 창조되었다고 혹은 아주 영리한 설계자에 의해 설계되었다고 주장하는 사람들과 어느 날 갑자기 저절로 튕겨 나왔다고 생각하는 사람들 간 치열한 논쟁이라고 할 수 있다.

그러나, 내가, 그들의 억지스런 집요한 공격을 어떻게 감당할 수 있을 것인가? 그들은 인간이 아담의 자식이라고 철석같이 믿으면서도 아담과 이브가 에덴동산에서 성교를 하였다는 생각은 하지 못하는 사람들이니까. 그들은 아담과 이브가 달고 있는 생식기의 용도를 무시하고 있지 않은가. 아무튼 나의 설익은 논지는 씨알도 먹혀들지 않을 것이다. 어림없는 일일 뿐이다. 어차피 패배가 예정되어 있을 뿐이다. 그러나, 다윈이 밝혔듯이 원자의 조합에 의해서 인간도, 지구도, 곤충도, 사자도 만들어졌다는 물리학의 법칙을 믿을 수밖에 없다. 그들은 하늘에 위대한 신이 계신하다고 주장하지만 오늘날 하늘이 존재한다고 할 수 있을까, 우리 주위에는 단지 끝없이 넓은 우주공간이 있을 뿐이니, 도대체 피안이 있다고 할 수 있겠는가. 지구를 넘어서서 그 밖에까지 무한정 확대된 우주에는 차안만이 있는 게 아닐까. 하지만, 어떻게 단언할 수 있겠는가. 이 우주에는 정말로 '*90억 개의 이름을 가진 신*'이 있을지 누가 알겠는가.

나는 유물론자는 아니다. 그건 물질의 이름으로 정신이나 영혼, 신성한 존재를 마구 부정하니까 말이다. 그런데, 유물론자들은 신이 존재하지 않는다는 사실을 그렇게 철석같이 믿으면서도, 신이라는 관념은 신성해서 자신을 움찔하게 하고, 감동을 느끼게 하고, 전율케 하는 것임을 인정한다. 그들은 또한 무신론자이면서도 여전히 '*신께 감사를 드립니다.*'라고 무심코 인사를 건넨다. 그러므로, 나는, 유물론자, 무신론자라기보다는 범신론자이다. (나는 종교에는 전혀 관심이 없지만 신에 대해서는 무한한 매력을 느낀다. 그래서 인간들은 신이란 것이 존재하지 않는다면 그를 창조할 필요가 있을 터였다.)

나의 범신론은 아주 소박한 것이다. 기껏해야 신은 모든 사물의 존재에 내재한다는 것이지, 신은 만물을 초월한 존재라고 믿고 있지는 않는다. 내가 믿는 신은 자연법칙이나 우주의 질서에 맞춰 살아가면서 거듭되는 진화 속에 생존하는 것이다. 어쨌거나 사막에 신이 없다는 것은 어불성설이다.

김규현은 미친 사람 취급을 당하면서 자신의 신을 만나기 위해서 수없이 사막을 찾아다녔으니까. 그래서, 추론에 불과하긴 하지만, 또는 확신할 수 있지만 그가 자신만의 신을 찾아서, 자신의 유일신을 찾아서 그렇게 사막에 가는 것을 보면 그는 사막에서 분명히 신의 존재를 보았고, 뼛속 깊이 신의 존재를 느낄 수 있었으리라. 그러므로 그는 나처럼 철저한 범신론자일 수는 없다. 절대로. 하지만 그는 전지전능한 그 유일신에 대해서는 불가지론자일지 모른다. 그역시 모든 게 불확실하니까, 확신이 안 서니까, 어느 쪽이 진실인지는 아무도 알 수 없으니까. 사람들이 수천 년 동안 논쟁을 벌였지만 여전히 결론이 나지 않았다고 보아야 할 것이다.

나는 세상의 존재 문제, 즉 세상은 무가 아니고 어째서 유인가라는 영원히 풀리지 않는 수수께끼 같은 문제는 결국 과학의 문제가 아니라 신앙의 문제라는 유신론자의 문제의식에 대해서, 이 세상을 창조한 창조주인 유일신은 자신 안에 스스로의 존재 원칙을 담고 있으므로 스스로를 증명하기위해 결코 어떤 일도 하지 않는다고 주장하는 그들의 논리에 대해서, 신에 대해 이성적으로 납득할 수 있는 증거를 요구하는 것은 어리석은 일이라는 주장에 대해서, 종교적 신앙을 철학적 논증으로 정당화하려고 발버둥치는 것은 어리석은 짓임을 어느 정도는 어렴풋하게 이해하고 있다.

우리는 전지전능한 위대한 신이 진주패처럼 파란 하늘에 계시고 정말 만물의 창조주라고 한다면 차라리 그분께서 너무 무료한 나머지 장난기가 발동해서 천지창조의 여섯째 되는 날 마지막으로 지구상에서 가장 위험한 생물종인 인간을 만들었다고 상상할 수는 없을까? 아니면 냉철하게 판단해서 인간은 혹독한 현실을 외면하고 편리하게도 모든 인간의 악행을 신의 섭리로 돌리기 위해 그 신을 스스로 창조한 것이라고 주장할 수 있을 것이다. *사람은 자기 형상에 맞춰서 신을 창조한다. 그리고 신을 만든 사람들은 더불어 신을 창조한다.*

인간을 위한, 인간에 의한, 인간의 신.

그러니까 유일하게 확실한 것은 모든 게 불확실하다는 거다.

이브라함은 아프리카의 참담한 현실과 자신의 기구한 운명에 대해 절망한 나머지 확실하게 무신론자가 되었다고 단언할 수 있을 것이다. (**이브라함**이 말했었다. *"나는 그때 전지전능한 위대한 신이 과연 존재하는지? 신은 지금도 우리를 시험하고 있는지? 이게 하나님의 은총인지? 우리에게 무슨 죄가 있었는지? 신은 자신이 저*

지를 죄를 알고나 있는지? 도대체 알 수 없었던 거야. 차라리 내버려두라고…… 내버려…….")

그러나 김규현과 나, 우리는 무신론자라기보다는 불가지론자라고 해야 정확한 거다. 그게 그거이긴 하지만, 그런 거야. 우리는 불가지론자인 거야…… (어감도 나쁘지 않고 철학적으로 들리는) 불가지론자…….'

나는 범신론자이고 김규현은 유일신론자이다.

인물들의 에필로그

인물들의 에필로그

「사하라」를 읽은 독자들을 위하여

우리는 살아가면서 가끔 어떤 인간과 사물의 그 후가 매우 궁금할 때가 있다. 그래서 후일담을 이야기한다. '사하라'에서 그때 다쓰지 못하였거나 밝히지 못한 이야기들, 나중에서야 알게 된 인물들의 사연이 있다. 그들이 주인공이건 조연이건 간에 말이다. 그래서 그런 이야기를 추적해서 추가하지 않을 수가 없었는데 노파심 때문인지 모른다. 그러나 쓸데없는 부연 설명이거나 사족이라고 생각하지는 않는다.

김규현의 주검은 회장님의 특별한 배려로 화장하지 않은 채 운구되어 고향인 벌교의 선산에 묻혔다. 2000년 여름. 담장이넝쿨이 무성한 회사 건물의 앞뜰에서 새삼스럽게 회사장으로 장례식까지 거행했는데, 그때 박상길 상무는 남몰래 묘한 웃음을 지었고, 은퇴를 앞두고 있는 고령의 **김영훈** 회장님은 염치불구하고 무척 많이 울었다.

김규현은 젊은 나이에 유명한 건축가로 명성이 자자하였는데, 왜, 무슨 일로 그는 유명하게 되었는가? 그의 건축철학은 무엇이고 건축가로서의 생애는 어떠했는가? 그는 티베트에서 생사의 기로를 헤맬 때 마침내 뭘 깨달았던 것인가?

김규현의 아내 심현숙은 10년이 지나고 나서야 예쁜 딸아이를 데리고 그의 무덤으로 찾아왔는데 그때 김규현은 심현숙과 반갑게 해후하였다. 고집불통인 손희승은 기어이 신문사를 그만두고 프리랜서를 선언한 후 아프카니스탄의 북동부 바다흐샨 지역으로 가 국제안보지원군 (ISAF)과 탈레반의 교전 장면을 찍으려고 하던 중 총알을 가슴에 맞고 죽었다. 김규현은 파리 유학 시절 H와는 어떻게 만났고 헤어졌는가. 그 후 H는 어떻게 되었을까? 박상길 상무는 김규현이 사막에서 비명횡사한 덕분에 대신 전무로 승진했으나 성폭행과 뇌물수수 등 비리로 4년을 복역하고 출소하였고 한강 잠두동 선착장에서 자살하였다.

'사하라'에서 익명의 화자는 벌써 70대 중반이 되어 노회하고 지저분한 늙은이로 변모하였다.

김규현은 왜 그렇게도 반고흐에 빠져 있었던가?

이브라함의 사촌형 무함마드 알가잘리는 카사블랑카에 정착했고 이슬람 사원의 무에진이 되었다. 언젠가는 이맘으로 올라갈 것이다. 마르세유의 마약상 말리크 알리드레미는 감히 두목의 신성불가침의 영역에 도전하였고 결국 잔인한 두목의 집요한 추적을 피하지 못하고 킬러들에게 붙잡혀서 대서양 깊은 물속으로 사라졌다. 이브라함의 절친한 친구였던 하딤 마흐메드는 얼마간의 돈이 모이자 영주권도, 사회보장제도의 혜택도 포기하고 말리로 돌아가 성공한 아프리카인이 되었다.

이브라함이 사랑했던 만수라는?

여인숙 주인 엘리제는?

플라톤은 국가론 제10권에서 심판과 환생에 대해 기술하였다. 오디세우스는 자신이 참여했던 트로이 전쟁을 회상하면서 야망의 덧없는 꿈에서 깨어났다. 그리고 그는 다음 생애에는 아무 근심 걱정 없이 살아가는 평범한 인간의 삶을 선택하였다. 평범한 인간의 삶을 발견한 오디세우스는 자신의 차례가 맨 마지막이 아니라 맨 처음이어도 그 삶을 선택했을 것이라고 하면서 기쁜 마음으로 선택한 것이다.

H

그녀의 이름은 **에블린 하자지**이다. 김규현은 파리 유학시절 그녀를 사랑했다. 그리고 헤어졌다.

그녀는 김규현과 헤어지고 (그러나 그 이별은 어떻게 생각해도 이별 같지도 않은 이별이었다.) 일 년 후, 국립 공과대학 건축학과를 졸업했다. 그때 그녀의 나이가 25살이었다. 한동안 꽁꼬르드 광장 근처의 가난한 예술가들이 밤늦게까지 모여드는 허름한 카페에서 일했다. 그러나 프라하의 (아주 부유한) 부모님께 편지를 쓰거나 연락을 하는 일은 점점 줄어들었고, 마침내 완전히 끊겼다.

그 무렵, 취미삼아서 인상파 회화를 배우러 다니다 어떤 화가를 만나 동거를 시작했다. 몽마르뜨 공동묘지 뒤쪽. 허름한 낡은 집의 일층에 있는 작업실에는 그리다가 만 미완성 상태의 화폭들이 겹겹이 포개져 있고, 그러나 기가 찰 정도로 붓들과 물감들, 화판, 액자에 끼우지 않은 채 벽에 걸어 놓은 스케치들, 더러운 접시들이 어질러져 있어서 온통 뒤죽박죽이었다. 이층에 거실과 침실, 식당을 겸하는 코딱지만 한 공간이 있었다.

그녀는 카페에서 일하면서도 자기보다 네 살이나 아래인 젊은 화가의 뒷바라지에 열심이었다. 집안을 깨끗이 정리하고 아침과 점심, 저녁 세끼를 챙겨주고, 캔버스와 물감을 사다주며 화가가 창작에만 몰두할 수 있도록 안식처를 제공했다.

그러나 그는 위대한 화가가 될 수는 없었다. 그의 그림은 대부분 미완성인 채로 버려졌다. 그는 항상 밑그림 단계에서 그쳤고, 그림을 완성할 줄 몰랐다. 그는 작품에 생명을 불어넣기는커녕 거장들의 작품을 흉내 내기 위해 무거운 색채로 두껍게 덧칠을 하였고 그림은 그릴수록 배경과 전경이 조화와 균형을 잃어버렸다. 그는 간판을 그리거나 싸구려 모작을 그리는 것 외에 다른 가능성이 거의 없었다.

더욱이 그 화가는 발기 불능에 가까워 잠자리 상대로는 별로였으니, 에블린은 그 좁은 침대에서 몸을 붙이고 있어도 아무런 감흥을 느낄 수 없었다.

그녀는 이제 건축 관련 월간 잡지사에 정식으로 입사하였다. 그리고 그 잡지사의 포르투갈 출신 유부남 사진기자와 급속도로 가까워졌다. 그들은 모든 게 잘 맞았다. 그들은 열광에 취한 나머지 환희의 현기증을 느꼈다. 그들의 몸속에서 동시에 혀를 날름거리는 강렬한 불꽃이 타올랐다. 그녀는 오랫동안 이 순간을 기다려왔던 것일까. 그녀는 승리의 미소를 흘리며 구원을 받은 느낌을 받았다. 그리고 전신의 분노와 참을 수 없었던 혐오와 증오감이 씻은 듯이 사라졌다.

그녀가 갑자기 임신을 하면서 그녀는 화가와 헤어져서 그 집을 나왔고 사진기자 역시 그 무렵 (고집이 정말 세고, 성질이 깡마르며, 평범한 것은 싫다면서 야수파처럼 소름끼치는 괴물을 주로 그렸던 삼류 화가인) 프로방스 출신의 부인과 이혼하였다.

그녀는 나이 어린 화가에게 헤어져야 하는 이유를 설명해야 했다. 그러나 차마 임신했다는 말을 할 수가 없어서, 사랑이란 언젠가 식게 되어있고 연인들은 결국 헤어져야 할 운명이라는 것, 이별의 이유를 명확히 설명하는 것은 참으로 어려운 일이고 파리에서는 특히 그렇다고, 자신은 이 저주받은 파리를 하루 빨리 떠나고 싶다고, 아주 멀리 동양 아니면 아프리카로 떠나고 싶다고 말하였다.

그리고 그에게 기욤 아폴리네의 미라보 다리를 되풀이하여 읊어
줬다. …… 사랑은 가버린다. 흐르는 이 물처럼 사랑은 가버린다.
……지나간 시간도 사랑도 돌아오지 않는다.

엘리제 바르델리

이브라함이 마르세유의 여인숙에서 청소부로 근무할 때 여주인
이었다. 그가 자크가 죽은 후, 그 여인숙을 떠날 때쯤 그녀는 60대
초반이었다. 그녀는 세 번 결혼하고, 세 번 이혼했으므로 그녀의 일
생은 나름 긴장감도 있었겠지만 딱히 행복했다고도 불행했다고 평
가할 수는 없을 것이다. 물론 본인의 생각이야 알 수 없지만.

그녀는 이제 나이가 80대를 바라보게 되었다. 약간의 당뇨 증세
와 가벼운 현기증, 고혈압이 있기는 하지만 건강하다. 그러나 여전
히 외롭고 쓸쓸하다. 밤이면 깊은 잠을 잘 수 없고, 자주 꿈을 꾸지
만 깨어나면 거의 기억이 나지 않는다. 자신이 하릴없이 늙어가는
것에 대한 당혹감 때문에 때때로 눈물을 흘렸다. 흘러간 시간들의
여백이 새삼 아쉬웠다. 지금은 생사마저 알 수 없는 바다로 떠나간
첫 번째 남편도, 약간 듣기 어려운 발음으로 말했던 아프리카 흑인
청년 이브라함도 그립다. 둘 다 몹시 보고 싶다. 정말 독신은 좋지
않아.

그녀는 여인숙을 딸에게 물려주고 은퇴하였다. 딸은 역시나 아프
리카의 기후 풍토를 이기지 못하고 남편과 합의 이혼한 후 조용히

딸을 데리고 마르세유로 돌아왔다. 자세한 내막은 알 수 없지만 딸은 지금 스페인계 유대인인 세파르디 2세 남자와 동거하고 있다.

엘리제는 한동안 신시가지의 현대식 아파트에 살았지만 역시나 그 지독히 역겨운 아프리카 냄새가 그리워서 마그레브의 이민자들이 주로 사는 도시의 북쪽 노아유 구역에 있는 작은 아파트로 이사왔다. (백인종은 거의 없고 주로 흑인종에 가끔 황인종만이 뒤섞여 사는 곳. 아프리카인 특유의 지독한 냄새가 거리 곳곳에서 풍기는, 가지각색의 억양이 뒤섞여 알아듣기 힘든 언어가 들리는, 늙은 개와 고양이들이 어슬렁거리는, 떠돌이 넝마주이들이 낡은 손수레를 끌고 돌아다니며 폐품과 빈병을 찾아 거리를 뒤지는, 마약 중독자들과 불구자, 거지들이 보도를 따라 굼벵이 걸음을 걷는, 자메이카 출신 부두교 도사가 헐렁한 검은 옷을 입고 중얼거리듯 끊임없이 주문을 외우는, 밤이면 술 취한 여자들과 선원들이 어깨동무를 하고 비틀거리는, 반평생을 살았던 그 거리가 새삼 그리웠던 것이다.)

그녀가 이브라함의 죽음을 알았다면 얼마나 애통해 하였을까. 다정다감한 그녀는 아마 목 놓아 울었을 것이다. 그가 떠난 후 이브라함의 소식을 여태껏 전혀 모른다.

나디아 만수라

그녀는 **모세하난 이브라함**이 그의 팔뚝에 문신으로 그녀의 이름을 새길 정도로 처음이자 마지막 연인이었다. 사막의 부족 출신이지만 딱 부러지게 똑똑했던 그녀는 암스테르담에 간 이후 어떻게 되었을까?

만수라의 소식은 아직까지 아무도 모르고 있다. 지금도 암스테르담에 살고 있기는 하는 걸까? 개성이 강한 그녀가 동업자와 싸우고 떠난 것은 아닐까? (그곳에서 일시 새로운 애인이 생겼다면, 또는 이익배분을 둘러싸고 충분히 가능성이 있다.) 만약 그녀가 암스테르담을 떠났다면 어디로? 다시 마르세유로 아니면 마라케시의 제마 엘프나 광장으로?

그녀가 타만라세트로 이브라함을 찾으러 갔다가 그의 죽음을 알았을 수도 있을 것이다. 그녀는 자포자기했을까? 지금 어디에서 살고 있는 것인가? 마르세유에 있다면 무엇을 먹고 살까? 다시 카페의 종업원? 또는 고급 창녀나 포주 노릇은?

하지만 그녀는 이제 나이도 들었는데 직접 매춘이 가능하겠는가. 무엇보다도 그녀는 자존심이 강한 여자인데 칼을 들고 강도짓을 해도 그건 아닐 것이다.

섹스와 매춘은 인류의 오래된 문화이고 문명이다. 그것은 아주 고대에서부터 존재했고 (고대 그리스의 신전에도, 카르타고의 신전에도, 로마의 신전에도, 예루살렘의 신전에도 사람들이 모여들면 그 중에는 매춘부들이 끼어있었으니까. 우리는 시대를 통틀어 인간의 기본적인 사고방식과 생활상이 놀라울 정도로 똑같다는 사실을 알아야 한다. TV, 비행기, 휴대폰, 컴퓨터와 인터넷 시대에도 그렇다는 것이다.) 지금은 더욱 번성하고 있고 아무리 완벽한 세상이라고 해도 성매매를 막을 수 없다. 그것은 도저히 불가능하다. 그러므로 (어느 시절에나 우리 주변에 있었던) 청교도적 위선은 물러가라. 남자들은 누구든 자기만이 알고 있는 내밀한 경험이나 충동이 있기 마련이다. 그것은 현대문명과 도시의 일부이고 각계각층을 연결한다. 성매매는 일종의 산업이 되었으므로 경제적 관점이 중요하고 더 나아가 인간의 삶이란 무엇인가를 인식론적, 가치론적 관점에서 고찰해야한다.

그러므로 복잡한 사회일수록, 은밀한 거래일수록 믿을만한 중개인이 필요하다. 그는 필수불가결한 존재이다. 그렇다면 그녀는 똑똑하고 현실적이니까 충분히 포주가 될 수 있을 것이다. 그녀는 언니 같으니까, 완벽한 브로커이자 인생 상담사, 관리자가 될 자질이 충분하다. 그것도 중개 수수료가 많이 남는 고급 콜걸들의 포주가 될 수 있다. (그러나 확실한 것은 아무것도 없다. 가정에 불과하다. 쓸데없는 가정. 그녀가 들으면 불같이 화를 낼 수도 있는.)

빈센트 반 고흐

건축가인 **김규현**은 파리 유학시절부터 반 고흐를 좋아하고 사랑했다. 아마 김규현 이상으로 그 불행했던 화가를 뼛속 깊이 이해한 사람은 없을 것이다. 그는 젊은 시절 한때 순전히 반 고흐 때문에 화가가 될 수 있을까, 꿈을 꾼 적이 있었다. 그는 (이미 죽어서 아를의 무덤 속에 잠들어 있는)빈센트에게 깊은 연민의 정을 느꼈다. 그가 두려워했던 것을 김규현 역시 두려워 했기 때문일 것이다.

그때, 그는 암스테르담의 반 고흐 미술관에서 몇 번씩이나 보았던 빈센트의 모든 그림을 떠올렸다. 그것들이 주마등처럼 지나갔다. 그의 어쩔 수 없는 광기가 삶을 비극으로 몰고 가기는 했지만, 그가 맑은 정신일 때 황홀경에 빠져서 쏟아낸 그림들을 보면 그가 얼마나 자연과 깊은 교감을 나누었는지를 잘 알 수 있었다. 그는 노랑색 — 색 바랜 유황의 노랑, 흐릿한 레몬빛 노랑, 강렬한 태양의 눈부신 노랑, 밀밭의 오래된 황금빛 노랑 등 — 을 너무 좋아해서, '아! 아름다운 노랑이여!'라고 찬탄하였고, 남쪽 들판의 사이프러스 나무들과 밤하늘의 푸른 별들을 특히 사랑했다.

그는 생각했다.

건축물에도 고흐의 그림과 같은 강렬한 색과 꿈틀거리는 선이 필요하지. 그는 그림에서 자연의 살아있는 생명력과 강렬한 색채의 힘을 보여주었어. 그의 그림은 사람들의 지친 영혼을 위로해 주었지. 이 화가는, 정말 격렬하게 고뇌하였다고 말 할 수 있을 정도의 경지에 이르렀으니까, 그를 존경하지 않고는, 사랑하지 않고는 못 배기지…… 그도 심한 우울증을 앓았지. 그래도 말이야, 그것 때문에 사물을 또렷하게 보지 못하거나, 본 것을 화폭에 옮기지 못한 것은 아니야. 미치고 정신이 나갔어도 여전히 위대한 화가의 영혼을 지니고 있었지. 화가로서 그의 관심은 대상을 초월해서 훨씬 너머에 가 있었지. 살아생전에는 아무도 그를 인정하지 않았지만 말이야. 세상은 그때 그에게 너무 과도하게 냉담했어. 생전에 그는 단한 점의 그림도 팔지 못했지. 화상을 한 동생 테오가 돌보지 않았다면 그림은커녕 진즉 굶어 죽었겠지. 세상살이에 대해 도통 몰랐으니까. 그래서, 그는 파계한 수도사처럼 살아야 했어…… 이 세상은참으로 믿을 수 없는 거야. 변덕이 죽 끓듯 하니까. 생전에는 누구도 거들떠보지 않고 의식적으로 무시했기 때문에 마침내 미쳐서 그는 정신병원에 갇혔고, 끝내 자살까지 했어. 그는 강렬한 빛과 색을위해 장엄하게 순교한 거지. 그제서야, 그가 죽고 나니까 빈센트의그림이 사람들의 입에 오르내리며 불티나게 팔려 나갔다. 그림 값이 천정부지로 치솟고 이제는 모두 이구동성으로 빈센트의 그림만애기했다. 빈센트는 그때나 지금이나 일종의 유행병이 되었다. 이세상이란 그런 거다. 인간들이란 본래 그런 거다. 쥐떼처럼 우루루몰려다니니까. 그러나 그 불행한 천재는 살아있는 동안에도 충분히배반을 맛보았고 죽은 후에도 역시 배반을 당하고 있는 거지. 가짜작품이 진짜처럼 수도 없이 나돌고 있으니까. 그건 그렇고, 암스테르담의 반 고흐 미술관에 걸려있는 「아를의 늙은 여인」을 다시 보고 싶군. 우리 어머니와 닮은 모습이거든. 또, 「잿빛 펠트 모자를 쓴자화상」도 보고 싶어. 그 자화상은 나의 자화상일지도 모르지. 그래,나의 자화상이 틀림없는 거야. 나는 그 자화상을 바라볼 때마다 그에게서 동병상련을 느끼지.

나는 고흐의 자화상을 오랫동안 바라보면서 나 자신을 생생하게 느껴보려고 애썼다. 그러나 자화상 속 색채들이 뿔뿔이 흩어져 날아가고 마침내 텅 빈 백지 속에 무만 남았다. 현기증이 일어났고 나는 눈물을 흘렸다.

화가들은 자화상을 그릴 때면 거울에 비친 자신을 그린다지. 그때 고흐는 거울 속 우울하고 수척한 자신의 모습을 들여다보면서 어떤 생각을 했을까? 아마 거울에 비친 자신의 모습에서 다른 사람을 발견했을지도 모르지. 또는 거울에 비친 사람은 어느 누구도 아닌 사람이라고 생각했을 수도 있지. 어쩌면 심한 자괴감을 느꼈을 거야. 자신을 표현하기 위해 강박적 욕구에 내몰렸으니까. 그 날카로운 눈초리는 어딘지 모르게 공허하고 불안해 보이지. 눈이, 눈동자뿐만 아니라 흰자위까지 온통 푸르스름한 색으로 칠해 있지. 그는 그때 이미 미쳐 있었던 거야. 그는 권총의 방아쇠를 당길 수밖에 없었어……. 나라도 그 상황에서는 당겼을 거야.

오직 절망뿐이다. 공포와 두려움. 그림에 대한 두려움, 자신의 실패에 대한 절망, 세상에 대한 공포. 이제 홀로 분노에 차서 증오했다. 자화상을 증오하고, 자신을 증오하고, 세계를 증오했다. 그는 움츠러들었다. 꼭꼭 숨었다. 고독과 칩거. 하지만 술을 사랑했다. 그는 술을 마셨다. 입 안 가득 쓴맛을 느꼈다.

나는 그가 보고 싶다. 그를 만나고 싶다. 지금 (물론 여전히 무명 화가로) 살아 있다면 말이다. 천 리 길을 마다하지 않고 걸어서라도 적색 포도주 한 병을 사들고 만나러 갈 터이다. 그가 나의 말을 들어줄 준비가 되어 있을까. 그러나 나는 그에게 해줄 말이 없을 것 같다. 무슨 말을……. 영원할 것만 같았던 정지의 한 순간. 그의 떨리는 손에 쥐고 있던 권총을 빼앗아야만 하리라.

그러나, 반 고흐, 그는 불멸이다. 빈센트는 그의 그림 속에서, 색과 빛과 명암 속에서, 잿빛 펠트 모자를 쓴 자화상 속에서, 너무나도 생생하게 영원히 살아간다.

작가의 말

나는 2007년부터 8년 동안 장편소설 『사하라』를 붙들고 재재 수정하였다. 그리고 이제 마침표를 찍었다. 나는 그 소설 속 인물들을 알갱이와 쭉정이로 가를 수는 없었다. 그들은 한결같이 피와 살을 가진 인간이기 때문에 현실적이고 충분히 성숙하였다. 이 모든 사람들이 결합하여 관계를 형성하고 김규현과 함께 그들의 세계를 창조한 것이다. 그러므로 부분의 총계보다도 훨씬 더 많은 이야기들이 있다. 내가 상호 텍스트적 접근을 의도적으로 시도한 것이 아니다. 그 소설에는 몇 가지 플롯과 모티브가 있고 또한 더 많은 서브 플롯과 그에 따른 테마가 내재해 있으므로 이들을 더욱 심화하고 확장시킬 필요가 있었다.

(미스터리 소설의 시리즈가 아니므로) 그러한 예가 있는지는 모르겠다. 이게 효과적인 스토리텔링의 방법인지도 잘 모르겠다. 그 소설에 담지 못한 이야기를 다시 중편소설과 단편소설로 만들 수밖에 없었던 것이다. 그리고 수정하고 또 수정하였다. 재생산의 과정. 그럴 수밖에 없었다. 그 인물들, 그들의 영혼과 미완의 꿈, 무의식, 삶의 이야기는 불가피하게 (의도적으로) 중복된다. 연속성과 불연속성. 그리고 이들 주제와 관련해서 좀더 직접적으로 몇 편의 긴 에세이를 썼고 이들을 소설집에 포함시켰다.

그러므로 이 단편집에 실려 있는 이별을 주제로 한 소설과 에세이는 전부가 소설 『사하라』와 아주 직접적으로 관련되어 있다.

2015년 12월

인간 해방

초판 1쇄 발행 2016년 1월 20일

지 은 이 유중원
펴 낸 이 최종숙
펴 낸 곳 글누림출판사

책임편집 이태곤
편   집 문선희 박지인 권분옥 오정대 이소정
디 자 인 안혜진 이홍주
마 케 팅 박태훈 안현진

주   소 서울시 서초구 동광로46길 6-6(반포4동 577-25) 문창빌딩 2층(우 06589)
전   화 02-3409-2055(대표), 2058(영업), 2060(편집)
팩   스 02-3409-2059
전자메일 nurim3888@hanmail.net
홈페이지 www.geulnurim.co.kr
등록번호 제303-2005-000038호(2005.10.5)

정   가 15,000원
ISBN 978-89-6327-310-5 03810

출력·안문화사 인쇄·오양인쇄 제책·동신제책사 용지·에스에이치페이퍼

* 이 도서의 국립중앙도서관 출판예정도서목록(CIP)은 서지정보유통지원시스템 홈페이지(http://seoji.nl.go.kr)와
  국가자료공동목록시스템(http://www.nl.go.kr/kolisnet)에서 이용하실 수 있습니다.(CIP제어번호: CIP2016000075)